Sabrina Döbel

Moldauzauber und Missetaten

Roman

Impressum

Bibliografische Information der Deutschen Nationalbibliothek: Die Deutsche Nationalbibliothek verzeichnet diese Publikation in der Deutschen Nationalbibliografie; detaillierte bibliografische Daten sind im Internet unter dnb.dnb.de abrufbar.

Die automatisierte Analyse des Werkes, um daraus Informationen über Muster, Trends und Korrelationen gemäß §44b UrhG („Text und Data Mining") zu gewinnen, ist untersagt.

© 2025 Sabrina Döbel

Coverdesign: A&K Buchcover www.akbuchcover.de
Verlag: BoD · Books on Demand GmbH, Überseering 33, 22297 Hamburg, bod@bod.de
Druck: Libri Plureos GmbH, Friedensallee 273, 22763 Hamburg
ISBN: 978-3-8192-1247-5

Illustration: M. Remus Gölß

Trigger Warnings Und Content Notes

An meine Leserinnen und Leser,

willkommen zurück! Ich hoffe, ihr seid alle den Rabenfedern gefolgt. Wie lieb von euch, dass ihr mich wieder nach Cracklewood begleitet – und es mit mir zusammen dieses Mal auch verlasst, denn es geht für uns nach Tschechien und ins mysteriös-winterschöne Prag.

Aber Achtung! Die Geschichte, die euch erwartet, behandelt die unterschiedlichsten Themen.

Der Text beinhaltet dabei auch Beschreibungen von Tod, Blut, (Körper-)Verletzungen, Mobbing, Freiheitsberaubung, Untreue, sexuellen Praktiken und von Zerstörung durch eine Umweltkatastrophe. Bitte behaltet dies im Hinterkopf, sollte etwas davon euch Unbehagen machen, und passt auf euch auf!

Eure Sabrina Döbel

P.S. Einige der Charaktere sprechen Tschechisch miteinander. Im Tschechischen wird der Vokativ benutzt – das bedeutet, der Name des direkt Angesprochenen wird mit einer Endung versehen, um ihn an den Fall anzugleichen. Aus Tomáš wird so ein Tomáši, aus Jarek (eine Koseform von Jaromír) wird Jarku.

Um den Lesefluss im Deutschen nicht zu stören, wurde innerhalb der Geschichte jedoch gänzlich auf den Vokativ verzichtet.

Für meinen Ehemann Christian, der in einen furchtbar stickigen Reisebus gestiegen ist, um mich in Prag zu besuchen. Und das, obwohl er Busfahrten wirklich, wirklich hasst.

KAPITEL EINS

Für eine Geisterbeschwörung brauchte man Süßigkeiten und an diesem Morgen entschied sie sich für Lakritze.

Ein riskanter Entschluss, das war ihr klar - denn so gut wie jeder hatte eine Meinung zu Lakritze, doch nicht jede davon fiel positiv aus. Sie war lange vor dem nur halb vollen Regal gestanden. „Fünfzig Prozent Rabatt auf alle übrig gebliebenen Halloween-Naschwaren!", hatte Roland vom Delikatessenladen ihr zugerufen und sie hatte genickt. Der erste November war eben ein guter Tag für eine Beschwörung. Schade, dass sie sich keinen Vorrat würde anlegen können. Es war wichtig, nicht verdächtig zu wirken.

„Hast du keinen Karamell mehr da?", hatte sie, über ihre Schulter hinweg, gerufen und Roland hatte sich ungeniert gestreckt.

„Längst leer. Morgen kriege ich neuen. Dann aber zum vollen Preis."

„Auch wenn er für eine Freundin ist?"

„*Gerade* wenn er für eine Freundin ist."

Sie hatte, genervt von ihrem eigenen

Verständnis, erneut genickt und mit den Fingerspitzen über die unter dem Supermarkt-LED-Licht bunt knisternden Verpackungen gestrichen. War es wirklich so wichtig gewesen? Er hatte sich doch bereits entschieden. Er wollte zurückkommen. Wollte zu ihr und fort, fort, fort mit ihr. Eine wirklich angenehme Abwechslung, das musste sie zugeben.

Sie hatte also nach der größten Packung gegriffen - und die war nun mal voller Lakritze gewesen. Lang und gesalzen. Sie ging damit zur Kasse.

Es war Morgen in Cracklewood, der Gruselhauptstadt der Region, das von all seiner surreal gefeierten Schaurigkeit nun verkatert schien. Es war zu spät für die Massen an Berufstätigen, diesem ganzen Departement eingerichteter und in Baumwollhemden verpackter Pünktlichkeit. Es war aber außerdem zu früh für alle Mütter und Väter, die sich einen Happen oder einen Schluck Brause für ihren Spaziergang besorgen wollten. Noch träumten die dazugehörigen Kleinen, die nur wenige Stunden davor hatten Superhelden und Ballerinas und Dinosaurier sein dürfen, in ihren Bettchen. (Sie hatten sogar ein Kleinkind verkleidet als Ketchupflasche gesehen. (Die Eltern waren passenderweise die Mayonnaise und der Senf gewesen.) Sie hatte sein ehrliches Lachen immer noch im Ohr.)

Sie war die einzige Kundin im Laden. Roland grinste und seine Angestellten kicherten. „Man hat sich nach dir erkundigt", sagte er, während er die Süßigkeiten über die Kasse zog. Es piepte.

„Ach tatsächlich?"

„Ja. Ein Fremder, mit Akzent. Habe ihn dann zu dir rüber geschickt. Blond war er. Und *groß*." Roland zog an dem Vokal, bis er fast so lang war wie die Beine des Mannes, um den es hier ging. Sie stöhnte und das entging den Anwesenden nicht. Sie stürzten sich auf diesen Laut, allesamt.

„Dann kennt ihr euch?", fragten sie gackernd. „Woher?"

„Wo man jemanden eben zufällig so trifft."

Der Drucker ratterte und bearbeitete nach und nach ihren Bon. Noch immer hielt Roland ihren Einkauf und sie damit gefangen. „Ich hab es euch doch gesagt: Sie wird nicht reden", sagte er.

„Muss sie auch nicht", entgegnete eine Kassiererin salopp. Sie pflückte eine übergroße Ratte aus Gummi von einer Regalkante. „Dafür redet Cassandra umso mehr. Er hat ein Zimmer bei ihr in der Pension gemietet. Ist nur zum Frühstück runter, hat etwas Rührei gegessen und dann alle Feierlichkeiten ignoriert, stellt euch das vor."

„Das heißt, er ist nicht mal zur großen Tombola?"

„Nein. Auch nicht zum Feuerwerk. Oder zur Riesen-Popcornmaschine. Dabei konnte die dieses Jahr salzig *und* süß! Der hatte nur an einer Sache

Interesse: an der Hexe von Cracklewood."

Sie griff etwas zu fest und mit weißen Knöcheln nach dem Band ihres Umhängebeutels. Münzen und ein Stück altes Brot für die Raben wurden darin durcheinander geworfen. „Nennt mich nicht so!", rief sie ungehalten.

„Ach komm. Wir ärgern dich doch nur ein wenig." Mit einem Ratschen wurde der Bon von der Rolle gerissen. Roland hielt ihr ihren Einkauf wie eine Friedenspfeife entgegen. Sie beschloss, sie zu akzeptieren und einen Zug zu nehmen.

Womöglich war es die Nostalgie, gemischt mit der Aufregung, doch in diesem Moment war sie sich sicher, dass ihr diese grenzüberschreitenden, unverschämten Gespräche bald fehlen würden. Hier war klar, was sie würde zurücklassen müssen. Das war bei Weitem nicht in allen Bereichen so. Nach seinem Verschwinden hatte sie versucht, sich ihrem Schrank zu widmen, nur um festzustellen, dass sie eindeutig zu viele paillettenbesetzte Kleidungsstücke besaß. Die alle mitzunehmen, war unmöglich. „Außerdem ist es offensichtlich. Er mag dich. Du hast den Kerl umgehauen."

Stimmt, dachte sie sich. Und das nicht nur einmal. Trotzdem steht er immer wieder auf.

„Er könnte auch Angestellter eines Inkasso-Unternehmens sein und Schulden bei mir eintreiben wollen", hielt sie entgegen. „Oder er ist ein Auftragsmörder."

„Bitte nicht. Wir brauchen nicht noch eine Verhaftung. Ein Verehrer ist uns lieber." Delikatessen-Roland stand auf und ging auf sie zu. Freundschaftlich legte er ihr seine Hand auf die Schulter. „Das ist eine gute Sache. Du hast dir das verdient", sagte er.

Sie musste schwer schlucken. Vor einigen Jahrzehnten war dieser Markt eine Werkstatt gewesen, sie erinnerte sich noch genau. Sie hatte den Geruch von Beton und Benzin noch in der Nase, denn er war tief in den Kunststein eingedrungen und hatte sich wie ein Mantel um die Körnung gelegt. Sie nieste und er ließ sie los.

„Und trotzdem. Ein Fremder ist ein Fremder und vor denen muss man sich in Acht nehmen."

„Ich war auch mal eine Fremde", erinnerte sie ihn.

„Nein, das warst du nicht. Du hast hier schon immer her gepasst."

Sie wusste nicht, ob sie ihm da zustimmen konnte. Sie sah durch das Fenster hinaus auf die altbekannte Hauptstraße. Auf den Spielplatz mit dem Hickorybaum. Auf die Bushaltestelle. Und all ihre Leben zogen an ihr vorbei.

Roland nahm wieder seinen Platz hinter der Kasse ein und durchbrach dann die tiefe Stille des Morgens. „Soll heißen: Pass auf dich auf, Ruth."

Sie spürte, dass sie lächelte, obwohl es doch so schwer war. Ruth klemmte sich die Lakritze unter den Arm, bereit zum Aufbruch und bereit für den blonden Mann mit seinen langen Beinen, mit denen er schon so oft vor ihr geflüchtet war. Wieso sollte es dieses Mal anders ausgehen? War sie denn wahnsinnig?

Wahrscheinlich, denn sie sagte mit Bedauern: „Ihr auch."

Und dann ging sie, denn sie hatte noch viel zu tun. Die Glöckchen über der Tür bimmelten.

Sie nahm einen tiefen Atemzug. Der Schwarzpulvermief war schon fast verflogen und die Kälte pustete durch ihren Kopf. Es musste sein. Die Jahre waren vergangen. Sie war bereit. Bereit zu packen.

Und bereit für andere, schwere, doch leider unausweichliche Paillettenentscheidungen.

Vor der Pension standen Putzeimer in unterschiedlichen Größen, Essiglösungen, ein Wischmopp und Allzweckreiniger. Dazwischen standen gähnende Leute, Gäste wohl, die Füße in Sandalen und die Hände voller ausgedruckter Flugtickets. Einige von ihnen hatten Kissen mitgebracht. Sie warteten. Es war, als habe man sie weggekehrt. Reliquien einer durchgemachten Nacht, die man nun müde und möglichst schnell loswerden wollte.

Ruth stieg über einen Laubhaufen und griff nach der Tageszeitung, die auf der Türschwelle lag. Sie gönnte sich einen kurzen Blick auf die Nachrichten, überblätterte das Regionale, den Sport und das Feuilleton. Hängen blieb sie am Internationalen, auf der Suche nach etwas Unerklärlichem. Sie fand nichts. War das gut oder verdächtig?

Ruth rollte die Zeitung zusammen, klopfte ihren Mantel aus und sah sich um. Die Rezeption war unbesetzt und über und über beklebt mit Seeglas. Trübes Lila, Grün, Türkis und Blau. Wie zur Beruhigung fuhr sie mit den Fingerspitzen darüber. Das Glas war glatt und so kühl wie der Ozean, aus dem es stammte.

„Hallo?", rief Ruth, während sie auf die Rezeptionsglocke drückte und der helle Ton durch den Eingangsbereich hallte. Der Boden war frisch gewischt, wie sie erst jetzt feststellte. Erschrocken sah sie ihre eigenen Stiefelabdrücke an - klebte an ihren Schuhen etwa noch Friedhofsdreck? - und murmelte einen schnellen Reinigungszauber.

„Jemand da?", versuchte sie es erneut, dieses Mal etwas lauter, und Ruth war sich schließlich nicht sicher, ob das eine gute Idee oder ein Fehler gewesen war. Denn die Antwort, die sie erhielt, war pikiert. Und zeternd.

„Natürlich ist jemand hier. Ich bin immer hier. Ich bin nur nicht Ihre persönliche Assistentin, wer auch immer Sie sind." Cassandra, die Inhaberin der Pension, kam aus einer Tür auf der linken Seite - dahinter befand sich, wie Ruth wusste, die Küche.

(Sie hatte hier schon einige Hochzeitsfeste besucht. Runde Geburtstage. Taufen. Und Stadtjubiläen.)

Sie hielt eine große Keramikschüssel in den Händen, die bemalt war mit Fliegenpilzen und Efeugirlanden. Etwas zu bestimmt und etwas zu energisch ließ Cassandra einen Kochlöffel darin kreisen. Je mehr sie rührte, umso mehr Teigtropfen flogen durch den Eingangsbereich. Sie blieben an Ruths Brillengläsern hängen.

„Oh, Ruth, du bist es!", rief sie, den Teig dabei jedoch immer noch malträtierend.

„Tut mir leid, wirklich. War nicht so gemeint. Die Gäste kosten mir nur die letzten Nerven. Was bin ich froh, dass jetzt die Nebensaison kommt."

Da konnte sie ihr nicht zustimmen. Gestern hatte sie sich gewünscht, die Nacht möge niemals enden.

„Ich habe deine Zeitung vor einem Dutzend Paaren trampelnder Füße gerettet", sagte sie, die Gedanken beiseiteschiebend, und hielt ihr das Blatt entgegen. „Ich habe außerdem nicht vor, dich lange zu behelligen, keine Sorge. Ein Bekannter von mir ist bei dir untergekommen. Jetzt brauche ich nur noch die Zimmernummer, dann bin ich auch schon wieder weg."

„Bekannter", wiederholte Cassandra. Ihre Augen begannen zu funkeln. „Ich denke, ich weiß, von wem du sprichst. Er hat sich heute noch nicht blicken lassen. Sag ihm, dass das die letzten

Pfannkuchen für heute sind. Er sitzt im Zimmer Sieben, erster Stock."

„Das werde ich tun. Danke."

„Jetzt bin ich aber doch neugierig. Wo hast du den denn aufgegabelt?"

Ruth seufzte, denn natürlich wusste sie es noch ganz genau. 1761, so lange war es bereits her. Die tieforangene Sonne war zuerst die einzige Lichtquelle im sonst so düsteren böhmischen Wald gewesen. Sie hatte geglaubt, allein zu sein, mit dem Geruch verwesenden Holzes und verwesender Beziehungen in der Nase, und so war für ihn ein leichtes gewesen, ihre Aufmerksamkeit zu erhaschen. Es war für ihn nicht gut ausgegangen. Und, wenn Ruth ehrlich war: für sie auch nicht.

Sie war sein Untergang. Und er der ihre.

„Tschechien", antwortete sie der Pensionsbesitzerin schließlich schlicht.

„Ach, ein Kommunist!", rief Cassandra und Ruth hob eine Augenbraue. „Hab's mir ja fast gedacht. Er hat einen ganz schwierigen Namen, dein Freund, mit Strichen auf den Buchstaben."

„Die spricht man lang aus."

Cassandra schüttelte den Kopf. „Was du alles weißt."

„Ich hab im Laden noch einen Tschechischsprachkurs, mit Buch und Sprachdateien. Er ist kaum benutzt. Wenn du magst, bringe ich ihn dir vorbei. Ist ein Geschenk."

„Nein, nein, das geht nicht. Du brauchst den sicher noch. Und außerdem werde ich für so etwas langsam zu alt. Es kann sich nicht jeder so gut halten wie du."

Ruth lächelte. „Man ist nie zu alt für Neues", sagte sie. *Oder zu tot*, fügte sie in Gedanken hinzu.

„Womöglich hast du recht. Was, wenn er nun öfter kommt? Man will sich ja unterhalten können." Der Teig schlug langsam Blasen. „Aber die Hochzeitsfeier findet hier statt, hörst du? Ich weiß, dass du die Marchbanks magst, aber das Café hat nicht genug Platz für alle Leute, die du einladen musst."

Ruth legte die Zeitung auf die Theke, neben einigen noch nicht aufgehängten Schlüsselbünden. „Niemand heiratet hier irgendwen. Unmöglich", antwortete sie so bestimmend, wie sie konnte.

Doch Cassandra schüttelte den Kopf. „Ich habe keinen Ring an seinem Finger gesehen. Oder ist er dir etwa zu jung?"

Ganz im Gegenteil, dachte sie. *Er ist älter als ich. Älter als die Menschheit und älter als ihre Städte und ihre Hierarchien und ihre Träume und vielleicht ist das der Grund, weshalb ihn erste faszinieren und er auf letzteren herumtrampelt. Denn er ist so alt wie das flüsternde Gras und die grölende See und die stummen Berge selbst.*

Doch auch das war etwas, das Ruth nicht würde erklären können. Wie auch? Und so machte sie sich auf den Weg in den ersten Stock, wie immer allein. Der dicke Teppichboden schluckte jedes Trittgeräusch. Alles war still, alles verstummt, und dennoch musste sie nicht klopfen. Sie hätte sich nicht anschleichen oder sich umentscheiden können. Die Tür von Zimmer Sieben stand offen. Er wartete bereits auf sie.

„Ich wusste, dass du kommen würdest", sagte er, mit einem unverschämten Grinsen im Gesicht. Ruth wusste nicht, was sie darauf erwidern sollte. Für sie war er gerade wie ein Bär am Fluss, der seelenruhig darauf warten konnte, bis der Fisch ihm in die Tatzen sprang.

Dieser dumme, dumme Fisch.

Doch was blieb ihr anderes übrig? Sie kannte nur diesen Weg. Kannte nur diesen Wasserfall.

Sie schob sich an ihm vorbei, hinein in einen dunklen Raum. Dessen Bewohner hatte wohl den Morgen verpasst. Es wunderte sie nicht: Licht mochte kein Licht. Es brauchte Schatten, um zu leuchten.

Ruth sah sich um. Sein Koffer stand offen und neben dem Schrank. Er hatte ihn nicht ausgeräumt. Alles stand unangetastet an seinem Platz, die Wasserflasche, die Kleiderbügel, die Fernbedienungen. Nur das Bett war unordentlich. Auf der dicken rot-braun karierten Tagesdecke und dem Spitzenkissen verteilt lagen unterschiedliche Dokumente. Mr. Procházka war auf einem zu lesen.

„Dein Ernst?", entfuhr es ihr. Er hob eine

Augenbraue. „Ein anderer Nachname ist dir nicht eingefallen?"

„Was ist an diesem denn auszusetzen?"

„Procházka bedeutet Spaziergänger, oder?"

„Ja. Und?"

„Du bist ein *Irrlicht*", erinnerte sie ihn. „Irrlichter töten Spaziergänger!"

„Moore töten Spaziergänger, Ruthie. Nicht ich. Moore und Wälder. Ich führe sie nur hin. Außerdem ist er nur für vorübergehend."

Das war eine irrsinnige Diskussion, das war ihnen beiden klar. Langsam schloss er die Tür und sie sah ihm dabei zu. „Wieso hast du dich bei meinen Nachbarn nach mir erkundigt?", fragte sie schroff. „Jetzt bist du ihnen suspekt. Das war unnötig. Und töricht. Du hättest meiner Magiespur folgen können."

Er stimmte ihr zu. „Das hätte ich tun können, ja. Deiner Magie entkommt man nicht. Sie erschlägt einen, kaum hat man einen Fuß über die verdammte Ortsgrenze gesetzt. Sie klebt überall." An der Decke drehte sich der Ventilator träge. Er keuchte und erst jetzt erkannte Ruth, dass er schwitzte. „Es ist ziemlich anstrengend."

„Oh Jaromír." Sie verstand. Erbost rief sie: „Wieso lungerst du herum, anstatt mich um Hilfe zu bitten?"

„Ich hätte nicht gedacht, dass es so ein Problem ist."

„Cracklewood ist eine verfluchte magische

Wüste. Du und dein enormes Ego dachtet wirklich, eine *Wüste* sei kein Problem?"

„Nicht, wenn du deren Sonne bist." Er wurde leiser. „Ich habe unterschätzt, wie sauer du auf mich bist."

Sauer war sie tatsächlich, sauer wie ranzige Butter, das musste sie zugeben, doch nicht sauer genug, um ihn leiden zu lassen. Dafür war zu viel geschehen und zu viel verpufft seit seinem Verrat. Seit ihnen beiden. Da waren Freundschaften gewesen und Zusammenhalt und Trauer. Bücher und Häkelabende und Straßenfeste. Renovierungen und Neueröffnungen. Ein Katzenjunges aus dem lokalen Tierheim. Vereins- und Gemeinderatskollegen. Und Simon. Da war Simon gewesen.

„Komm her", forderte sie Jaromír schließlich auf. „Das kann so nicht bleiben."

Das fand er offenbar auch, denn er gehorchte. Er trug keine Schuhe, weshalb er trotz seiner Müdigkeit leichtfüßig war. Er machte einen federnden Schritt und noch einen und stand dann direkt vor ihr. Sie sah zu ihm hoch und hatte sich noch nicht wieder an diese Ansicht gewöhnt. Er könnte überall sein, doch er war hier. Sie hatte ihn so oft gebeten und nun war er da. Nach über zwei Jahrhunderten.

Ruth griff in ihren Beutel und streckte dann die Hand aus. Sie berührte sein Schlüsselbein - seine Haut, die sich darüber spannte, war warm unter ihren Fingerspitzen. Seit Atem ging schnell. Sein Adamsapfel hüpfte. Lange hatte sie keine andere Magie mehr gespürt. Ruth hatte deshalb keine Probleme, sie zu entdecken, auch wenn sie sich in sein tiefstes Innerstes zurückgezogen hatte, ganz zusammengesunken.

Sie konzentrierte sich auf dieses bisschen. Und stieß zu.

Sie schob. Drückte ihre eigene Magie in ihn hinein und füllte so aus, was er selbst aktuell nicht ausfüllen konnte. Sie hörte ihn japsen. Die Münze, nun unbrauchbar, landete hinter ihm auf einem Beistelltischchen.

Jaromír stolperte vorwärts und zog an der Verbindung, dieser Starthilfe, die Ruth zwischen ihnen kreiert hatte. „So hatte ich mir das gedacht. Geteilte Energie!", hauchte er. „Danke."

„Gewöhn dich nicht dran. Sobald wir weg sind, wird das gekappt. Ich brauche meine Kraft für andere Dinge."

„Andere Dinge, so so." Er grinste wieder und fast bereute sie es, ihm geholfen zu haben. Er ließ sich zurück auf das Bett sinken und schlug die Beine übereinander. Seine nur halblange Hose rutschte dabei hoch und legte mehr schweißnasse Haut frei, als Ruth heute hatte zu Gesicht kriegen wollen. Er trug ein Blau, das zu der dunklen Umgebung passte. Noch leicht keuchend klopfte er neben sich. „Setz dich, Ruthie", sagte er. „Wir haben einiges zu besprechen."

Eine Einladung, ganz klar. Die würde er bereuen. Hatte er etwa nicht gesehen, dass sie zuvor zwei Münzen hervorgeholt hatte?

Sie ignorierte deshalb den ihr angebotenen Platz - und stürzte sich stattdessen auf ihn. Überwältigt hatte sie ihn schnell und mit ihren Knien auf seinen Armen blieb sie sitzen. Er wollte also reden? Dann würden sie reden. „Ich dachte, dir geht es um die Golems", knurrte sie.

Er wandte sich unter ihrem Zauber. „Tut es auch."

„Wieso stolzierst du dann wie ein Gockel durch meine Heimat?"

„Du bist mein Mädchen. Ich finde, das darf ruhig jeder wissen." Sie drückte ihn noch etwas fester in die Matratze. Er kreischte. „*Aufhören!*"

Das tat sie nicht. Stattdessen wartete sie, auf eine Erklärung, auf ein Geständnis. „Ich liege gerade inmitten deines neuen Lebens, Ruth", sagte er.

„Bitte was?"

Eine Kopfbewegung und Ruth verstand, dass er die Papiere meinte. „Du hast eine neue Geburtsurkunde samt Sozialversicherungsnummer. Einen neuen Personalausweis, einen neuen Reisepass. Ein Bankkonto. Eine Krankenversicherung. Schulzeugnisse. Ich habe mich um alles gekümmert. Du musst nur mit mir mitkommen." Er wehrte sich nun nicht mehr. Sah sie abschätzend an. „Das ist keine große Sache. Du weißt doch, wie das geht. Das wievielte Mal wäre es?"

„Erst das vierte."

„Und wie ist es sonst ablaufen? Wie hast du's getan?"

„Einmal bin ich angeblich umgezogen, das war noch vor der Erfindung des Telefons. Da ging das noch."

„Und danach hast du deinen Tod vorgetäuscht?", schlussfolgerte Jaromír richtig und Ruth nickte. Weshalb interessierte ihn das plötzlich? Worauf wollte er hinaus? „Und die Leichen?"

„Der Ort ist umgeben von Rübenfeldern. Ich habe mir einen kleinen Teil der Ernte geborgt und ihn verhext, mit einem Illusionszauber."

„Kannst du froh sein, dass sie nicht auf eine Obduktion bestanden haben. Aber dann ist uns zumindest beiden klar, was passieren muss. Ruth, *diese* Ruth, muss verschwinden." Er versuchte, sich aufzusetzen. „Womöglich hat ihr Verschwinden etwas mit diesem mysteriösen Unbekannten zu tun, der Tage zuvor aufgetaucht ist."

Sie krabbelte rückwärts, fast bis zu der Bettkante. Schlug er gerade tatsächlich vor, was sie glaubte, dass er vorschlug? Bot er ihr nicht nur einen Ausweg an, sondern gleich das benötigte Fluchtfahrzeug? Hatte er sogar vor, dieses zu fahren? Mit quietschenden Reifen und schmelzendem Gummi? „Du willst eine Fährte legen", hauchte sie. Blinzelte. „Du wolltest verdächtig wirken."

Er lächelte wieder und dieses Mal erkannte Ruth das eindeutige Komplizenlächeln. Sie sollte endlich, endlich aufhören, ihn zu unterschätzen. Der Schreck, der saß tief. Sie schälte sich aus ihrem Mantel, denn plötzlich wurde auch ihr enorm heiß.

Jaromír, weiterhin auf dem Rücken liegend, war das egal. Gelassen fuhr er fort. „Ich habe ein passendes Ehepaar ausfindig machen können. Sie Amerikanerin, er Tscheche. Sie haben sich kennengelernt, nachdem der eiserne Vorhang gelüftet wurde. Sie waren kinderlos. Dank mir sind sie es nun nicht mehr. Du bist jetzt ihre Tochter."

Ruth schluckte und tastete nach der falschen Geburtsurkunde. „Was sind das für Leute?", wollte sie wissen.

Jaromír zuckte mit den Schultern. „Tot", sagte er. Natürlich: Da machte sie schon Veränderungen durch und dennoch blieb alles, wie es war. Sie war verwaist. Elternlos. Mutterseelenallein. War es tatsächlich so schwer, jemand Lebendigen zu finden? Jemanden, den man einweihen konnte und der sie trotzdem aufnehmen würde? Jemanden, der sie zu Nachmittagskaffee einladen würde, zu brösligem Kuchen auf kleinen Tellern mit welligem Rand und abgewaschenem Blumenmuster? Der sie morgens anrufen würde, nur um kurz zu plaudern? Der ein Schnappschuss von ihr an die Wand hängen würde, selbst wenn es einer von der verwackelten, überbelichteten Sorte sein sollte?

Sie hatte es nie geschafft, die Gräber ihrer echten Eltern ausfindig zu machen. Ihr blieb es nur zu hoffen, dass sie ihren Frieden gefunden hatten, irgendwo. Irgendwie.

Sie zitterte und es war ihr so kaum möglich, das Dokument in ihren Händen zu lesen. Jaromír hatte das bemerkt. Schließlich schob er ein Bild davor. „Sie hatten ein Haus auf dem Land. Du hast es geerbt. Natürlich muss man etwas Arbeit reinstecken, aber...es gehört nun dir", sagte er sanft. Er deutete auf die absplitternden Fensterläden, die Gänseblümchen und den Löwenzahn und die Butterblumen auf dem Rasen, den zugeklappten Sonnenschirm und die ausgeblichenen Gartenmöbel. Es gehörte ihr. All das gehörte ihr. Und war gestohlen. „Wenn in der Hauptstadt wieder Ruhe eingekehrt ist, können wir die Wochenenden dort verbringen. Was hältst du davon, Ruthie?"

Er kam wieder näher und näher, rieb sich die geschundenen Arme und ließ Gelenke krachen. Er roch nach schwarzem Kaffee und Unausgeschlafenheit. Sie antwortete nicht, deshalb versuchte er es mit einer weiteren Frage. „Was soll eigentlich die dreckige Brille?", wollte er wissen.

„Findest du sie nicht gut?"

„Doch, sicher. Ist nur ungewohnt."

„Es kann nun mal nicht alles so bleiben, wie es

mal war." Ihre Stimme war rau, kratzend wie das Grammophon, zu dessen Musik sie einst getanzt hatten.

„Nicht alles, da hast du recht. Aber manche Dinge, die ändern sich nie. Die sind für die Ewigkeit." Woher nahm er diese Selbstverständlichkeit? Selbst sein Haar war anders, noch immer ungezähmt, aber kürzer als sie es in Erinnerung hatte. Früher, da hatte er es sich mit einem dünnen, schwarzen Samtband zusammengebunden. Wieso fiel ihr das auf? Und wieso war es ihr so wichtig, was er von ihrem Äußeren hielt? Vorsichtig betastete Ruth ihr Gestell mit den Brillengläsern, die noch voll waren von klebrigen Teigresten. Schließlich nahm sie es ab.

„Morgen gegen Nachmittag geht unser Flieger. Wir nehmen einen Direktflug, das ist angenehmer. Ich muss nur noch dafür sorgen, dass dein kratzbürstiger Kater auch angemeldet ist - so wie ich dich einschätze, möchtest du den nämlich mitnehmen, nicht wahr?" Er plapperte und plauderte weiter, sprach von Dingen, die er ihr zeigen wolle, von seiner Wohnung und seiner Elektronik und seiner Sauna und seinem beheizten Whirlpool, während sie an die Gräber hinter ihrem Häuschen dachte und an die Seele der Kleinstadt, die er manipuliert, aber nie wirklich verstanden hatte.

Genauso wenig, wie er sie damals verstanden

hatte. Und genauso wenig, wie er sie in diesem Moment verstand. „Das interessiert dich alles herzlich wenig, nicht wahr?", murmelte er. „Du kommst aber trotzdem mit, oder?"

„Natürlich komme ich mit." Über ihre Verbindung konnte sie Jaromírs Erleichterung spüren. Langsam, ganz langsam, normalisierte sich sein Puls und er gewöhnte sich an die Umgebung und an die wenige Magie an diesem magischen Platz. Entschlossen griff Ruth nach ihrer übergroßen Packung Lakritz. Sie atmete tief ein.

„Aber nicht allein."

KAPITEL ZWEI

Die meisten Menschen brachten Blumen mit auf den Friedhof, Kerzen und Erinnerungsstücke, laminierte Fotos oder Rosenkränze. Ruth hingegen brachte eine Thermoskanne. Eine leere Thermoskanne, wohlgemerkt. Was schade war, denn der Abend war trüb und trostlos und hätte sicher etwas Tee vertragen können.

Ruth saß auf einer Bank im Schatten einer Trauerweide und wartete. Die langen, nackten Zweige des Baumes schwangen vor ihr hin und her, verdeckten jedoch kaum das Mausoleum. Es war alt, das Schloss entsprechend rostig, nur die Namensplakette ganz außen war noch fleckenlos. Jemand hatte sie vor Kurzem poliert und war ihr damit zuvorgekommen. Erst ein Jahr war seit seinem Todestag vergangen, alles war noch frisch, der Aktionismus entsprechend groß.

Ruth lauschte dem Wind und den Gemeindearbeitern, die in schreiend orangenen Jacken durch das Unkraut stapften, an den Weißdornbüschen vorbei, und den letzten Müll zusammenkehrten. Das gusseiserne Tor des Friedhofs quietschte, als auch sie endlich verschwanden und Ruth aufspringen und sich an die Arbeit machen konnte. Kurz sah sie hin, während sie sich die Hände rieb - das Metall bildete Alpha und Omega, umgeben von Rosen.

Die Erde war zu fest, um das Zeichen in den Boden zu ritzen. Nach vier Versuchen gab sie auf. Sie musste sich anders behelfen.

Ruth stellte deshalb ihre Kanne ab und ging gebückt die geschlängelten Wege zwischen den Gräbern entlang. Sobald sie einen geeigneten Kieselstein fand, pustete sie diesen ab und steckte ihn in die Tasche ihres Schürzenkleides. Und obwohl diese voller und voller wurde, wurde Ruth immer nervöser. Es ging ihr nicht schnell genug. Das Klackern der Steine klang wie Knochenklappern. Sie wollte ihn zurückholen. Wollte ihn sprechen, musste ihn sprechen, und sich selbst beweisen, dass sie sich ihn nicht eingebildet hatte.

Das Pentagramm war bereits fertig, was noch fehlte, waren die Münzen und die Süßwaren an den Spitzen (die waren schnell platziert), und ein Kreis aus Erde (der war, mit einer Handvoll, schnell gezogen). Sie hob ihre schmutzigen Hände, sprach die Beschwörungsformel und webte seinen Namen in den Zauber. Wie ein Goldfaden war dieser nun. Zu ihren Füßen schmolz die Lakritze. In der Nähe schrie ein Kauz, ansonsten waren nur Ruths Befehle zu hören: Löse dich. Kehre zurück.

Ihre Heimat hatte schon viele Geschöpfe

beherbergt, hatte viele Seelen berührt. Ruth hatte deshalb die Auswahl und musste sich anstrengen, um nicht versehentlich den falschen Geist heraufzubeschwören. Wie viele Marchbanks wohl bereits über diesen Boden gewandelt waren?

Angestrengt kniff Ruth die Augen zusammen. Sie versuchte, sich sein Gesicht vorzustellen und jedem klar zu machen, dass sie nur Interesse an diesem speziellen Teil des Jenseits hatte. Sie konzentrierte sich auf ihre jüngsten Erinnerungen an ihn und rief sich dann ihre erste Begegnung ins Gedächtnis. Wenn sie doch nur geahnt hätte, was passieren sollte! Ihr Haar war voller Staub gewesen. Ob sie nun ein schöneres Bild abgab?

Sie hatte damals begonnen, den Laden zu bestücken. Die ersten Reinigungszauber hatte sie schon hinter sich gebracht, Böden und Wände und Treppen auf Vordermann gebracht. Nur sich selbst hatte sie an diesem Tag vergessen.

Sie war gerade von der Post gekommen, hatte ihre erste Lieferung in den Armen und ihren Schlüssel bereits in der Hand gehabt, als sie eine Gestalt auf ihren Eingangsstufen entdeckte, deren Gesicht von einer Kapuze verdeckt gewesen war.

Wie hatte sich gefragt, wie sie nun reagieren sollte. Mit einem Fluch oder einem Hilfezauber? Hilfe oder Verderben? Es war ein kleiner Dezembermorgen gewesen, zum Erfrieren kalt, und der Winter hatte sich über Cracklewood gelegt. Die gesamte Hauptstraße war schneebedeckt gewesen, das Kopfsteinpflaster nicht mehr auszumachen, und an den Regenrinnen hatten die Eiszapfen geglitzert. Spontane-Waffen-scharf.

„Hallo?" Ruth hatte das Paket abgestellt und nach ihrem Besen gegriffen. Mit dem Stiel und dem resultierenden Sicherheitsabstand hatte sie den Fremden angestupst. War er betrunken gewesen? Verletzt? Tot gar? „Kann man dir helfen?"

Erleichtert hatte sie beobachtet, wie er sich die Augen rieb und die Kapuze nach hinten schob. Und sogar das folgende entsetzte Aufspringen hatte sie ihm verziehen, wenn sie ehrlich zu sich selbst war, gar nicht wahrgenommen. Seine Haut war blass gewesen und seine Augenringe furchtbar tief. Doch der Rest? Der war überraschend entzückend gewesen. (Natürlich hatte Ruth ihren treuen Hexenbesen dennoch nicht losgelassen. Auch entzückende Personen neigten dazu, jemanden in den Rücken zu fallen.)

Seine Locken hatten neben dem vielen Weiß um sie herum noch dunkler gewirkt.

Erinnere dich daran, murmelte Ruth, höchstkonzentriert. An seine Locken. Seine Locken waren dunkel.

Er hatte eine Jeans getragen und schwere Winterschuhe, farblich hatte nichts zusammengepasst, mustertechnisch auch nicht. „Was soll das?" Er hatte sich beschwert und sich die Seite gerieben. „Das tat weh!"

„Na, das will ich doch hoffen! Wer herumlungert, wird weggekehrt."

„Ich lungere nicht!"

„Nein? Was tust du sonst?"

„Ich warte auf den Bus. Muss zum College." Eine kurze Pause. „Und ich weiß wirklich nicht, warum ich dir das erzähle."

Ruth hatte skeptisch über ihre Schulter geblickt. „Die Bushaltestelle ist da hinten", hatte sie gesagt,

„Ja, ich weiß." Er hatte sich die Nasenwurzel massiert. „Aber die Sitzplätze waren alle besetzt. Ich wollte nur eine kurze Pause einlegen und muss eingeschlafen sein. Die Nacht war lang."

Also war er doch ein Trunkenbold! Ruth hatte den Besen gehoben, um ihn beim Randalieren zu hindern, und der Fremde daraufhin abwehrend seine Hände. „Nicht in diesem Sinne lang!", hatte er gerufen. Seit Atem waren zu wolligen Wölkchen geworden, die ihr entgegen geflattert waren. „Meine Prüfungen stehen an, dafür muss ich ziemlich büffeln. Und die Laborberichte schreiben sich leider auch nicht von allein und bald ist Abgabe. Vor dem Howell-Haus störe ich doch niemanden."

„Du störst *mich*."

„Das tut mir ehrlich leid." Er hatte gegähnt und dieses Gähnen hatte fast die Scham in seinem Gesicht verschluckt. Schließlich hatte er, mit dämmerungsrosafarbenen Ohren, nach einem

Rucksack neben sich gegriffen. Erinnere dich. Erinnere dich daran. „Ich verschwinde ja schon. Mein Bus kommt ohnehin in wenigen Minuten."

Tatsächlich? Die Kirchenglocken hatten zur vollen Stunde geschlagen und Ruth hatte mit dem Kopf geschüttelt. „Eher in zwei Stunden."

„Das ist nicht dein Ernst! Ich habe doch nicht etwa den Morgenbus verpasst?"

„Ich befürchte doch."

Alarmiert war er die Treppenstufen heruntergesprungen, was den Pulverschnee aufgewirbelt hatte. „Dann ist meine Lerngruppe auch schon weg!"

Ein Fluchen, leise, erschöpft und wie in Kleinbuchstaben, und Ruth hatte beschlossen, dass es an der Zeit gewesen war, ihren ersten Gast einzuladen. Ihr Vorgarten war zu dieser Jahreszeit und frostverdorrt wirklich kein Ort zum Verweilen gewesen. „Möchtest du mit reinkommen?", hatte sie ihn - nun nett - gefragt.

„Was?" Er hatte gestockt. „Wofür? Was wird das? Eine Mutprobe?"

„Eher eine Kanne Tee. Du solltest dich dringend aufwärmen."

„Tee?", hatte er wiederholt. „Im Howell-Haus? Sicher nicht. Du wirst da drin nur Motten finden. Es steht so lange ich denken kann leer."

„Tut es nicht." Sie hatte die Schlüssel in ihren Händen klimpern lassen. „Nicht mehr. Ich habe es gekauft."

„Hast du?" Zitternd hatte er zu ihren trüben Fenstern emporgesehen und sie hatte die Tür geöffnet. Sich. Ihm. „Wieso das denn?"

„Ich möchte eine Buchhandlung eröffnen."

„Wir haben hier noch keine", hatte er gesagt.

„Ist mir aufgefallen. Das müssen wir ändern."

Viel hatte sich noch nicht in dem großen Raum befunden. Nur leere Regale, noch verschlossene Umzugskartons, eine alte Waschmaschine und eine Heizung, die vor sich hingeblubbert hatte. In der Ecke waren noch die vergilbten Zeitungsseiten gelegen, mit denen sie Jahrzehnte zuvor die Fenster abgeklebt hatte. (Die kaum mehr entzifferbaren Nachrichten? Ein gewisser Kennedy war zum fünfunddreißigsten Präsidenten der Vereinigten Staaten gewählt worden.) Ruth hatte sie hastig zusammengeknüllt und dann begonnen, ihren Wasserkocher zu suchen.

„Ich habe leider keinen losen Tee da. Du musst mit Beuteln vorlieb nehmen", hatte sie dem Fremden zugerufen. „Ich hoffe, du magst Pfefferminze."

„Du musst dir wirklich keine Umstände wegen mir machen."

„Tue ich nicht."

Mehr hatte sie nicht gesagt und im Stillen hatte sie das Wasser aufgekocht, nicht zusammenpassende Tassen hervorgeholt (keine Untertassen) und in dem dampfenden Tee dann kristallisierten Honig versenkt. Beim Herumrühren und unbeaufsichtigt hatte sie einen Zauber hineingesprochen. Ohne Aufforderung hatte er getrunken, mit vorsichtigen Schlucken.

„Das hilft tatsächlich", hatte er, überrascht und nach einem letzten Gähnen, gemurmelt. Die Augenringe waren verschwunden. „Ich fühle mich schon viel besser."

„Freut mich." Sie hatte sich auf einem Karton nieder- und ihn dabei nicht aus den Augen gelassen. „Ich heiße Ruth, nebenbei."

„Simon." Er hatte sich gestreckt, die Decke gestreift und Schmutz herabrieseln lassen. „Scheint, als hättest du hier noch einiges zu tun, Ruth." Er hatte den Raum durchquert, gegen Wände geklopft und die alten Regale fachmännisch begutachtet (dass diese aus massiver Virginia-Eiche gefertigt worden waren, hatte er gleich erkannt).

„Ich möchte sie streichen", hatte Ruth schließlich gesagt. „In einem schönen Violett."

„Dazu musst du sie erst abschleifen."

„Kennst du dich aus?"

„Ein wenig. Siehst du den leichten Glanz? Das Holz ist schon klar lackiert, das muss vorher runter. Wenn du das mit einem Schleifpapier machst, bist du Ewigkeiten beschäftigt und holst du dir eine Sehnenscheidenentzündung. Mein Vater hat eine Schleifmaschine, die ist wesentlich effektiver. Ich bring sie dir die Tage über vorbei, wenn du magst."

„Du kommst also wieder? Bedeutet das, ich habe meinen ersten Stammkunden?"

Er hatte gelächelt, krumm und natürlich und warm wie das Holz, das ihm so bekannt gewesen war, und die Staubpartikel hatten ihn umgeben wie eine Aura. Erinnere dich. Erinnere dich daran - sie hatte ihn einst angebetet und wie eine Litanei wiederholt sie nun diese Wörter, wieder und wieder. „Nicht wirklich. Ich bin kein fleißiger Leser."

„Auf die Gefahr hin, dass ich mich wiederhole: Das müssen wir ändern." ,

„Das schaffst du nicht. Genauso wenig, wie du dieses schwere Paket da draußen schleppen solltest. Lass mich dir helfen."

Und schon war er unterwegs gewesen, hatte das Glatteis ignoriert und sich nicht abhalten lassen. Er hatte ihre Buchbestellung in den Raum gehievt (historische Liebesromane aus der Regency-Epoche) und die ersten Dinge aus- und verräumt. Nach mehrmaligen Versuchen, die Waschmaschine von der Stelle zu bewegen, hatte er schließlich ächzend aufgegeben und sich mit dem Ärmel über die Stirn gewischt. „Dazu brauche ich die Hilfe von ein paar Kumpels", hatte er gekeucht. „Sind nette Kerle. Die bringe ich beim nächsten Mal einfach mit, ja?"

„Zusammen mit der Schleifmaschine, meinst du?"

„Genau."

Und so war Simon Teil ihres Lebens geworden. Ein kleiner Teil, sicher. Doch Ruth war später froh um jedes Treffen, jedes Winken, jeden Gruß gewesen. Sie hatte diesen kleinen Keimling gepflegt, auf dass er Wurzeln schlagen solle, wachsen und wachsen, und immer mehr Raum im Wald einnehmen, irgendwann. Hätte sie sich nicht etwas Pflegeleichteres suchen können? Oder hatte gerade diese Schwierigkeit den Reiz ausgemacht? Hatte sie, frisch verlassen, frisch getrennt, frisch verletzt, frisch zerstört, kurzum: so kurz nach Jaromír gar keinen Erfolg haben wollen?

Und dennoch. Er war gut aussehend gewesen, mit seinen wie Morgentau schimmernden Augen und seinen verlockend schleierkrautweißen Zähnen. Er war klug gewesen und wortgewandt und doch vor allem eines: nett. Simon war nett gewesen, ganz banal. Sich den Rücken für eine Bekannte ruinierend gut. Und er war es immer noch. Daran musste sie sich erinnern. Nur daran.

Ruth zwang sich zurück in die Gegenwart. Zurück auf dem Friedhof schlug sie die Augen auf.

Das Pentagramm hatte sanft silbern zu leuchten begonnen und wäre ihr das Atmen dank der Aufregung nicht ohnehin schwergefallen, hätte nun der aufsteigende Dunst ihr die Kehle zugeschnürt.

Ein süßlicher Duft verscheuchte den von verwesendem Grünschnitt, zu vielen Käfern und altem, ranzigen Wachs. Konnte man nicht schon eine Silhouette ausmachen? War da nicht die Ahnung eines Gesichts?

Hinter ihr knackte es und Ruth verlor erschrocken das Gleichgewicht. Sie fiel und wurde am Arm gepackt, bevor sie sich die Knie aufschlagen konnte (und sich die neue Strumpfhose ruinieren).

„Früher warst du weniger schreckhaft."

Sie schnappte nach Luft. „Was verdammt nochmal tust du hier?"

Jaromír legte den Kopf schief. „Ich vertrete mir die Beine. Jetzt wo ich es wieder kann."

„Blödsinn. Du lauerst mir auf, das ist es, was du tust!"

„Hätte ich dich dann nicht an einem romantischeren Ort abgepasst? Oder hat euer gottloser Flecken so etwas nicht? Keine Rosengärten, keine Restaurants?"

„Natürlich haben wir romantische Plätze! Nur wärest du der Letzte, mit dem ich die besuchen würde."

Jaromir zog sie hoch. Er war empört, vielleicht sogar zornig, das erkannte Ruth an den handtellergroßen Lichtern, die sich aus dem Nichts zusammensetzten und ihn hüpfend und in Spiralen umkreisten. Ruth gab sich große Mühe, ihnen nicht zu nah zu kommen. „Mit wem sonst?", zischte er flammend. „Doch nicht mit dem Kerl da hinten?"

Sie folgte seiner abwertenden Geste. Und

lächelte, als sie den besagten Kerl ebenfalls entdeckte. Lachte. Hüpfte sogar. Also hatte sie doch den richtigen Geist herausgezogen! „Momo!"

Simon winkte ihr, gefangen im Pentagramm, zu. „Hi."

„Warte, ich lass dich raus." Ruth schnappte sich ihre Thermoskanne und brauchte nur zwei große Schritte, um bei ihm anzukommen. Sie kickte die zuvor so fleißig zusammengesuchten Steine beiseite und zerstörte das Signum. Die Schranke zwischen dem Dies- und dem Jenseits zerfiel und mit einem letzten Nickel half sie ihm, diese offene Grenze zu überqueren. Sie nährte so zwei Energien mit ihrer eigenen und wurde augenblicklich müde. Lange würde sie das nicht aushalten.

Und Jaromír schien das zu wissen. Er baute sich neben ihr mit verschränkten Armen auf. „Wer ist das?", fragte er.

Ruth wandte sich ihm nicht einmal zu. „Das, Jaromír", sagte sie lächelnd, „ist Simon."

„Er ist tot, Ruthie."

„Und du unhöflich. Was soll das?"

„Das Gleiche wollte ich dich gerade fragen." Seine Lichter wärmten ihre Schultern. „Heute ist Allerheiligen. Wenn du dich hättest verabschieden wollen, hättest du das gestern tun können."

„Niemand spricht von einem Abschied, Jaromír. Im Gegenteil." Sie wedelte mit der Kanne. „Ich habe mich informiert. Ich darf ihn ins Handgepäck stecken."

„Bitte nicht!" Simon gluckste.

„Wieso? Ist dir der Frachtraum lieber?"

„Wäre bestimmt mal spannend, so etwas mitzuerleben. Und im Normalfall werde ich nicht seekrank. Trotzdem. Ich bleibe bei dir, wenn's recht ist."

„Ist es. Ich packe dich zu meinen Häkelsachen, da bist du gut gepolstert. Ich arbeitete gerade an einer Decke."

Simon kam bei ihr an. Er lächelte, schimmerte und glitzerte, wie der erste, überraschende Frost im Herbst. „Das gefällt mir", sagte er.

Doch so ging es nicht allen Anwesenden. „Du kannst nicht viel mitnehmen, Ruth. Das fällt auf", beschwerte sich Jaromír.

„Ich nehme ja auch nicht viel mit. Nur ein paar Nadeln. Und die letzten Knäuel."

„Du musst doch nicht mehr handarbeiten. Ich kann dir einfach eine Decke kaufen und du kannst deinen Handgelenken eine Pause gönnen, wie wäre es?"

„Es entspannt mich. Ich mache das gern, Jaromír."

„Ich habe nie verstanden wieso."

„Komisch. Beim Häkeln muss man ständig die Seiten wechseln. Das ist doch etwas, das dir leicht fallen sollte."

Jaromír schnaubte, doch seine Entrüstung, das wusste Ruth, war fehl am Platz. Sie hatte recht.

„Und du packst ihn in die Kanne?", fragte er dann, das Thema wechselnd, weil ihm das klar war. Ruth nickte und er schüttelte missbilligend den Kopf.

„Oh, sie trägt einen Mann mit sich rum. Das ist mal was ganz Neues", höhnte er. „Es sollte mich nicht wundern. Sonst hält es ja keiner bei dir aus."

„*Entschuldigung?*" Simons Stimme war zu einem Fiepen verkommen. Jaromír betrachtete ihn nicht. Stattdessen warf er sein Haar in den Nacken. „Was meint er damit, Ruth? Wen hast du sonst in Behälter gesperrt?"

Sie sah Simon an. Wo sollte sie anfangen? „Das erzähle ich dir ein andermal, ja?"

„Ist gut."

Sie war dankbar für seine Geduld. Dankbar, dass sie ihn hatte heraufbeschwören können. Dankbar für eine wohlgesonnene Seele. Denn das da, das war es. Ihr letztes Stück Heimat, das sie behalten durfte. Er war eben ein echter Marchbanks - und trug deshalb Cracklewood in seinen braunen Augen. Denn in ihnen lag der Herbst, sanft braun, mit einem Hauch von vergangenem Sommer und dem Versprechen eines tiefen, tiefen Winters.

KAPITEL DREI

Prag begrüßte sie mit einem Schneesturm, einem von der Sorte, die Menschen ins Innere trieb, weil alles Freigelegte - Nasen, Knöchel, Ohren - sofort zu kribbeln und zu schmerzen begann. Das Wetter fraß sich durch Fleece, durch Fettschichten, und war gnadenlos.

Ruths Begleiter schien das jedoch nicht zu stören. Sie waren keine Menschen - nicht mehr oder nie gewesen - und benahmen sich auch nicht wie solche. Während Ruth sich in ihre unfertige Häkeldecke einwickelte und die unzähligen losen Enden ein juckendes Gefühl hinterließen, bewegte sich bei Simon keine einzige Haarsträhne. Nichts an ihm war schneefeucht. Stiefel brauchte er keine. Und auch Jaromír war unbeeindruckt. War es so nicht schon immer gewesen? Was sie ins Mark erschüttert hatte, hatte ihn nicht mal gestreift, nicht mal peripher.

Und so stand er da, ohne Mantel, ohne Mütze, im Novemberwinter.

Die Taxis kämpften sich, eins nach dem anderen, zum Flughafen vor. Ruth schlitterte über das Eis und das Streusalz. Sie mussten dringend eines davon erwischen. Bald würden die Straßen unpassierbar sein und sie sich, gestrandet, eine Erkältung einfangen.

Der erste Wagen war bereits mit Reisenden besetzt, der zweite abgebogen. Mehrere Kofferräume wurden geschlossen, doch als Ruth die Hand hob, um an das Fenster des dritten Taxis zu klopfen, wurde sie aufgehalten. Jaromír hatte ihr Gepäck stehen lassen und umklammerte ihren Unterarm, der eingepackt war in Daunen und Strick. Noch nicht, sagte diese Geste. Er ließ zu, dass ein anderes Paar sie umrundete und die Mitfahrgelegenheit stahl, die ihre hätte sein sollen. Noch nicht.

Was wollte er von ihr?

Sie folgte seinem strengen Blick und wäre fast zu langsam gewesen. Sie konnte nur noch einen Fuß ausmachen, der grotesk groß war, bevor die Gestalt um die nächste Ecke bog. Ein Tonscherben-ähnliches Scheppern folgte und Ruth nickte, ganz automatisch.

Ein Golem.

Schnell legte sie einen Schutzzauber über ihren Kater und ihre Habseligkeiten, bevor sie ihm, samt wehender Decke, hinterher eilte. Weit würde er nicht kommen, Lehm vertrug sich nicht mit Feuchtigkeit. Und so einfach waren Golembeine nicht zu ersetzen, selbst wenn ihr Herr sich in der Nähe aufhalten sollte. (Damit rechnete sie nicht, denn da wäre er der Erste. Im Normalfall ließen sie sich nicht blicken. Die Golems waren nur ein Werkzeug, mit dem eine unliebsame Aufgabe erledigt wurde.)

Ruth huschte an Glasschiebetüren und Abladebereichen vorbei, während Jaromír alle anwesenden Servicemitarbeiter mit seinen Flammen ablenkte.

Ruth keuchte. Sie war außer Form und das lächerliche bisschen, das von ihrer einstigen Kondition noch übrig war, wurde von Simon aufgebraucht. So hatten ihre beiden Begleiter sie bald eingeholt. „Das ging auch schon mal besser, Ruthie", feixte Jaromír.

Sie ignorierte ihn, versuchte sich in ihrem vom Jetlag geplagten Kopf einen Plan zurechtzulegen. Zumindest würden sie bei diesem Wetter keine Probleme haben, Wasser zu beschaffen. Das war ein Vorteil. Elemente konnten nicht erschaffen werden, ließen sich auch nicht rufen, sondern nur bitten. Aber etwas Vorhandenes zum Schmelzen bringen? Das war leicht. (Und billig.)

Gut, dass sie bereits einige Kronen in ihrer Tasche hatte.

„Ich lenke ihn ab", rief sie Jaromír zu. „Und du siehst zu, dass du ihm den Zettel wegnimmst."

„Warum muss eigentlich ich das immer übernehmen?"

„Weil ich ihn verhexen kann und du nicht."

„Aber...ich muss ihm da unter die Zunge und das ist echt..."

„Keine Widerrede!"

Er rannte neben ihr und sie funktionierten wie ein meisterlich hergestelltes Uhrwerk. Eines, das schon lange stehen geblieben war, das man aber nur einmal aufziehen musste und das sofort wieder funktionierte. Sie waren eben Qualitätsarbeit, die verging nicht.

Ruth schmolz das Eis und formte aus dem entstandenen Wasser eine Kugel. Simon pfiff anerkennend, während sie zielte. Warf. Und traf.

Der Unterkörper des Geschöpfes löste sich auf und floss als braune Brühe davon. Als der Oberkörper mit einem Klappern auf dem Asphalt aufkam, war Jaromír bereits bei ihm. Er kniete sich über den Golem, hielt dessen Kopf fest. „Kein Zettel!", hörte sie ihn brüllen.

„Wie bitte?"

„Du hast mich richtig verstanden! Da ist kein Zettel!"

Das konnte nicht sein. Das durfte nicht sein. Das würde ihr gesamtes Wissen in Frage stellen. Würde ihr Weltbild zerpflücken. Ihre Welt auf den Kopf stellen.

Golems funktionierten nur durch Befehle. Diese hatte man auf ein Papier zu schreiben und ihnen in den Mund zu legen. So hatte sie es gelernt. Sobald das Papier verschwand, taten es auch die Lebenskräfte des Golems und er war unnütz.

Doch dieser hielt sich nicht an die Regeln, die sie so eifrig auswendig gelernt hatte, während er versuchte, Jaromír von sich zu stoßen. Hatten sie sich vertan?

Was war sie, wenn nicht eine fähige Hexe?

Und was war *das* da? Was hatten sie angegriffen, aus dem Hinterhalt heraus?

„Gibt es andere menschenähnliche Wesen aus Lehm, Momo?", kreischte sie und Simon hielt sich die Ohren zu.

„Woher soll ich das denn wissen?", fragte er. „Ich verstehe nicht einmal, was hier abgeht!"

„Vielleicht ist er ein Terrakotta-Krieger", ächzte Jaromír. „Das würde die Stärke erklären."

„Falscher Ort. Außerdem tauchen die in Gruppen auf."

Sie lief, so schnell sie konnte und zog Jaromír von der Gestalt herunter. Mit einer frischen Wasserkugel und einem einzigen, weit ausgeholten Schlag zerschmetterte sie dann deren Stirn und das linke Auge. Staub mischte sich unter den Schnee und ein Schrei unter das entfernte Flughafenambiente. „Nein!", wurde unter ihr gerufen. „Nein! Nein!"

Ruth fuhr zusammen. Jaromír schob sich vor sie, hielt sie, mit der flachen Hand auf ihrem Bauch, zurück. Übelkeit umkreiste ihren Nabel, sammelte sich genau dort, wo er sie berührte. Golems spürten keinen Schmerz! Golems sprachen nicht! Kein Wort! Niemals!

Oder etwa doch?

„Lasst mich! Hört auf! Ich muss warten! Ich

muss auf sie warten!"

Jaromír sah sie entsetzt an. Verschwunden war der Schlafzimmerblick, die verführerisch tief hängenden Wimpern. Stattdessen hatte er seine Augen weit, weit aufgerissen und Ruth wurde klar, dass etwas ganz und gar nicht stimmte.

„Was wird das, wenn's fertig ist?", fragte Simon neben ihr. „Ich dachte, wir wollten Monster jagen. Der Kerl ist doch keines, der hat euch überhaupt nichts getan! Lasst ihn los!"

Jaromír machte einige Schritte rückwärts. Seine Hose war durchnässt, sein Hemd so zerrissen wie Ruths Glauben an sich selbst. Prag hatte sie erst begrüßt, mit einem Schneesturm und etwas Unerklärlichem, und dennoch wollte Ruth schon wieder umkehren und gehen.

Sie sahen dem Lehmgeschöpf dabei zu, wie es sich Zentimeter für Zentimeter nach vorn plagte, weg von ihnen und hin zu einem Dachvorsprung, wo es die einzige trockene Stelle in der gesamten Umgebung fand. „Ich warte", sagte es. „Ich muss warten."

Noch immer berührte Jaromír sie. Noch immer war er in Hab-Acht-Stellung und ihr dabei so nah, dass sie die Leberflecken auf seinem Nacken hätte zählen können (nicht, dass sie das gemusst hätte. Sie wusste auswendig, wie viele es waren).

Das Geschöpf lehnte sich inzwischen an eine Hauswand, saß zwischen aufgetürmten Kisten und einem geparkten Fluglotsenfahrzeug. Und erst jetzt drehte Jaromír sich zu Simon und ihr um.

„Ich hoffe, ihr habt morgen noch nichts vor“, sagte er, kreidebleich. „Es wird Zeit, dass wir dem Zirkel einen Besuch abstatten.“

KAPITEL VIER

Auf dem rustikalen, vom Wind angeschubsten Holzschild über der Tür stand in geschwungenen Buchstaben das Wort „Květiny". „Blumen", übersetzte sie es schnell für Simon, auch wenn das kaum nötig gewesen war. Was sonst? Neben ihnen stapelten sich die Misteln und daneben wurden Stechpalmenzweige im Bund verkauft. Jaromír sprang ungeduldig über eine Kiste, die umgeben war von Tannennadeln, und hatte keine Augen für das Immergrün im altehrwürdigen Weiß.

An den Fenstern drehten sich träge Sonnenfänger aus böhmischem Glas und das war die einzige Bewegung, die Ruth ausmachen konnte. Es war kurz vor Ladenschluss und die Räumlichkeiten leer, genau wie die meisten Vasen. Ein paar wenige Sträußchen standen noch auf dem Tisch. Ganz frisch waren die Blumen nicht mehr. Sie waren zwar noch größtenteils bunt, doch an den Rändern begannen sie bereits, sich einzurollen und braun zu verfärben. Sie starben einen nebensächlichen Blumentod für den Mülleimer und das tat ihr leid.

„Wahrscheinlich wird man die nun wegwerfen

müssen, oder?", fragte sie Simon. „Schade, dass die niemand mitgenommen hat."

„Ich würde sie alle für dich retten, wenn ich könnte", antwortete er. „Damit du nicht traurig sein musst."

„Ich bin nicht traurig. Ich hab doch dich."

Er schüttelte den Kopf. „Du darfst weinen, Ruthie, weißt du? Heimweh ist keine Schande."

Beide sahen Jaromír dabei zu, wie er durch den Raum schritt und über die salbeigrünen Bodenfliesen schlitterte. Er rief mehrere Frauennamen und in Ruths Hals bildete sich ein Kloß aus festgebackener Nervosität und Eifersucht. So viele! Und was war mit ihr? Ihr Zirkel war kein Kreis, sondern ein Punkt.

Walpurga. Osanna. Barbora. Und Růžena. Walpurga. Osanna. Barbora. Und...

„Růžena!"

Eine junge Frau hatte den Raum betreten und ihn zum Strahlen gebracht. Ihr Gesicht war rundlich, ihre Mimik abschätzend und ihr volles, glänzendes Haar so braun wie die Erde an ihren Fingern. Sie trug eine Schwarzwald-dunkle Schürze, aus deren Brusttasche eine Gartenschere lugte und an der Ruth erkennen konnte, dass sie hier arbeitete. Weiteres Werkzeug - Blumenband, Draht und Perlen - folgte ihr schwebend.

„Jarek!" Spielerisch streng stemmte sie die Hände an die Hüften. Ruth wäre es, angesichts dieses plötzlichen, vertrauten Spitznamens, lieber gewesen, ihr Tadel wäre echt gewesen. „Wir haben dich vermisst. Du hast den Tanz verpasst. Und meinen Nudelsalat."

Jaromír fuhr sich durch die Haare. „Du hast mir nicht zufällig eine Portion aufgehoben, oder?"

„Nein. Alles leer. Wo hast du dich denn rumgetrieben?"

„Ich habe jemanden abgeholt. Und dieser Jemand hat dann auch jemanden mitgebracht. Tut mir leid, dass wir dich so überfallen." Er lächelte und beide drehten sich dann zu ihr um.

Ruth räusperte sich. „Freut mich sehr, dich kennenzulernen. Mein Name ist Ruth", sagte sie, im Glauben daran, dass das unverfänglich war. Doch die Floristenutensilien flogen auf sie zu, direkt durch Simon hindurch, bereit, sie zu attackieren und sie aufzuhalten, indem sie zustachen oder zusammenbanden oder zu Fall brachten. Ruth verscheuchte ein besonders nerviges Exemplar eines Satinbandes, was die andere Hexe zum Lachen brachte.

„Warte, ich helfe dir", sagte diese auf Englisch. „Ich wollte ohnehin gleich Feierabend machen."

Mit nur einem geflüsterten Wort ließ sie ihre gesamten aggressiven Werkzeuge zu Boden fallen und in großen Schritten stieg sie dann darüber hinweg. „Ich mag deinen Akzent. Man hört selten eine Touristin Tschechisch sprechen."

„Oh, ich bin keine Touristin", antwortete Ruth, betont ruhig. Schwieg Jaromír sie etwa tot, weil das die einzige Möglichkeit war, eine nicht alternde Exfreundin loszuwerden?„Aber Simon ist das erste Mal hier."

Überrascht sah die Floristin sie an. Sie erwiderte: „Nun, er wird sich hier sicher wohl fühlen. Geister mögen Prag. Zumindest war das bis vor Kurzem so."

Und Ruth horchte auf. „Was meinst du damit?"

„Hat man es dir etwa noch nicht erzählt?"

„Was erzählt?"

Ein bedauerndes Kopfschütteln. Das war die Warnung gewesen, ein Signal dafür, dass sie bald etwas zu hören bekommen würde, was sie erschüttern und ihr, dem einst frommen Mädchen, eine Heidenangst einjagen würde.

„Die Geister verschwinden", sagte Růžena.

Und Ruth fiel dazu nichts anderes als ein entsetztes „Was?" ein.

„Du hast schon richtig gehört. Zuerst dachten wir, sie wären erlöst worden und ins Jenseits übergegangen, doch dann wurden es zu viele. Es fehlen Dutzende. Und keiner von ihnen kehrte an Halloween zurück."

Neben ihr fluchte Jaromír leise, doch immerhin laut genug, um Ruth herumfahren zu lassen. Hatte er es gewusst? Hatte er es ihr verschwiegen? Sie hatte Simon hergebracht!

Oh Gott. Sie hatte Simon hergebracht - und ihn damit in Gefahr.

Sie tastete nach ihm, streckte sich in Richtung

der Stelle, wo seine Hand gewesen wäre. „Wer oder was ist dafür verantwortlich?", fragte sie.

„Wir wissen es nicht." Jaromír hatte sich weit von ihr entfernt an einen Tisch gelehnt und die Beine übereinandergeschlagen.

„Und wie hast du vor, es herauszufinden?" Sie wurde ungehalten. War er denn für irgendetwas gut? „Was genau tust du eigentlich?"

„Einiges."

„Ist auch etwas Sinnvolles darunter?"

„Schon. Und der Preis, den ich für diese Aktion zahlen musste, war ziemlich hoch. Hat mich meinen Stolz gekostet."

Ruth schnaubte. „Als hättest du überhaupt einen. Was für Kleinigkeiten bekommt man denn für die lächerliche Ehre eines Irrlichts?"

„Die Hilfe der talentiertesten Hexe, die ich kenne."

Für jeden Außenstehenden klang das sicher nach einem Kompliment, doch aus seinem Mund war das eine in Süffisanz eingeschlagene Kriegserklärung. Ruth knirschte mit den Zähnen. Sie funkelten sich an.

„Na, und dabei kennt er viele. Jarek ist ein gern gesehener Gast. Genau wie jede seiner Begleiterinnen", lachte Růžena, im offensichtlichen Versuch, die Stimmung aufzulockern. „Möchtest du ein Stück Käsekuchen, Ruth? Und vielleicht eine Tasse Tee dazu? Ich habe Lavendel da und Minze..."

Warum hatte er das getan? Was war das? Rache? Eifersucht? War er nicht derjenige gewesen, der ihrer Beziehung den Todesstoß verpasst hatte? Er hatte mehr gebraucht. Sie war ihm nicht gut genug gewesen. Wieso musste jetzt Simon büßen? Wieso interessierte es ihn, was sie mit dem bisschen tat, das er von ihr übrig gelassen hatte? Ruth seufzte. Sie war schon so oft auf einem viel zu schnellen Gedankenkarussell gesessen, dass man sie hätte als routinierte Fahrerin bezeichnen können. Und dennoch war sie froh um jede Ablenkung. Um jede Möglichkeit, vom Karussell abzusteigen.

„Tee wäre schön, ja. Egal was für einer. Mir ist jede Sorte recht", sagte sie deshalb und zwang sich zu einem Lächeln.

Sie folgte der anderen Hexe, Jaromír ignorierend und ihren Beutel umklammernd. Simon schwebte stumm neben ihr her. „Bleib in meiner Nähe", flüsterte sie ihm zu. Er nickte verunsichert. „Was auch immer mit den anderen Geistern geschehen ist, dir passiert nichts. Ich werde dich beschützen. Versprochen. Du brauchst keine Angst zu haben."

„Ich habe keine Angst." Ein halbes Lächeln. „Ich hab doch dich."

Růžena fuhr sie durch einen stickigen Flur, der so eng war, dass Simon wiederholt zur Hälfte in den dicken Mauern verschwand. „Hattet ihr eine lange Reise? Wo kommst du genau her, Ruth?", fragte sie trällernd, sich an dem geteilten Mann hinter ihr nicht störend.

„Cracklewood. Das ist in Amerika."

„Ja." Sie stockte. „Ich weiß wo das ist."

Auch das Hinterzimmer war voller Pflanzen, glich aber eher einem feinen englischen Garten als einem Urwald, denn da war Symmetrie, die Ruth zeigte, dass hier jemand viel Zeit verbrachte und viel Arbeit und Liebe und Herzblut hineinsteckte. Der Geruch von altem Metall, durchmischt von Räucherstäbchen, lag in der Luft. Wacholder und Weihrauch, wenn sie sich nicht irrte.

In der linken Ecke stand ein großer, goldener Vogelkäfig und hinter den aufwendig verzierten Gitterstäben saß ein beleidigt dreinblickender Papagei. An dem Tisch in der Mitte, verdeckt durch einen Topf voller üppiger Amaryllis, saß eine Gruppe nicht minder finster dreinblickender Frauen. Sie zählten die Einnahmen des Tages, schoben Scheine umher, stapelten Kronen auf Kronen – und schoben die näher zu sich hin.

Sah sie so bedürftig aus? Oder etwa wie eine Diebin?

Růžena legte ihr die Hand auf die Schulter. „Du musst mir erzählen, wie du das überlebt hast. Man erzählt sich schlimme Dinge. Richtige Gruselgeschichten. Weshalb konnte dir der dortige Fluch nichts anhaben?"

„Sie hat den Ort selbst verwünscht, deshalb."

Ruth war nicht schnell genug gewesen. Sie hatte kaum den Mund öffnen können, bevor eine der Anwesenden aufgestanden war und für sie geantwortet hatte. Langsam und bedrohlich erhob sie sich.

„Guten Tag, Walpurga", grüße Ruth, um Höflichkeit bemüht, sie. „Es ist lange her."

„Nicht lange genug." Die Hexe umrundete den Tisch und verschränkte ihre Arme vor der Brust: Ihr Wollkleid wirkte schwer, ihre zwei Zöpfe noch schwerer. Bei ihrer letzten Begegnung hatte sie eine Dauerwelle getragen.

„Ihr kennt euch?", wollte Růžena aufgeregt wissen. „Wie alt bist du denn, Ruth?"

Ruth war es, als würden Walpurgas kritische Blicke sie in den Boden drücken, während Růženas Herzlichkeit und ihre Gastfreundlichkeit versuchten, sie größer zu machen, als sie war. Es war ein Tauziehen zwischen den beiden und Ruth wusste nicht, wie lange ihre Wirbelsäule das noch aushalten würde.

„Dreihundertunddreiundfünfzig", antwortete Jaromír wie selbstverständlich. „Sie hat am Imbolg-Fest Geburtstag, wenn die Schafe das erste Mal wieder Milch geben, die ersten Krokusse wachsen, und die Freudenfeuer entzündet werden."

Ruth sah ihn abschätzend an. Erinnerungen kamen in ihr hoch. Das hatte er oft zu ihr gesagt, während er mit ihren Haaren gespielt hatte, sich Strähne für Strähne um die Finger gewickelt hatte: „Es gibt einen Grund, weshalb es rot ist. Du bist ein Freudenfeuer, Ruthie. Umgib' dich nur weiterhin mit Schatten, das ändert nichts. Wir sind uns nicht unähnlich."

Einst hatte sie ihm geglaubt.

„Imbolg?", zischte Simon ihr zu.

„Ein Hexensabbat. So wie Halloween."

„Aber du hast im Februar Geburtstag."

„Stimmt. Am Ersten."

Sie lächelte ihn an. Auch wenn er viel Neues lernte und sah und dabei über sie erfuhr: was er wusste, entsprach weiterhin der Wahrheit. Sie war immer noch die Gleiche. War alte Bekannte, war Gemeinderätin, Buchhändlerin, Strickvereinsmitglied und Hexe von Cracklewood. Und würde es auch immer bleiben.

Das war ihr Versprechen an ihn.

„Wir kennen acht Sabbate. Je zwei pro Jahreszeit."

„Aber dann ist sie ja älter als du, Walpurga!", rief Růžena freudig. „Oh, ich muss unbedingt mehr hören! Lasst mich nur schnell den Tee aufsetzen und den Kandiszucker suchen."

Ein Zischen schnitt ihr den Weg ab. „Untersteh dich."

„Aber..." Verwirrt hob Růžena beide Augenbrauen. „Sie ist magisch. Und wahrscheinlich erschöpft. Sie ist unsere Schwester."

„Sie ist vor allem eine Schande", hielt Walpurga entgegen. Sie senkte ihre Stimme, so, als würde sie von etwas ganz Skandalösem berichten wollen.

„Sie ist freifliegend."

Ruth konnte nicht glauben, was sie da zu hören bekam. Sie hatte mit Biestigkeit gerechnet und mit Hinterhältigkeit. Doch das man sie so nun offen anging, schockierte sie. „Mein Zirkel ist mir genommen worden! Sie haben sie erhängt!", versuchte sie sich zu verteidigen.

„Du bist nicht das einzige Opfer der Verfolgungen! Ich habe auch einige Freundinnen und Verwandte verloren, ob du es glaubst oder nicht!"

„Einige. Aber alle?"

„Was wird das hier? Eine Tragik-Olympiade? Bekommt diejenige, die es am Schlimmsten hatte, eine Medaille?" Jaromír schimpfte über das Papageiengekreische hinweg. „Ruth ist auf meine Bitte hin nach Prag gekommen. Sie ist mein Gast. Und sie möchte uns helfen."

„Wir brauchen ihre Hilfe nicht", sagte Walpurga.

„Doch! Und wie ihr die braucht! Wenn du nur wüsstest, was wir gesehen haben..."

„Hasst du diese Stadt so sehr, Jaromír?"

Ruth kannte Jaromír gut genug, um von seiner Reaktion nicht überrascht zu sein. Doch für alle anderen kam sie wohl zu abrupt, war zu schockierend. Normalerweise war er für seinen Charme bekannt. Seine Augen schimmerten wie die Lichter des ersten Nachtclubs vom sonst so weltkriegsgeplagten Paris. Sein Lachen klang wie Jazzmusik. Er wärmte und verzückte seine Opfer, bevor er sie ins Verderben führte.

Doch für diese Strategie fehlte ihm nun die Geduld und er verlor das Taktgefühl. „Ich liebe diese Stadt!", brüllte er, so laut, dass sogar der Papagei aufhörte zu plappern. „Und dieses Land! Was bildest du dir ein?"

Walpurga schüttelte den Kopf und ihre Zöpfe wackelten. „Hier gibt es so viele denen es ähnlich geht. Die eine Zuflucht und eine Heimat gefunden haben. Das darf nicht zerstört werden. Ich werde nicht zulassen, dass Prag zu einem zweiten Cracklewood wird."

„Sie hat das nicht absichtlich getan. Es war ein Unfall. Du kennst die Geschichte, Walpurga."

„Eben drum. Wer garantiert mir, dass sie sich nicht wiederholt? Ich weiß, wer sie ist. Sie hat die Magie verbannt und ihr Buch der Schatten weggeworfen und damit alle Traditionen und auch alle Chancen auf einen Zirkel. Sie hätte gar keine jungen Hexen in ihrer Region mehr einweihen können. Hört also auf mit euren Lügen! Sie wollte das so. Sie wollte doch allein bleiben!"

„Hör sofort auf, so über sie zu sprechen!", rief Jaromír. „Das ist nicht wahr!", fügte er hinzu, doch Ruth musste schlucken und fragte sich, noch bevor er seinen Satz beenden konnte, ob nicht doch ein Fünkchen Wahrheit in diesen Anschuldigungen steckte.

„Du nennst sie die talentierteste Hexe, die du kennst. So jemandem sollte ein solches

Missgeschick nicht passieren."

Walpurga griff hinter sich. Ihre Bewegungen waren fließend. Sie war schnell - doch Ruth war schneller. Noch bevor sie eines der Münztürmchen überhaupt berühren konnte, hatte Ruth ihren Beutel aufgezogen. „Ich will das nicht tun", sagte sie, die Kronen weit von sich fort gestreckt. „Aber wenn es sein muss, verteidige ich mich."

Die anderen Zirkelmitglieder waren aufgesprungen, hatten den Tisch umrundet. „Du bedrohst uns?", brüllte eine (war es Osanna? Oder Barbora?) von ihnen. „In unserem eigenen Haus? Was willst du tun? Was kannst du schon tun? Du hast kein Buch mehr."

„Ich habe jeden einzelnen Zauber auswendig gelernt", entgegnete Ruth zornig. Doch anstatt wie erwartet zu erschaudern (oder wenigstens überrascht zu sein), begannen sie zu lachen. Zu gackern. Allesamt.

„Glaubst du, wir haben vor deinen vorsintflutlichen Hexereien Angst? Dir fehlt ja alles Neue."

Ruth erstarrte, während Růžena polterte: „Hier wird nicht gekämpft! Blut ist ein schlechter Dünger!"

„Was wisst ihr?", fragte sie, flüsternd. „Welche neuen Sprüche kennt ihr?"

Doch Ruth erhielt keine Lektionen und statt Antworten kamen Beleidigungen. „Du solltest gehen", sagte Walpurga, darüber hinweg. „Kriech zurück in das Loch, aus dem du gekommen bist."

Neben hier hörte sie Simon keuchen.

„Cracklewood ist kein Loch! Es ist unsere Heimat!"

Kurz nur dachte sie darüber nach, ihn einfach weiterreden zu lassen. Kurz nur wollte sie ihm zuhören, wollte endlich Schönes aus seinem schönen Mund hören und das, obwohl er immer nur negativ über den Ort gesprochen hatte: zu weit weg von der Uni, von den Bars sei der gewesen. Zu langweilig. Zu vorhersehbar. Einmal hatte er sich sogar über die Sauberkeit ausgelassen. Seine Kommilitonen hatten schließlich in einem beschmierten Studentenwohnheim gewohnt. Klebrig sei es gewesen, unschön und das habe gepasst. „Immerhin wird dort gelebt", hatte er geflucht. „Hier wird nur konserviert."

„Aber den Katzen gefällt es in Cracklewood", hatte Ruth entgegengehalten und Simon hatte damals gelächelt und den ganz kleinen und erst wenige Wochen alten Nepomuk gekrault.

„Das stimmt. Das ist immerhin ein Pluspunkt."

Und nun sah es so aus, als würden ihm doch noch andere Vorteile einfallen.

Das half. Womöglich war sie nicht so verrückt, wie sie sich gerade fühlte.

Womöglich war sie gar nicht so allein.

Ruth ließ die Hand, die sie zur Faust geballt hatte, sinken. „Wir wollen uns nicht aufdrängen. Wir gehen."

Sie drehte sich um und hörte Walpurga einen Zauber murmeln.

Zuerst hatte sie befürchtet, man würde sie hinausbefördern, den Boden bewegen und sie gleich mit. Doch dann hörte sie ein Ratschen und ein Klimpern und plötzlich fühlte sie sich leicht. Zu leicht.

Wie von selbst begann Ruth, sich abzutasten. Irgendwann griff sie ins Leere.

„Mein Beutel!", schrie sie und die Worte hallten in ihr wieder, denn alles in ihr war hohl und zusammengefallen. Sie horchte in sich hinein und fand nur eine finstere Höhle, eine Grube und das dazugehörige Echo. „Wo ist er?"

Ihre Besitztümer rollten davon, unter die Tische und Töpfe. Ruth eilte ihnen hinterher. Der Riemen hatte sich aufgelöst, Stofffetzen lagen zu ihren Füßen und die Luft schmeckte plötzlich nach Süßwasser, Schweiß und Sommermorgen. Wieso hatten sie das getan? Wieso half ihr niemand?

„Wo ist Elishas Münze?" In ihrer Verzweiflung hob sie Pennys auf, Kronen und Euromünzen und erst jetzt reagierte Jaromír.

„Keine Sorge, keine Sorge!", sagte er. Wen wollte er beruhigen? „Wir finden sie."

Er kniete sich hin, tastete die Rillen ab, lugte in Ritzen. Ruth untermalte seine Bemühungen mit einem Schniefen. Ihre eigenen Tränen machten das Luftholen schwer und jedes Ausatmen wurde von einem Blubbern begleitet.

Sie war sich den zufriedenen Blicken der anderen Hexen durchaus bewusst, konnte dennoch nicht aufhören. So war sie viel zu sehr mit sich und mit der Suche beschäftigt, als dass sie hätte bemerken können, dass nicht alle davon bösartig waren.

Eine von ihnen sah sie mitleidig an. Und trat dann nach vorn. „Was suchen wir?", wollte Růžena wissen.

Jaromír blickte über seine Schulter. „Einen alten Schilling mit abgegriffener Pinienprägung. Ruthie, weißt du noch das Prägejahr?"

„1652."

„Na gut." Růžena rieb die Handflächen aneinander. „Das ist ein Kinderspiel. Die finde ich, kein Problem. Ich muss nur..."

„Lass das, Kindchen."

„Kindchen?", wiederholte sie empört. „Ich bin dreiundneunzig Jahre alt!"

„Du wirst ihr nicht helfen."

„Muss sie auch nicht." Jaromír erhob sich, in siegreicher Pose, und er trug seinen Fund wie ein stolzer Sportler das olympische Feuer. „Ich hab sie, Ruthie."

„Danke. Danke, oh danke dir! Behalte ihn, ja? Pass auf ihn auf, okay? Nur solange, bis ich wieder einen geeigneten Platz für ihn finde..."

„Natürlich. Ich werde ihn hüten wie meinen Augapfel."

Ruth seufzte erleichtert auf. „Dann muss ich nur

noch das Leder wieder zusammensetzen, das geht ganz leicht." Sie fuhr sich mit den Ärmeln über die Augen und die Nase.

Simon schwebte inzwischen zu den Überbleibseln ihrer Tasche. Angestrengt versuchte er, sie aufzuheben. Er scheiterte, doch allein die Tatsache, dass er es versuchte, fühlte sich wie ein Streicheln an.

Ruth bückte sich, sammelte das Kleingeld ein, das sie für die Reparatur brauchen würde. Doch als sie genug beisammen hatte und den Rücken gerade machte, war von dem Lederstapel nur noch ein Häufchen Asche übrig. Er rauchte.

Daneben hatte sich eine Pfütze aus Kupfer gebildet. Die Krone, mit der der Zauber bezahlt worden war, war am Schmelzen. Der böhmische Löwe war kaum mehr zu erkennen.

Simon sah bedröppelt drein.

Ruth krabbelte hin und fühlte zuerst gar nichts und dann viel zu viel. Es dauerte, bis sie verstand, dass sie voller Verzweiflung war.

Ob ihnen gefiel, dass sie vor ihnen herumkroch?

Ihr Beutel, ihr geliebter Beutel. Sie hatten ihn zerstört. Er war unwiderruflich weg. Zu Staub zerfallen, so wie der Mann, der ihn ihr einst geschenkt hatte. Elisha.

Elisha. Man hatte ihr etwas anderes versprochen. Es hätte anders kommen müssen. Wenn man sie nur gelassen hätte! Sie hätte bei ihm bleiben sollen. Hätte Ruth Howell bleiben sollen.

Sie wäre mit ihm alt geworden. Hätte nur ein Leben gelebt.

Das aber hätte gereicht.

Was brannte so in ihren Augen? War es Reue? Sie blinzelte zu Simon hinauf.

„Ich darf weinen, oder?", fragte sie ihn. Und erst dann brach sie in Tränen aus.

KAPITEL FÜNF

Der Tod lachte. Und schließlich drehte er die Sanduhr um.

Fasziniert sah Simon ihm dabei zu. Dabei wirkte er wie jemand, der ihm noch nie begegnet war - obwohl die beiden sich sehr gut kannten.

Eine weitere Stunde war vergangen. Ruth und Simon sahen zur Aposteluhr empor. Der Mond stand im Zeichen des Widders, die goldenen Zeiger schimmerten in den kalten Novembertag hinein und sie taten genau das, was sie Äonen über getreulich getan hatten: Sie liefen. Das erste Mal seit Langem war Ruth nicht das Älteste in ihrer Umgebung. Und auch nicht das Treueste.

„Johann von Böhmen hat sie in Auftrag gegeben", erklärte Ruth Simon. „Im fünfzehnten Jahrhundert."

Um sie herum erwachte die Prager Altstadt wieder zum Leben. Sobald die Glocken der Uhr aufgehört hatten zu schlagen und alle Türchen geschlossen waren und es auch für die nächste Stunde bleiben würden, lösten sich die Zuschauergruppen vor der Sehenswürdigkeit auf. Die Touristen irrten weiter, die Kellner nahmen wieder Bestellungen auf, die Studenten schulterten ihre Umhängetaschen und die Geschäftsleute nahmen große Bissen von ihren üppig belegten Sandwiches, von denen die Mayonnaise tropfte. Nur die rechts neben der Aposteluhr angebrachte Figur des Sensenmannes war nun bewegungslos.

„Wohin gehen wir als nächstes?", wollte Simon, noch an Ort und Stelle und doch ganz aufgeregt, wissen.

Ruth blickte sich um. „Wir könnten zum Franz-Kafka-Platz", schlug sie vor. „Und danach zur Moldau."

„Oh ja." Jaromír schnaubte, weit, weit hinter ihnen. „Dort gibt es eine Absinth-Bar, die kann ich gebrauchen. Schließlich wollt ihr mich zu Tode langweilen. Gehört das zu deinem Plan? Sind tote Kerle dein neues Beuteschema?"

Ruth versuchte sich zu rechtfertigen. „Simon kennt Prag nicht. Er wollte sich umsehen."

„Und du fängst mit den abgetretensten Touristenpfaden an?"

„Mit den Basics, genau."

„Verschon mich."

„Und danach holen wir uns Trdelník."

„Wir holen uns *was*?", hakte Simon nach.

„Einen Kuchen. Einen Baumstriezel."

Jaromír hob die Arme gen Himmel und schrie: „*Die sind nicht mal tschechisch!* Die kommen aus der Slowakei – und der Koch, der sie erfunden hat, aus *Siebenbürgen! Mann, ey!*"

„Es hat dich keiner gezwungen, mitzukommen."

„Er kann die Stadt allein erkunden. Und wir könnten endlich wieder Zeit miteinander verbringen. Ich könnte dich ins Kino einladen."

„Nein."

„Nein?", wiederholte er.

„Wieso bist du nicht bei deinen Freundinnen im Blumenladen geblieben, wenn die Alternative so furchtbar ist?"

„Sie sind nicht meine Freundinnen. Ich übernehme nur Verantwortung, so wie sie es tun. Ich bin Teil der magischen Gesellschaft. Ich igele mich nicht ein, nur weil es manchmal schwer ist."

„Was willst du damit sagen?"

„Das weißt du." Jaromír presste die Lippen aufeinander. „Glaubst du wirklich, ich könnte gutheißen, dass so mit dir umgegangen wird?"

„Liegt durchaus im Bereich des Möglichen."

„Ich bin furchtbar und sollte dich nicht weiter mit meiner Anwesenheit behelligen, versteh' schon." Seine Augen verdunkelten sich und ohne diesen düsteren Blick von ihr zu lassen, kramte er in seiner Mantelinnentasche. Schließlich warf er ihr etwas zu, dass Ruth - verwirrt aber wie automatisch - auffing. Flach war es, und kantig. Körperwärmewarm.

Ruth erkannte, dass es sich um seine Kreditkarte handelte. „Was soll ich damit?", wollte sie wissen.

„Ich habe versprochen, dass ich mich um dich

kümmere. Du wirst mich nicht davon abhalten, dieses Versprechen einzuhalten. Merk dir einfach den PIN."

„Damit kann ich nicht zaubern", hielt sie entgegen.

„Das nicht, nein. Aber du kannst dir Dinge kaufen. Klamotten. Make-Up. Schmuck." Er blickte an ihr herab, studierte jedes Detail. Ruth griff nach ihrem bunten Schal, wickelte sich noch etwas fester darin ein. Seine Stimme war letztlich so scharf, dass sie dennoch durch diesen provisorischen Schutzschild schnitt. Er ging, und ließ sie zurück, mit ihren Wunden, alten und neuen, die ihr er zugefügt hatte.

„Und das ist nötig, glaub mir."

Geister tanzten am Rand der Brücke. Sie balancierten, hüpften, drehten Pirouetten. Die Nepomukstatue neben ihnen weinte Tränen aus Flechten und Moos.

„Was ist nur sein Problem?", fragte sie, nachdenklich das Wasser überblickend. Der Wind hatte währenddessen ihr Haar ergriffen und er zerrte daran, bauschte es auf. Simon beugte sich zu ihr herab und fast legte er seinen Kopf auf ihrer Schulter ab. „Lass seine Worte nicht so nah an dich heran. Er ist eifersüchtig", hauchte er. „Genau wie alle anderen Hexen, wenn auch aus einem anderen Grund."

Eifersüchtig?

Ruth sah ihn von der Seite aus an, diesen hauchfeinen Daseinsausschnitt. Seine Zimtgebäck-gekauft-während-eines-Stadtbummels-farbenen Augen. Den freundlichen Golden-Retriever-Ausdruck darin. Er war liebenswürdig und hinreißend und kompromisslos scharfsinnig.

Und womöglich war Jaromírs Eifersucht gerechtfertigt.

„Ich verstehe gar nicht, was sie alle an ihm fanden", fuhr Simon fort. „Zu ihm waren sie gastfreundlich. Die Ladenbesitzerin fast ein wenig zu sehr."

„Na ja, es sind Hexen. Es ist nicht so, dass es fürs magische Dating eine App gebe. Wir haben nicht viel Auswahl."

„Nicht?"

Ruth griff in die Tüte nach dem Baumstriezel, der jedoch noch nicht abgekühlt war. Schnell zog sie ihre Hand wieder heraus. „So viele männliche magische Wesen gibt es nicht. Schon gar nicht welche, die sich auf eine Hexe einlassen würde. Heirate eine von uns und du heiratest den ganzen Zirkel gleich mit."

„Die stehen füreinander ein, das finde ich gar nicht schlecht." Er sah auf ihre Fingerspitzen, an denen der Zucker hing. „Dann gibt es keine männlichen Hexen?"

„Glaube nicht, nein. Aber Vampire, die gibt es. Nur muss man da Angst haben, dass sie nur auf unser magisches Blut aus sind. Zentauren sind auch eine Möglichkeit, wenn du genug Geduld aufbringst und es schaffst, einen von ihren geliebten Sternen wegzulocken. Genau wie Klabautermänner, aber die sollten ihr Schiff nicht verlassen, sonst geht es unter. Und Wassermänner, ja, aber ob man immer, überall und für den Rest seines Lebens nass sein will?" Sie schüttelte sich.

„Und dann ist noch nicht mal gesagt, dass es charakterlich passt und man die gleichen Ziele und Werte und Kommunikationsstrategien hat", ergänzte Simon. „Wie hoch ist die Scheidungsrate?"

Ruth lachte. „Keine Ahnung. Was ich aber weiß ist, dass die großen Hexentänze ziemliche Singlebörsen sind."

„Verständlich. Wer will schon auf eine Gefährtin verzichten?" Er zwinkerte. „Von dir mal abgesehen, natürlich. Du tust dir nämlich Menschen an."

„Ja. Und alles Nichtmagische neigt leider dazu, wegzusterben. Was bleibt, sind die Geister."

„Hach, das hatten wir schon mal." Er prustete. „Dann bin ich also nicht magisch?"

Sie schluckte schwer. „Nicht im üblichen Sinne."

Ein Ausflugsschiff glitt langsam auf sie zu, durchschnitt dabei die Moldau, die von der tief hängenden Spätherbstsonne in Brand gesetzt worden war. „Aber Jaromír, der ist magisch, nicht wahr? Ich habe ihn etwas heraufbeschwören sehen."

Ruth nickte.

„Wird er auch nicht älter?"

„Nein. Magie konserviert. Sie legt dich ein, ab dem Zeitpunkt, an dem du sie das erste Mal an dich heranlässt."

„Dann seid ihr beide wie Sauergurken?"

„Charmant."

„Entschuldige." Simon kicherte. „Falls es hilft: Ich mag Sauergurken. Am Liebsten auf einem Medium gebratenen Burger."

„Das ist mit Abstand das komischste Kompliment, das ich je bekommen habe."

„Das geht noch komischer, keine Sorge."

Ruth wandte sich ihm zu. Ein Straßenmusiker lief, zusammen mit seinem Gitarrenkasten und offenbar auf der Suche nach einem geeigneten Platz, direkt durch ihn hindurch. Simon schenkte dem keine Beachtung. Er legte den Kopf schief. „Was würde passieren, wenn du deine Magie verlieren würdest?", wollte er wissen.

„Ich schätze, ich wäre gezwungen, all das Altern nachzuholen."

„Sofort? Würdest du zu Staub verfallen?"

„Ich will es lieber nicht herausfinden müssen."

„Nein, da hast du Recht. Das lassen wir bleiben." Der Musiker begann, versuchsweise an den Saiten seines Instrumentes zu zupfen. „Wenigstens verstehe ich nun besser, weshalb sie so Angst vor deinem Fluch haben. Und was sie an Jaromír finden. Du hast trotzdem etwas Besseres als ihn verdient."

Ruth senkte verschwörerisch die Stimme. „Ja? Was denn zum Beispiel?"

„Jemand, der hinter dir steht, ohne dass du befürchten musst, von ihm ein Messer in den Rücken gerammt zu bekommen." Simon tippte sich gegen die ruhige, so ruhige Brust. Sie hob sich nicht, sie senkte sich nicht. „Ich habe einmal geglaubt, ich hätte so etwas. Sie hat sich aber ziemlich schnell jemand Neuen gesucht."

„Deine Frau war in einer Ausnahmesituation. Das ist vielleicht keine Entschuldigung, aber zumindest eine Erklärung." Ihr Mund wurde trocken. Sie riss sich einen Fetzen von ihrem heißen Gebäck ab. Sie pustete und kaute angestrengt und erst nach einer Weile sagte sie leise: „Er hat mich betrogen."

„Was? Wann?"

„Wann nicht?"

Der Musiker stimmte sein erstes Lied an und die tanzenden Geister jauchzten. Nur Simon blieb ernst. Als der Refrain gespielt wurde, verschwand das Schiff unter der Karlsbrücke und Ruth fuhr fort, von ihrer Schande zu berichten: „Befürchtet habe ich es oft, aber ich konnte es ihm nicht beweisen. Erwischt habe ich ihn nur ein einziges Mal, Anfang des Jahrtausends. Daraufhin bin ich gegangen."

„Heim", ergänzte Simon.

„Heim", sagte Ruth. Zu dir, fügte sie in Gedanken hinzu. „Und das Schlimme ist nicht, dass er mir einen Grund zur Trennung gegeben hat. Sondern dass er nie versucht hat, es wiedergutzumachen. Er hat einfach hingenommen, dass ich weg war."

Simon schüttelte den Kopf und betrachtete das Kleingeld in dem Gitarrenkasten, der sich eben noch in seiner Magengegend befunden hatte. „Also hat er dir gezeigt, was für eine Art Mann er ist. Wie kannst du ihm da noch Elishas Münze anvertrauen?"

„Aber das ist es doch. Er ist kein Mann. Und vielleicht hätte ich deshalb keine menschlichen Ansprüche an ihn stellen sollen. Was weiß er schon von Moral? Die ist für ihn nur erfunden. Aber Magie? Die kennt er. Mein Herz bekommt er nicht mehr. Den Schilling würde ich ihm trotzdem immer überlassen."

Ob er verstand?

Eine Weile kaute Simon auf der Innenseite seiner Wange herum. Schließlich sah er sie an und er sagte: „*Ich* würde dir so etwas nie antun."

Dafür hatte er andere Dinge getan. Oder gelassen, dachte sie sich und in ihrem Inneren war sie zu bitter, als dass seine zuckersüßen Wörter etwas hätten ausrichten können. Keiner, wirklich keiner, hatte sie so oft wach liegen lassen.

Ruth setzte sich in Bewegung, schlängelte sich durch die Massen und machte sich auf den Weg im

Richtung Hradschin. Die Burg saß auf den Dächern Prags wie ein dicker Kobold auf seinem Schatz aus Gold.

„Ich bleibe bei dir, okay?", sagte Simon neben ihr.

„Wir brauchen niemanden. Wir können auch alleine auf Golemjagd gehen."

„Wir wissen doch gar nicht, wo wir anfangen sollen."

„Du vielleicht nicht. Ich hingegen schon." Nun tippte er sich mit dem Zeigefinger gegen die Schläfe. „Wenn ein Golem sprechen kann, muss er auch befragt werden."

Ruth blieb stehen. Sie keuchte: „Schlägst du gerade vor, was ich denke, dass du vorschlägst?"

„Wieso nicht?"

„Er wird nicht mit mir sprechen. Ich habe seinen Kopf explodieren lassen."

„Deshalb brauchst du mich."

Ruth verschränkte die Arme vor der Brust. „Kommt gar nicht in Frage."

„Ruth, ich bin doch schon tot. Was soll denn passieren?"

„Ich weiß es nicht! Aber es werden Geister vermisst und wenn ich das vorher gewusst hätte..."

Simons Mimik war ganz sanft. „Ich habe dir doch eben versprochen, dass ich bei dir bleibe. Ich werde nicht verschwinden."

Ruth knetete die Tüte in ihren Händen und knüllte sie schließlich zusammen. Suchend sah sie sich nach einem Mülleimer um. Und als sie, auf der anderen Uferseite angekommen, das krümlige Papierknäuel wegwarf, sagte Simon: „Ich weiß nun, wie du ihn losgeworden bist. Es fehlt nur noch, dass ich weiß, wo du ihn aufgegabelt hast."

Ruth stockte. Der Kübel vor ihr war voll von Straßenkarten, Eintrittskarten und sonstigen Urlauberresten. „Ich kann es dir zeigen", schlug sie leise vor.

Er klatschte freudig in die Hände. „Machen wir eine Erinnerungsreise?"

„Wir würden uns Zeit sparen."

„Ich bin nicht in Eile, Ruth."

„Aber ich müsste mich nicht länger als nötig mit ihm beschäftigen, verstehst du?"

„Ich denke schon."

„Ich will das als Buchhändlerin ja gar nicht zugeben, aber..." Ruth seufzte. „Manchmal sagt ein Bild eben mehr als tausend Worte."

Simon konnte sie erst ausmachen, als sie die Tür des massiven Kleiderschrankes mit einem Donnern schloss. Seine ganze Familie bestand aus Handwerkern, aus Menschen, die Späne atmeten und Holz liebten. Entsprechend hatte Simon solche aufwendig bemalten Möbel bereits gesehen; er erblickte Ähren, erkannte Ernteszenarien, zählte Blumen. Das war nicht sein erster Bauernschrank. Und dennoch war dieser eine Premiere. Die anderen waren restauriert worden oder hatten restauriert werden müssen. Er hatte sie in Antiquitätenläden bewundert.

Dieser jedoch war neu.

Ruth drehte den Schlüssel im glänzenden Schloss herum und warf sich einen pflaumenfarbenen Umhang über. Gesprächsfetzen drangen zu ihnen herüber. „Mit ihr stimmt etwas nicht", brummte eine Männerstimme. „Lass dir das gesagt sein."

„Sie zahlt gut, Josef. Und, bei Gott, so viel, wie uns der Krieg gekostet hat, können wir dieses Geld gut gebrauchen."

„Weißt du denn, woher sie es hat? Ich weigere mich, eine Betrügerin zu beherbergen. Oder gar Schlimmeres."

„Sie ist verwitwet, sagt sie. Witwen haben es gut, ist allgemein bekannt."

Simon konnte sich ein Glucksen nicht verkneifen und auch die Mundwinkel der Gegenwarts-Ruth zuckten amüsiert.

„Hast du die Bücher gesehen, die sie mit sich rumschleppt?"

„Das werden Romane sein oder Theaterstücke. Alle feinen Damen lesen."

„Feine Damen – und Hexen. Die haben ihre Zauberbücher."

Erschrocken sah die Vergangenheits-Ruth auf einen Bücherstapel neben sich, ganz in der Nähe eines weit geöffneten Fensters. Schnell verdeckte sie ihr hochgestecktes Haar und ihr Gesicht mit der Kapuze ihres seidig-glänzenden Umhangs.

„Ich bitte dich, Josef. Seit meiner Kindheit haben sie hier keine Hexen mehr gejagt und ich werde nicht zulassen, dass mein Ehemann mit diesem Stuss wieder anfängt. Hexen gehören zum Kleinkindgeflüster. Sie sind Waschweibergeschätz. Bist du denn eines? Stellst du dich das nächste Mal ans Brett und an die Lauge? Hast du etwa auch Angst im Dunkeln? Das ist ein Märchen. Im Gegensatz zu dem Sack Mehl, den ich vorherige Woche zum dreifachen Preis habe erstehen müssen."

„Dreifach?", wiederholte die Männerstimme empört. „Hat der Müller seinen Verstand verloren?"

„Im Gegenteil. Er macht ein wahrlich gutes Geschäft. Er weiß, dass er die einzig verbliebene Mühle in der gesamten Umgebung betreibt. Und deshalb brauchen wir die Fremde. Du wirst sie, so grantig du auch bist, nicht verscheuchen, hörst du?"

„Ich höre überhaupt gar nichts. Alles still. Wer weiß, was sie da drin treibt, so ganz allein."

„Sie ist Witwe. Sie braucht keine Anstandsdame."

„Ich bleibe dennoch dabei: Mit ihr stimmt etwas nicht."

Schritte und das dösige Knarren von oft betretenen Treppenstufen. Die Vergangenheits-Ruth ließ die Schultern sinken, lehnte sich aus dem Fenster und atmete Erleichterung hinaus. Es war Abend und der pfirsichfarbene Himmel bereits mit Sternbildern besprenkelt. Aufwendig bestickt wie der edle Stoff eines Ballkleides. Unter ihnen türmte ein Mann Kisten auf einen Karren. Ansonsten war niemand zu sehen.

Ruth nickte zufrieden und zog sich zurück.

Auf dem Tisch, direkt neben ihren Büchern, standen bauchige Gefäße aus Ton. Sie griff nach einem davon, schnupperte prüfend daran. Schließlich wandte sie sich noch einmal dem Schrank zu – und holte einen Besen hervor.

Einen, der Simon erschreckend bekannt vorkam.

„Mit dem hätte ich dich einmal fast verprügelt", kicherte Ruth neben ihm.

„Fast?", wiederholte er. „Du hast meinen halben Oberkörper mit dem Stiel traktiert."

„Ich bin mir sicher, jetzt übertreibst du."

Sie beobachteten Ruth dabei, wie sie etwas Pastenähnliches aus dem Tiegel entnahm. Mit andachtsvoller Miene rieb sie den Besen damit ein, der – Simon konnte seinen Augen kaum trauen – bei jeder Berührung etwas weiter in die Höhe stieg. Gegen Ende schwebte er so hoch oben, dass Ruth sich mit einem Ächzen nach den Reisigzweigen strecken musste.

Sie drückte ihn herunter, klemmte ihn sich zwischen die Beine und trat – zusammen mit dem enormsten Buch in ihrer Sammlung – zum Fenster.

Simon japste. „Hast du vor, davonzufliegen? Wie sollen wir da hinterher kommen?"

„Indem wir ebenfalls fliegen. Das geht. Wir sind in meinem Kopf, Momo. Es ist nicht echt. Und selbst wenn es das wäre: Du bist ein Geist, schon vergessen?"

Das hatte er nicht. Wie auch? Dieses fremde Land, mit seiner fremden Sprache und seinen fremden Gepflogenheiten, hatte es ihn nicht vergessen lassen, genauso wenig wie die fremden Menschen, die so furchtbar zu seiner ihm so vertrauten Ruth gewesen waren. Und weil er war, wie er eben war, hatte er nichts dagegen tun können. Er hatte kein Trost-Eis besorgen, keinen Kinobesuch organisieren können. Eine Umarmung war unmöglich gewesen; nicht mal ein Tätscheln hatte er zusammengebracht. Denn Simon war ein Geist. Und Geister waren zu nichts nutze.

Der Karren und die Kisten waren verschwunden. Ruth stieß sich vom Fenstersims ab. Ihr Zunkunfts-Ich machte eine Bewegung wie ein Turmspringer, Simon ahmte es ihr nach und ehe er sich's versah, rauschte ihm der wolkenlose Abend entgegen. Das Gasthaus wurde kleiner und kleiner und war bald ganz verschwunden. Ersetzt wurde es durch Felder, durch Baumgruppen, die zu einem Wald anwuchsen, und Hügel, die sich zu einem Gebirge zusammensetzten.

Gut, dass er nicht an Höhenangst litt.

Ruths Umhang bauschte sich hinter ihr auf, legte

Weste und Rock frei. Sie überquerten Gräben, tiefe, braune Wunden in der sonst so gesunden, saftig-grünen Natur. Simon erkannte Menschen darin, mickrig aber fleißig, wie Ameisen. Sie stachen Torf.

Auch die Vergangenheits-Ruth hatte sie entdeckt und lehnte sich stark nach rechts, um ihren Kurs zu ändern. Erst, als kein Zivilisationsrest mehr zu sehen war, machte sie sich an den Landeanflug.

Der Boden des unbehelligten Waldes war bedeckt mit einer dicken Schicht Moos. Sie blieb mit ihren Absätzen darin hängen. Trotzdem stampfte sie - fluchend, grummelnd, Gift und Galle spuckend - weiter. Die Stämme der Bäume waren gespenstisch weiß, die Blätter haarig und die Früchte schuppig wie Dracheneier.

„Pass bloß auf dich auf", sagte Simon nervös. Ihm war klar, was er da vor sich hatte. Das Holz ließ sich leicht glätten und eignete sich wunderbar zur Möbelherstellung. Außerdem war es das Einzige, das auch im nassen Zustand brannte. Und nass wurde es oft. „Das sind Moor-Eichen. Du könntest versinken."

„Na ja, du wolltest wissen, wie wir uns kennengelernt haben. Irrlichter findet man nicht in einer barrierefreien Downtown."

Sie kniete sich hin und riss die Moosdecke in Fetzen. Sie schob Wurzeln beiseite, stöhnte, wischte Schweiß davon. Wie tief wollte sie noch graben? Es war offensichtlich anstrengend, so ganz ohne geeignetes Werkzeug, und es dauerte, bis sie mit dem Loch zufrieden war. Es erinnerte Simon an ein Grab.

Wen oder was wollte sie beerdigen?

Sie nahm das mitgebrachte Buch in ihre Hände, die nun bluteten. Sie hatte eine solche Wut im Gesicht, war so gefangen in ihrer Trauer, dass Simon sich nicht wunderte, dass sie die Bewegungen hinter sich nicht bemerkte. Schließlich warf sie das Buch in die Grube. Es landete auf dem Rücken.

„Ist das...“, begann Simon. „Ist das dein Buch der Schatten?“

Ruth nickte. Sie hatte bereits ihren Mund geöffnet, doch die Worte, die sie formte, sollten ihn nicht mehr erreichen.

Das Buch war erst mit einer dünnen Schicht Erde bedeckt, als das Chaos ausbrach.

Etwas Großes, Kräftiges, bestimmt Schweres preschte an ihnen vorbei und schlug eine Kerbe in das Gehölz. Ein Hirsch! Er sprang mit einem Satz über die Grube, sodass Ruth nichts anderes übrig blieb, als sich auf den Boden zu werfen. Sie entkam seinen trampelnden Hufen nur knapp.

Das Tier bemerkte jedoch weder sie noch ihre Angst, was daran lag, dass es selbst in triebgesteuerte Panik verfallen war. Und damit war es nicht allein. Dem Hirsch folgte, so schien es, nämlich der gesamte Wald: aufgescheuchte

Eichhörnchen, Massen an Mäusen, Wolfsrudel und Wildschweine mit ihren Frischlingen. Sie alle waren auf der Flucht. Grunzten, jaulten, bellten, schrien und brüllten dabei. Sah so die Rache eines magischen Artefaktes aus?

Ruth hatte sich währenddessen auf ihren Besen gerettet.

Sie klammerte sich an den Stiel wie ein Richter sich an seinen Hammer, unfähig das Gewirr zu beherrschen. Auerhähne und Moorhühner huschten unter ihr vorbei, Gänse rauschten über sie hinweg und sie kramte in ihren Taschen, zählte die Taler, die sie dabei hatte. Einen opferte sie und mit einem letzten Zauber schloss sich das Loch.

Keine Spuren. Nichts deutete darauf hin, dass dort etwas auch nur annähernd Bemerkenswertes geschehen war – oder nun begraben lag.

„Was verflucht nochmal war das?", wollte Simon wissen. Wie gern hätte er sich nun an ihr festgeklammert!

„Die Frage lautet eher: wer war das? Lass dir eines gesagt sein: ich habe mir diese Frage die letzten Jahrhunderte über oft stellen müssen. Und eigentlich gab es immer nur eine Antwort darauf."

Ruth kehrte zurück und landete neben einer Mooreiche. Sie sah durch die beiden Erinnerungsreisenden hindurch und weit, weit in die Ferne. Was war geschehen? War sie entdeckt worden oder hatte sie etwas entdeckt?

Mit beständigen Schritten verließ sie den

Bücherfriedhof. Sie durchquerte das Dickicht. Das Wollgras blühte üppig, es waren kaum mehr Laute zu vernehmen; nur Ruths leichtes Ausatmen und ein Knistern, leise wie das eines heimlich gelesenen Liebesbriefes.

Feuchtigkeit lag in der Luft, während sich Nebel bildete, teilte und die Sicht auf etwas unnatürlich Helles freilegte.

Eine Flamme. Schwebend. Jupiterfarben. Dochtlos.

Ruth streckte ihren Arm aus, doch egal wie sehr sie sich auch abmühte, das Licht kam nicht näher. Simon war froh darum.

„Hat es dich hypnotisiert?", fragte er.

„Nein. Noch nicht. Noch nicht."

Simon betrachtete die Blumenwiese, betrachtete die Blüten, die ihn an Wattebäusche erinnerten. Ruth mühte sich vor ihm ab. Jemand sollte sie warnen! Das war keine Wiese mehr, sondern eine gefährliche Illusion. Eine Falle.

Dort vorn würde nur noch eine Schicht Gras sie vom Wasser und der dem Ertrinken trennen.

Die Flamme schwirrte nun auf der Stelle. Sie wartete auf Ruth, die ihrem Verderben näher und näher kam. Bis zum Knöchel war sie bereits eingesunken. Ihr Blick war verhangen, das Licht erreichte kaum ihre trübe Iris.

Simon kniff die eigenen Augen zusammen. Er wusste ja, dass sie sich retten würde. Wie sonst konnte sie unversehrt neben ihm stehen. Und dennoch. Vor der Rettung kam die unschöne Notlage, und zwar ohne Ausnahme.

Ihr Schrei durchdrang den Abend. „Sei kein Feigling, Momo!", rief Ruth neben ihm. „Du verpasst eine meiner Sternstunden!"

Er tat wie geheißen. Ruth wandte sich auf dem Boden, das Moor bereits auf den Strümpfen, den Schenkeln und dem hochgerutschten Rock. Es dauerte, bis Simon verstand, dass sie nicht um ihr Leben kämpfte, sondern mit dem Irrlicht. Und so wie es schien, war sie dabei zu gewinnen.

Sie hatte es mit ihrem Umhang bedeckt, der nun zu rauchen begann. „Dieser Stoff hat einiges mitgemacht, einige Zauber aufnehmen dürfen. Es mögen nur Magieflecken sein, aber es ist dennoch mehr, als du in deinem gesamten Dasein zusammenkriegen wirst." Sie keuchte, während das Licht zischelte und rischelte. Sie zog die Enden zusammen, faltete den Überwurf und verschnürte ihn wie ein Paket.

„Deine Hände sind rot!", rief Simon entsetzt. „Du hast dich verbrannt!"

„Das passiert, wenn man mit dem Feuer spielt."

Er konnte ihr da nur zustimmen.

Ruth zog inzwischen ihre Füße aus dem Schlamm und krabbelte in Richtung Sicherheit. Mit ihrem improvisierten Gepäck auf dem Rücken flog sie schließlich zum Gasthaus zurück. Während sie vorsichtig durch das Fenster kletterte, leuchtete das Licht nur schwach, aber flimmernd durch das Gewebe. Sie schüttelte ihren Umhang durch. „Siechtum ist nicht gestattet. Hast wohl nicht erwartet, an eine Hexe zu geraten, nicht wahr? Vor allem nicht an eine, die Unrecht verachtet." Ruth schloss das Fenster. Es quietschte und die Scheibe, ganz dünn, wackelte bedrohlich. „Wie viele gute Männer und Frauen hast du wohl in das Moor geführt und nie wieder herausgelassen? Es ist nur recht, dass du nun auch von deinem Weg abkommst, Irrlicht."

Sie warf das Paket auf ihr Bett und machte sich daran, in der davor stehenden Kiste zu kramen.

Ruth legte einen Handspiegel neben sich, warf tintenbeschmutzte Federkiele und zahlreiche Bänder über ihre Schulter, bevor sie fand, was sie gesucht hatte. Mit Nadel und Faden bewaffnet zischte sie: „Ich weiß noch nicht, was ich mit dir anstellen werde. Also schätze ich, dass du bleiben musst, bis ich es herausgefunden habe."

Sie zog die Knoten auf und versuchte, das emporsteigende Licht in Richtung einer aufgehaltenen Brusttasche zu schieben. Dabei sengte sie sich ihre Haut noch mehr an. Blasen erschienen darauf, ihr Gesicht war schmerz- und hassverzerrt und Simon, gepackt von angeekelter Faszination, wurde klar, dass Ruth keinen Plan, sondern nur ein Plänchen gehabt hatte. Höchstens.

Mit blutenden Fingern, aber routinierten Bewegungen, nähte sie es ein. Dann schnaubte sie:

„Ich hasse Irrlichter", bevor sie ihren neuen Gefangenen über das Bettende hing. Dort sollte er auch, bis zur nächsten Szene, die Ruth ihm zeigte, bleiben.

„Warte, ich spule etwas vor", sagte sie neben ihm und sie beide versanken in Dunkelheit.

Noch bevor Ruth ihm weitere Bilder zeigen konnte, erreichte sie ein erneuter Schrei. Schließlich kamen Gerüche dazu: die intensiven Düfte der Bäume im Herbst und von einem Dorf, das sich auf die Kälte vorbereitete. Brot und Kaminrauch und zu Matsch verkommenem Laub.

Simon blinzelte. Vor ihm erschien eine rundliche, grauhaarige Frau, die sich, verzweifelt, so schien es, an ein großes, bauchiges Glas klammerte, wie der Betrunkene an das vor dem Sturz rettende Straßenschild. Was da wohl drin war?

Simon reckte den Hals. Erkannte etwas Langes. Dünnes. Roch etwas Beißend-Saures. Vergorenes.

„Es war nicht meine Absicht, Euch zu erschrecken", hörte er dann Ruth hinter sich sagen. Er drehte sich um, sah ihr dabei zu, wie sie verzweifelt mit den Händen durch die Luft wedelte, im erfolglosen Versuch, ihren Worten Ausdruck und Bedeutung zu verleihen. Und damit war er nicht der Einzige. Denn die Frau blinzelte.

„Ich wollte mich abmelden und mich für Eure Gastfreundschaft bedanken. Ich bin Euch sehr verbunden. Dennoch habe ich vor, weiterzureisen.

Es ist an der Zeit." Ruth nestelte nervös an den Ärmeln ihres Kleides. Schließlich zupfte sie es an ihrer Hüfte zurecht und räusperte sich.

„Du siehst anders aus", sagte Simon zu ihrem Zukunftsich.

„Ich trage ein Steißkissen."

„Bitte was?"

Ruth kicherte. „Damals hat man sich Kissen umgebunden. Um breiter zu wirken."

„*Breiter*", wiederholte Simon krächzend.

„Breiter, genau. Steht mir gut, findest du nicht?"

„Doch, doch." Simon stockte. Er fragte sich, ob er ihr sagen sollte, dass sie kein Kissen brauchte, nur sich selbst. Doch dann beschloss er, dass er sein Kompliment nicht mit einem Aber beschmutzen wollte.

Und es sah tatsächlich schön aus. Sie sah schön aus.

Verflucht. War er die Hälfte seines Lebens so blind gewesen?

Simon schluckte die aufkommenden Gefühle herunter. Verwirrung war dabei, aber auch Faszination und, ja, ein schlechtes Gewissen. Vor allem ein schlechtes Gewissen.

Die schrägen Dielen unter seinen Füßen knarrten, als die Frau den Behälter zu vielen, vielen anderen in ein Regal hinter sich stellte und sich durch ein Spinnennetz kämpfte. „Ihr solltet nicht hier unten sein, Madame", sagte sie und Simon fragte sich, wie er in der Lage war, sie zu verstehen, wo es die so elegante, Kissen tragende Ruth augenscheinlich nicht tat. „Lasst mich Euch helfen."

Die Frau klopfe beherzt ihre Schürze ab.

„Übersetzt du gerade für mich?", wollte Simon wissen.

Ruth nickte. „Ich dachte, das sei praktisch. Jetzt wo ich Tschechisch spreche. Kennst du das nicht? Damals war alles ganz merkwürdig und undurchschaubar, doch sobald du zurückblickst, ist plötzlich alles ganz klar?"

Er antwortete nicht. Dachte an Geburtstags- und Weihnachts- und Hochzeitsgeschenke. An Schutzzauber, die im Müll gelandet waren. An Treffen auf Festivals, Künstler- und Flohmärkten und an Gespräche zwischen dem von enormen Bilderrahmen abblätternden Gold. „Ich befürchte, du hast eine Freundschaft gesehen, wo keine war", hatte er ihr gesagt.

Er dachte daran, wie er ihr durchs Schaufenster ihres Ladens zugewunken hatte, immer wenn er die Hauptstraße entlanggefahren war. Dachte daran, dass sie seine Geste grundsätzlich erwidert hatte. Und sein Herz wurde schwer.

Die beiden Frauen sprachen weiterhin aneinander vorbei, versuchten fast fieberhaft, sich verständlich zu machen, so lange, bis sie von einer weiteren Stimme dabei unterbrochen wurden. Leise war sie. Eigentlich nur ein Flüstern. Ruth erstarrte.

„Sprich mir nach", hauchte es in ihrem Mantel und selbst Simon hatte Mühe, die Worte zu verstehen. Hatte er sich nicht verhört? Womöglich war es auch das Tapsen von Mäusen gewesen, die versuchten, sich an den Vorräten genüsslich zu tun? Oder das Geräusch der bebenden Spinnweben in den Ecken?

„Ich helfe dir. Sprich mir nach."

Und Ruth tat genau das. Sie dachte nicht lange nach. Es funktionierte. Die Wirtin verstand und versprach, im Dorf nach einer Kutsche für die nächsten Tage rufen zu lassen.

„Ich will nach Prag", sagte Ruth. Die Wirtin machte einen Knicks. „Am Besten, bevor die Kälte kommt." Sie krallte sich an ihren Mantel, ließ ihn erst wieder los, als sie in ihrem Zimmer war. Dort angekommen schüttelte sie ihn ab.

Sie zerrte mit aller Kraft an ihrer eigenen Naht und mit einem Ratschen rissen die Fäden. „Du kannst sprechen! Warum erfahre ich erst jetzt davon?", rief sie, kaum war das Irrlicht aus seiner Taschenzelle entlassen. Ruth schälte sich aus ihren unzähligen Klamotten und reichte diese ihrem Schatten (sich abendfertig zu machen, war damals wohl keine so einfache Sache gewesen). Sie wurden ausgeklopft und linealgerade zusammengefaltet. (Das dauerte. Und Simon verstand plötzlich, weshalb sie damit nicht gewartet hatte, bis das Gespräch zu Ende war.)

„Wir Geschöpfe der Nacht müssen

zusammenhalten!"

Das Licht schwebte auf der Höhe ihres Gesichts. Es teilte sich; Zwillingsflammen sprangen durch den Raum, zu jeder Nacht- und Wandkerze, von Docht zu Docht.

„Sag was!", forderte Ruth es auf. Nur noch im Unterkleid - weiß und dünn - bekleidet stand sie da, verzweifelt und enthüllt. „Irgendwas. Ich habe sonst niemanden, mit dem ich mich unterhalten kann. Niemanden, der mich verstehen würde. Wer hat dir das beigebracht? Wie lautet dein Name? Hast du denn einen?"

Es schwieg. Ruth machte sich daran, ihre Zöpfe zu entflechten. Ihr Haar war länger, als Simon das gewöhnt war, und fiel in Kaskaden über ihren Rücken; ein Wasserfall, der sich über roten Sandstein ergoss.

„Verstehst du mich denn? Oder sind dir nur einzelne Begrifflichkeiten vertraut? Ich bin Ruth. Ruth."

Erneut wurde der Karren auf dem Hof beladen. Erneut waren Gespräche auf dem Gang zu hören. Und erneut stritt sich die Wirtin mit ihrem Ehemann. Ruth war so klug, ihnen das Lauschen und Schnüffeln zu erschweren. Sie senkte ihre Stimme.

„Was habe ich dummes Ding denn auch erwartet", murmelte sie in sich hinein, während sie die Schatten fortschickte, die mit der heranwachsenden Nacht verschmolzen.

Schließlich löschte sie, nach und nach, die magisch entzündeten Kerzen und tapste durch ihr zukünftiges Ich hindurch. Und egal wie fremd Simon diese Umgebung ohne Technik und ohne Elektrizität und ohne Privatsphäre auch war: Diesen Anblick kannte er. Ruth warf sich auf ihren Schlafplatz und Simon verstand sie nur zu gut, über die Epochen hinweg. Manchmal ging es nicht anders. Manchmal wurde einem alles zu viel und man musste sich die Decke über den Kopf ziehen. Sich einrollen. Bleiben wo man war.

Auch das Irrlicht blieb an Ort und Stelle. Dunkelheit umhüllte Simon erneut und auch, als diese sich lüftete wie der Theatervorhang sich zum nächsten Akt, hatte es sich keinen Zentimeter bewegt. War ihm nicht klar, dass es frei war? Dass nichts und niemand es mehr aufhielt?

Ruth erwachte mit den Vögeln. Von deren Gezwitscher begleitet streckte sie sich. Sie gähnte leise, sie rollte herum - und erstarrte mitten in der Bewegung.

Wenn das Licht Augen gehabt hätte, hätte es gestarrt. War es die ganze Nacht da gewesen? Was wollte es von ihr?

Ruth nahm Abstand, rutschte, so weit es möglich war, nach hinten in Richtung Kopfteil. „Du kannst verschwinden", krächzte sie, mit einer vom Morgen und der Müdigkeit abgeschliffenen Stimme. „Ich habe dich lange genug mit mir herumgetragen."

Das Irrlicht rauchte und dampfte als Antwort und kam näher. Schließlich beleuchtete es ihre von Sommersprossen überzogene Nasenspitze. „Jaromír", kam aus seinem tiefsten Inneren.

„Was war das? Was hast du gesagt?"

Es umrundete sie und sein Flackern wirkte dabei anders; weicher. Weniger zerstörerisch. Wärmer. Plötzlich war es Kaminfeuer-an-einem-verschneiten-Weihnachts morgen-freundlich. Es stoppte bei ihrem Ohr und wiederholte nur dieses eine einzige Wort, das ihr auch noch Jahrhunderte später auf der Zunge liegen sollte.

„*Jaromír.*"

KAPITEL SECHS

Neben ihnen wurden die Regenschirme aufgespannt. Viele geduckte Menschen um sie herum, die mit ihren dunklen Regenmänteln wie mit der zu Stoff gewordenen Krankheit gekleidet schienen, und dazu der Geruch von nasser Stadt, der von den Straßen aufstieg und durch die Gassen kroch. Auch das war Prag.

Die Straße vor dem Flughafen war kaum befahren. Nur ein paar Autos fuhren an ihnen vorbei. Drei Kleine. Ein Großes. Ruth wischte sich den Schneeregen vom Gesicht und aus den Augen und blinzelte angestrengt. „Du siehst kaum was, oder?", fragte Simon sie.

„Muss ich auch nicht. Weit kann er ohne Beine nicht gekommen sein."

„Stell dich trotzdem unter. Ich hole dich dazu, sobald ich ihn gefunden habe."

Ruth hätte sich ganz leicht die Zeit vertreiben können. Sie hätte sich überteuerte, gesüßte Heißgetränke besorgen können (vielleicht mit Lebkuchengeschmack) und hätte den unterschiedlichsten Sprachen lauschen können. Sie hätte der Flughafenbuchhandlung einen

Besuch abstatten können, weil sie sich gar nicht mehr an das letzte Mal erinnern konnte. Wann war sie zum letzten Mal Besucherin gewesen - und nicht Händlerin? Wann hatte sie das letzte Mal staunend das viele Papier betrachtet - und nicht prüfend? Wann hatte sie das letzte Mal sich einen wackligen Stapel Romane unter das Kinn geklemmt - weil sie sie verschlingen wollte und nicht, weil sie gerade mitten in der Inventur steckte?

Wann war sie das letzte Mal Leserin gewesen?

Ruth starrte Simons Hinterkopf an. Er war schon einige Meter von ihr entfernt. Es wäre so leicht. Die Bücher und die Farbschnitte und die Lesebändchen und die Schutzumschläge waren nicht weit weg, ein paar Schritte nur. Sie liebte Literatur.

Doch Simon liebte sie mehr.

Sie würde ihn, egal wie verständnis- und rücksichtsvoll er auch war, nicht allein lassen.

Er hatte erst wenige übersinnliche Gestalten getroffen - keine davon war bösartig gewesen. Jaromír mochte anstrengend sein, aber auch er war harmlos. Simon sah noch das Zauberhafte in der Magie und wenn es nach Ruth ging, sollte das bitte noch ganz lange so bleiben.

Sie straffte die Schultern. Wappnete sich gegen das Unwetter. Sie war ja schließlich nicht aus Zucker - und auch nicht aus Ton.

Während sie also zu bibbern begann und froh

darüber war, ihre Brille in Amerika gelassen zu haben, fragte Ruth sich, wie viel von dem Golem noch übrig war. Die meisten von ihnen waren nicht gebrannt und als sie ihn an der altbekannten Wand neben dem altbekannten Fahrzeug sitzen sah, wunderte sie sich darüber, dass von ihm noch mehr als eine unansehnliche Suppe übrig geblieben war.

Simon schwebte direkt vor ihm und Ruth war bereits nah genug, um die Unterhaltung der beiden belauschen zu können.

Bedrohlich hob der Golem die Hand. Zitternd deutete er auf Simon, mit einem Finger, der kaum wirkte wie einer; lang wie ein Lineal war er und es sah so aus, als würden nicht nur die Nägel, sondern gleich die ganze Kuppe fehlen.

„Du", spuckte er aus. Eingeschüchtert schwebte Simon zurück, wie ein Schuljunge, der vom Lehrer aufgerufen wurde, obwohl er doch nicht gelernt hatte. „Du!"

Er hatte nicht nur hörbare Schwierigkeiten mit dem Englischen, sondern grundsätzlich mit dem Sprechen – Ruth wunderte es ohnehin, dass er noch konnte. Viel hatte sie von seinem Kiefer nicht übrig gelassen. „Du bist wie ich."

Simons Augen wurden groß. Er starrte erst den Golem an und entdeckte dann Ruth und blickte schließlich an sich herab. Er zupfte an seinem blauen Pullover herum und an seiner ordentlich gebügelten Stoffhose, bevor er sagte: „Das würde ich so nicht unterschreiben."

„Doch. Doch." Der Golem blieb hartnäckig. „Du bist tot."

„Ich wünschte, die Leute würden aufhören, mir das unter die Nase zu reiben." Simon betastete seinen Nacken und brachte seine Locken ganz durcheinander. „Aber ja. Das stimmt. Und weiter?"

„Nichts weiter." Der Golem nahm eine andere, weniger bedrohliche Sitzposition ein und machte es sich etwas gemütlicher. „Du Geist. Ich auch."

„Ich befürchte, wir haben hier ein Verständigungsproblem. Du bist definitiv kein Geist."

„Sagt wer?"

„Ich." Ungeduldig fiel Ruth ihm ins Wort. „Weil ich weiß, wie Geister aussehen. Und wie sie sich anfühlen. So..." Sie klopfte einmal kräftig gegen seinen Oberkörper. Es schepperte. „...jedenfalls nicht. Momo ist ein Prachtexemplar von einem Geist. Aber was du bist, das weiß kein Mensch - und keine Hexe."

Der Golem verschränkte die Arme. „Ich nicht mit dir reden. Du bist böse. Hast mich angefallen. Hab überhaupt nichts gemacht."

„Wo er recht hat..." Simon zuckte mit den Schultern. „Das war eine präventive Maßnahme! Stell dir nur vor, wie viele Menschen täglich das Flughafengelände betreten. Ein Golem taucht nicht aus dem Nichts auf. Er hat einen Meister. Jemand, der ihn erschaffen hat. Und er hat auch immer einen Auftrag."

„Du hast doch eben noch gesagt, dass du dir gar nicht sicher bist, was er überhaupt ist."

„Ja, aber..."

Er unterbrach sie. „Hör zu, Ruth. Du hast mich doch mitgenommen, oder?"

Ruth schnaubte. „Schon. Auch wenn ich mich manchmal frage, wieso eigentlich."

„Weil ich dich darum gebeten habe und du in mich verguckt bist, schon vergessen? Außerdem bin ich ein Prachtexemplar von einem Geist."

„Oh nein. Du bildest dir darauf doch nicht etwa etwas ein, oder?"

„Ein wenig schon, doch." Er grinste und unverschämt tiefe Grübchen, die Ruth so, so gern mit dem Zeigefinger nachgefahren wäre, erschienen auf seinen Wangen. „Und weil ich so ein großartiges Beispiel meiner Spezies bin, kannst du mich auch einfach machen lassen. Denn womöglich – und nimm mir das jetzt bitte nicht übel – sind Jaromírs und deine Methoden etwas veraltet."

„Was willst du damit sagen?"

„Dass Gewalt nicht die Lösung ist. Ich weiß, du haust auch auf deinen Computer, wenn der nicht funktioniert, aber manchmal hilft auch gutzureden – oder die richtigen Tasten drücken."

Ruth verschränkte die Arme vor der Brust. „Tu was du nicht lassen kannst", seufzte sie. „Aber lass dir eines gesagt sein: Wenn sein Meister auftauchen und dich in ein Pentagramm sperren würde, während du dich noch in Diplomatie versuchst, wärest du ziemlich froh um meine Gewaltbereitschaft."

„Glaubst du, das passiert? Glaubst du, das ist der Grund, weshalb so viele Geister verschwinden?"

„Keine Ahnung. Finden Sie's doch heraus, Herr Kommissar."

Er lachte Lachfältchen-bildend ehrlich. „Eine Sache kannst du dir merken, Ruth: Ich bringe immer zu Ende, was ich angefangen habe. Ich mache meine Jobs gut, egal welche." Dann zwinkerte er ihr zu – und in diesem Moment, ja, da konnte sie nicht anders, als ihm zu glauben.

Also ließ sie ihn machen.

Er tippte sich gegen einen imaginären Hut und wandte sich dann der Gestalt zu.

Er kniete sich hin, um auf Augenhöhe mit dem Monster zu sein. Simons Gesichtsausdruck war mild, freundlich, geduldig. Er war überhaupt nicht bevormundend oder herablassend. Obwohl sich der Golem kaum mehr rühren konnte, ließ Simon nicht den Oberlehrer heraushängen.

Und Ruth, die sich ein wenig ertappt fühlte, konnte nicht anders, als ihn bewundernd zu beobachten, während sie sich gleichzeitig fragte, wie verdammt gut er wohl in seinem letzten Job gewesen war.

Sie sah Simon nicken. Hörte den halben Kiefer klackern.

Dann richtete er sich auf und schwebte auf sie zu. „Ich habe eine Adresse", sagte er salopp.

„*Bitte was?*"

Simon zuckte mit den Schultern. „Du wolltest wissen, wer sein Meister ist. Er hat mir die Adresse gegeben."

„Wie hast du das rausgefunden?"

„Ich habe gefragt."

„Was auch sonst."

„Eben. Was auch sonst. Sag..." Noch ganz berauscht von seinem Erfolg, schwebte er nach oben, unaufhaltsam, wie ein Luftballon, den man bis zum Zerplatzen mit viel zu viel Helium gefüllt hatte. „Weißt du, wo Karlín liegt?"

Überrumpelt massierte sie sich den Nasenrücken. „Klar tu ich das", brummte sie. „Ich habe da früher mit Jaromír zusammen gewohnt."

„Oh." Das Helium entwich ihm. Er schrumpelte zusammen, segelte zurück zum Erdboden. „Das heißt, du findest hin?"

„Mit verbundenen Augen. Ich habe oft Reißaus genommen. Mich an die Moldau gesetzt. Bisschen mit dem Fluss geredet, wenn mir sonst die Gesprächspartner gefehlt haben."

„Wieso das?"

Ruth zuckte mit den Schultern. „Wir hatten oft Streit. Zuerst waren es banale Dinge. Und dann, dann eben nicht mehr."

„Du meinst die Sache mit der Untreue?"

„Gut zusammengefasst." Plötzlich hatte sie das

Gefühl, als habe man sie ohne Vorwarnung an der Kehle gepackt. Dieser Jemand drückte nur langsam zu, ließ aber nach und nach die Luft und das Selbstbewusstsein aus ihr heraus. „Das Schlimme ist, dass er nur hätte mit mir *reden* müssen. Und es hätte mir wahrscheinlich nicht gefallen, aber ich so ziemlich alles getan, um ihn in meiner Nähe zu haben und..."

„Mein Gott, Ruth."

„Das ist bestimmt schwer nachvollziehbar für dich, weil du doch so eine treue Seele bist." Sie zwang sich zu einem Lächeln. „Das mag ich an dir. Dass du so treu bist."

„Ja? Ich dachte, du warst in mich verliebt, als ich verheiratet
war."

„Ich war in dich verliebt, *bevor* du geheiratet hast. Und war es dann weiterhin." In seine Loyalität. In seine Bodenständigkeit. In seine Aufrichtigkeit und Gradlinigkeit. „Ich hätte aber nie...Denn wenn du der Typ Mann gewesen wärest, der trotz allem mitgemacht hätte, hätte ich dich ohnehin nicht gewollt. Verstehst du?"

„Nicht wirklich." Simon schüttelte seine Locken aus und warf dann einen kurzen Blick zu dem denkenden Scherbenhaufen hinter ihm. „Wir müssen nicht hin, hörst du. Nach Karlín, meine ich."

„Klar müssen wir!" Sie musste an den Ort denken, den sie schon gekannt hatte, als er noch

Karolinenthal hieß. Damals, als die Prager Stadtmauern noch standen und er nicht wesentlich mehr zu bieten gehabt hatte als ein Lustschlösschen, Obstgärten und Liebespaare, die sich über die Stadtgrenzen hinausgewagt hatten, um ungestört zu sein.

Später hatte man den Kirschblütenregen durch ungefilterten Fabrikdampf ersetzt.

Und trotzdem hatte es sich dort gut aushalten lassen. Zusammen mit Jaromír.

Als noch wenige Quadratmeter und ein unebener Boden ohne Estrich ausgereicht hatten.

„Wir wollen ja nicht, dass deine Ermittlungsarbeit umsonst war. Hast du auch einen Straßennamen und die Nummer?"

Er nickte und reagierte mit einem unappetitlichen, kaum verständlichen Lautbrei. „Und dann die Dreiundfünfzig."

„An der Aussprache feilen wir noch, ja?"

Ruth rieb ihre Hände aneinander. Eine Sache hatte sie noch zu erledigen.

Sie wies Simon an, auf sie zu warten, und machte sich auf den Weg zu dem Golemversteck hinter dem geparkten Fahrzeug.

Mit genügend Abstand legte sie einen Kreis aus Münzen auf den Boden. Ruth war so entspannt, dass sie ihn mehrmals umänderte. Sie machte ihn größer und besserte Dellen aus. Das war sie so gar nicht gewöhnt. Verbesserungen waren ein Luxusgut.

Normalerweise war sie in Gefahr, wenn sie diesen Zauber nutzte – oder die Gefahr ging von ihr aus, sobald sie die Schatten rief.

So wie sie es in diesem Moment tat.

Der Prager Flughafen war groß, angebunden an Metro-Stationen, Buslinien und den Hauptbahnhof. Unzählige Menschen gingen hier täglich ein- und aus. Ruths Ruf hallte durch die Terminals und den Kontrollturm - und ihre Schatten antworteten.

Die gesamte Umgebung färbte sich fastschwarz.

„Ähm, Ruth?" In Simons Stimme schwang Panik mit.

Ruth drehte sich nicht um. Sie wollte schnell arbeiten und sauber. Sie würde ihn später beruhigen müssen. Er würde nicht gutheißen können, was sie da im Begriff war zu tun. Dennoch musste es sein. Es war leichter, um Vergebung zu bitten, als um Erlaubnis.

„Dort vorn", wies sie die *Scatos* an. „Zerstört ihn."

Sie klang kaltherziger, als sie war. Sie alle krochen in Richtung Golem, große Schatten und kleine, breite und bucklige. Es dauerte nicht lange, denn es waren viel zu viele.

Die Schatten griffen lautlos an, das Opfer, bereits angeschlagen und wehrlos, zerbarste ohne einen Ton unter ihren Schlägen.

Nur Simons fassungslose Schreie waren zu hören.

Sie hasste es, ihn enttäuschen zu müssen.

Staub wirbelte auf, zeugte von ihrer Effizienz.

„Wieso hast du das getan?", jaulte Simon und erst, nachdem sie die Schatten entlassen und zurück zu ihren Besitzern geschickt hatte, nahm sie den Mut zusammen, sich ihm zuzuwenden.

„Es war nötig. Ich kann ihn hier nicht in aller Öffentlichkeit sitzen lassen!"

Wie hätte sich die Gesellschaft ein solches Wesen erklären wollen, wenn selbst sie es nicht konnte? Wie hätten die Touristen reagiert, die Mitarbeiter, die Feuerwehr, die Polizei, das Militär, der Staat?

„Er war harmlos! Eigentlich sogar ganz nett!" Auf Simons Gesicht lag furchtbarer Frust und eine noch furchtbarere Erkenntnis. „Oh Gott", hauchte er und er blickte drein, als sei sie eine Fremde, als sehe er sie heute zum ersten Mal. „Er hatte recht. Du bist grausam!"

„Wenn etwas notwendig ist, ist es nicht grausam!", hielt sie entgegen, doch sie hatte das Gefühl, dass ihre Worte ihn gar nicht erreichten.

Sein Blick war tränenverhangen, dennoch schien er etwas zu entdecken, über ihre Schulter hinweg. Seine Pupillen weiteten sich. „Ruth...", warnte er sie noch, doch da hörte sie es schon; ein Stimmchen, das schon längst hätte verklungen sein sollen.

Dafür hatte sie eben noch gesorgt.

„Warum?"

Simon stolperte rückwärts, vergaß, dass er nicht

mehr in der Lage war, irgendwo aufzuschlagen. Ruth holte tief Luft – zog Smog und Kofferlederduft und Fastfood-Dampf in ihre Lungen – und drehte sich dann zu der Sache um, die ihm eine solche Angst einjagte.

Über dem Staubhaufen, der von dem Golem-oder-was-auch-immer-er-war übrig geblieben war, schaukelte und schwebte nun, ganz eindeutig, ein Geist.

Wie Simon war er durchscheinend und wie Simon glitzerte er, wenn auch nicht ganz so auffällig und bei Weitem nicht so hübsch. Auch er war wohl jung gestorben, seine Gestalt war noch ganz jungenhaft schlaksig. Seine Jeans war schlabbrig und weit, der Bund hing irgendwo unter den Hüftknochen. Das Shirt war übergroß und zerknittert, die Baseballcap auf seinem Kopf bedeckte kaum seinen Pony. Das alles zeigte Ruth, dass sie es mit einem zeitgenössischen Geist zu tun hatte. Höchstens Vintage war er, womöglich in den Neunzigern verstorben.

Wütend blinzelte er sie an. „Warum?", fragte er erneut und der Staub zu seinen Füßen wurde vom Wind davongetragen. Die Stimme war die Gleiche. Weniger blechern, ja. Es war, als habe man das Ferngespräch über eine alte Telefonzelle beendet und eine Videokonferenz mit schnellem Internetanschluss begonnen. Und dennoch war es unüberhörbar. Hier sprach der zerstörte Golem.

Ruth schüttelte den Kopf. Wie konnte das sein?

Simon keuchte. „Es stimmt! Er ist wie ich!"

Sie sah ihn schlucken und dabei versuchen, möglichst logisch, möglichst rational an die Sache heranzugehen. Er hatte keinen Erfolg. „Sag mir, dass das nicht normal ist, Ruth", flüsterte er.

„Bitte."

„Nein, Momo, das ist nicht normal." War das der Grund, weshalb er sprechen konnte? Weshalb Jaromír keinen Zettel unter seiner Zunge gefunden hatte? Wie war er in die Tonfigur hineingekommen?

„Das ist ganz und gar nicht normal."

Das Viertel selbst hatte sich nicht verändert. Und doch war alles anders.

Karlín, früher voll von Produktionsstätten und Manufakturen, breitete sich vor ihnen aus, wimmelnd und durcheinander wie ein aufgescheuchtes Wespenvolk. Und Ruth fühlte sich, als würde er mit einem viel zu kurzen Stock immer wieder in dem Nest herumstochern, obwohl sie es besser wissen sollte. Sie hoffte darauf, nicht gestochen zu werden. Und sie hoffte, schnell genug rennen zu können, falls es jemand doch versuchen sollte.

Die Nummer 53 war ein Mehrfamilienhaus, mit Giebeln und Türmchen und einem verwinkelten Innenhof, umgeben von Cafés und kleinen

Supermärkten. „Und nun?", wollte Simon neben ihr wissen. „Klingeln wir? Ganz unelegant?"

„Na ja, Geister können nicht klingeln." Sie rieb sich kurz über das Kinn. „Wie haben die anderen auf sich aufmerksam gemacht? Vielleicht sind sie ohne Vorwarnung rein?"

„Und wenn er gerade beschäftigt ist? In der Badewanne oder auf dem Klo?"

„Dann entschuldigst du dich, drehst dich um und wartest, bis er fertig ist."

„Und wenn es ein Bösewicht ist?"

„Dann schreist du laut um Hilfe und ich jage ihm den ersten Fluch an den Hals, der mir einfällt. Ich könnte dafür sorgen, dass er die Krätze bekommt."

„Das wird nicht nötig sein." Simon und Ruth fuhren herum. Vor ihnen stand ein junger Mann mit dunkelblondem Haar und einer Stupsnase. Er trug eine Einkaufstüte, aus der ein Bund Karotten und eine Stange Lauch hervorlugten, und Kopfhörer um den Hals. „Hallo", begrüßte er sie, mit einem starken Akzent, den sie nicht einordnen konnte. „Mein Name ist Pavel."

(Sagte er, als wäre das für sie von Bedeutung.)

Ruth starrte ihn an. Wo kam er her? Was wollte er von ihr?

„Du suchst mich, schätze ich." Er sprach langsam, übertrieben deutlich, so als wolle er ihr auf die Sprünge helfen. „Ich bin der Bösewicht, von dem eben die Rede war. Aber ich habe keine Badewanne, in der ich liegen könnte. Ist nun mal eine Altbauwohnung, man kennt's. Dafür gibt es eine recht enge Dusche, direkt unter der Dachschräge. Die hat aber einen Vorhang, also sieht man nichts, keine Sorge."

Neben ihr machte Simon ein hicksendes Geräusch. „Ruth, kann der mich hören?"

Der Fremde legte den Kopf schief und lächelte. „Nicht nur hören. Auch sehen."

Das reichte Ruth. Mehr musste sie nicht hören.

Mit einem Satz stand sie vor ihm. Ehe er sich versah, hatte sie ihn am Kragen gepackt und grob gegen die Wand gedrückt.

Nur wenige Besucher des angrenzenden Cafés sahen von ihren Pfannkuchen mit Birnenkompott auf. Sie wirkten wenig interessiert. „Was bist du?", zischte Ruth.

„Ich sagte doch, mein Name ist Pavel..."

„Ich wollte nicht wissen, wer du bist, sondern *was*. Du kannst ihn sehen. Also bist du magisch. Was also war so blöd, sich mit mir anzulegen?" Sie schnupperte. „Bist du ein Werwolf?"

„Nein! Ich habe eine Hundehaarallergie!" Der Fremde quietschte. Wie eine Ratte, dachte Ruth sich, die in einer Zeit aufgewachsen war, in der die Nager nichts Gutes verhießen und nichts Gutes gebracht hatten. „Ich bin kein Werwolf. Nur ein Hexer. Nicht mehr und nicht weniger."

„Es gibt keine Hexer."

„Doch! Ich stehe doch vor dir."

„Ich mag es nicht, wenn man sich über mich

lustig macht", knurrte sie. Sie bückte sich und hob das Wechselgeld auf, das aus seiner Einkaufstasche gerollt war. Sie hielt es ihm mit einem bösen Grinsen unter die Nase. „Reicht für den erwähnten Fluch."

Mit Genugtuung konnte sie beobachten, wie sich seine Pupillen vor Entsetzen weiteten. Er begann zu flehen. „Bitte nicht!"

„Wenn du wirklich ein Hexer bist, sollte doch der Gegenzauber kein Problem für dich sein."

„Ich beherrsche aber keine Münzmagie!", plärrte er, während er um sich trat und niemanden traf. Dennoch sprach er von Fokus, denn der lag angeblich „auf anderen Dingen".

Ruth ließ ihn los. Sogar das Geld gab sie ihm wieder. „Andere Dinge?", wiederholte sie skeptisch. Von welcher Art Magie sprach er? Kräuterkunde? Wahrsagung?

„Soll ich es euch zeigen?"

Und schon lief er los. Als könnte er gar nicht schnell genug von ihr wegkommen.

Der Keller, in der er sie führe, roch nach altem Öl, vergessenen Hobbys und brüchigen Besitztümern. Sie passierten Abteile voller in die Jahre gekommener Schaukelpferde, Instrumente und Gartengeräte. Fasziniert betrachtete Ruth ein auseinandergenommenes Fahrrad, während Pavel sich an einem Gitter zu schaffen machte. Es fehlten die Reifen und der Lenker. Die Sticker, die mehrere erfolgreiche Trips quer über den

Kontinent bezeugen konnten, waren dennoch noch gut auszumachen.

Sie sah Länderumrisse. Und die Alpen. Ruth war noch nie in den Alpen gewesen.

Pavel ruckelte an einem Schloss. Er prustete und schnaufte und ächzte und brachte es nur mit Müh und Not auf. Schließlich wackelte er verheißungsvoll mit den Augenbrauen und schob einen schweren Vorhang beiseite.

Kein anderes Abteil war verhangen. Kein anderes Abteil brauchte so einen Sichtschutz.

Denn als Ruth den Raum betrat, stand sie einer Armee gegenüber. Dutzenden von Tongestalten, titanenhaft groß, unnatürlich breit. Und ehrenhaft stumm. Einige von ihnen wirkten unfertig und waren braun, so wie die Gestalt, die sie am Flughafen bekämpft hatte. Wiederum andere glänzten, wie glasiert und mit Zuckerguss übergossen. Manche von ihnen waren hellblau, andere so weiß, dass sie fast silbern wirkten.

„Ich habe angefangen, sie zu bemalen, bevor ich sie brenne. Dann werden sie schön glatt", sagte der Organisator dieser dubiosen Militärparade. „Dort hinten ist mein Ofen. Verpfeift mich aber nicht bei meinem Vermieter, ja? Der weiß nichts von seinem Glück."

Ruth ergriff das Entsetzen. Wenn er die alle auf sie loslassen würde, hätte ihr letztes Stündlein geschlagen. Was also sollte sie tun? Ihn mit einem günstig gesetzten Fluch außer Gefecht setzen?

Oder rennen, und zwar so schnell sie konnte?

„Was verdammt nochmal willst du mit so vielen Golems?", keuchte sie. Er war es also, der sie erschuf und auf die Stadt losließ! Hatte sie ihn unterschätzt? Plötzlich kam ihr die stickige Luft noch schwerer - alpenschwerer – vor.

„Golems?", wiederholte er, den Vorhang wieder zuziehend. „Das sind keine Golems. Wie kommst du denn auf so etwas?"

„Was sind sie sonst?"

Er zuckte mit den Schultern. „Ich habe keine Ahnung, was sie sind, aber ich weiß, was sie nicht sind. Und Golems sind es keine. Damit kenne ich mich nämlich nicht aus. Passt nicht sprachlich, passt nicht kulturell. Und so unverschämt bin ich nicht. Ich eigne mir da nichts an. Hier im Haus gab es nur eben diesen alten Ofen. Offenbar hat hier jemand getöpfert. Und da dachte ich mir, tja, da dachte ich mir: Wieso nicht?"

„Aber sie hören auf dich?"

„Die Dinger?" Er klopfte einmal kräftig gegen die Figur am äußersten Ende der Reihe. „Blödsinn. Das sind nur leere Hüllen."

„Und mit was füllst du die?"

Er grinste breit. „Na ratet doch mal, ihr zwei."

Und Ruth verstand. Augenblicklich wurde ihr schlecht. So war das. Es passte alles zusammen. Die Geister verschwanden nicht nur. Stattdessen wurden sie womöglich gezwungen, gekidnappt gar, bevor sie eingesperrt wurden und ihre Gestalt änderten. Und so wurde aus einem Spukproblem eine Terrakottaplage.

„Prag ist heimgesucht genug! Such dir einen anderen!", sagte Ruth, sich zwischen ihm und Simon platzierend. „*Meinen* Geist kriegst du nicht!"

Sie spürte Simons Blicke auf ihrer erhitzten Haut, ganz so, als würde er sich wundern, wo dieser unvermutete Besitzanspruch herkam. Dabei war der nicht neu und seit jeher da gewesen. Ruth war nur feige um ihn herumgetanzt. Auf Zehenspitzen, Drehung für Drehung. Doch damit war nun Schluss.

Meiner, wiederholte sie in Gedanken. *Er gehört zu mir. Ich gehe unter, bevor er es tut.*

Pavel machte einige Schritte rückwärts und stieß sich an einer Drehschiene an. Sie wackelte, fiel zu Boden und zerbrach. „Das war ja nur ein Angebot! Die Meisten, die hierherkommen, nehmen es recht gern an."

„*Sicher* tun sie das. Warum sollten sie nicht als übersinnlichen Treibstoff für eine sonst nutzlose Figur dienen wollen? Das ist doch der große Traum eines jeden Geistes!"

„Lass den Sarkasmus, ja? Ich versuche nur, eine gute Tat zu vollbringen." Er rieb sich die Kniekehle und wirkte wie ein Kind, das das erste Mal mit den Rollschuhen gestürzt war. Wie alt war er? „Es wurden zu viele. Sie waren hier gefangen und keiner wollte ihnen helfen. Wo war denn dein

Zirkel, frage ich dich? Nirgends. Also nahm ich die Sache selbst in die Hand. Im wahrsten Sinne. Ich habe einige Töpferkurse besucht."

Er hob die Scheibe auf und betrachtete sie resigniert. „Wenn ich sie schon nicht ins Jenseits bringen kann, die Geister, dann soll ihnen das Diesseits so angenehm wie möglich gestaltet werden. Das ist mein Motto. Ich bin kein Künstler aber...Dank meiner Gefäße können sie sich frei bewegen und sind nicht mehr an ihren Todesort gebunden. Es hat nicht jeder das Glück, eine Hexe zur Freundin zu haben. Ich meine, ich gönne es dir, Kumpel. Ändert aber nichts an der Tatsache, dass die anderen Hilfe brauchen."

Zögerlich umrundete Simon die äußerste Statue. „Was hätte ich denn davon?", wollte er wissen. „Wenn ich auch will. Was wären meine Vorteile?"

„Deine Vorteile?" Pavel lachte. „Na, ich weiß nicht. Womöglich hättest du wieder einen Körper?"

„Ja. Einen, der kaputtgeht."

„Und inwiefern unterscheidet ihn das von der menschlichen Variante? Dass die nicht besonders stabil ist, solltest du doch am besten wissen. Oder willst du mir weismachen, du wärest eines natürlichen Todes gestorben? An Altersschwäche? Sicher nicht. Was war's denn? Was hat dich niedergestreckt? Ein Unfall? Eine Krankheit? Krebs?"

Simon presste die Lippen aufeinander. „Gift",

antwortete er schließlich.

„Na", das Ratespiel schien ihm gefallen zu haben, denn das Grinsen war immer noch nicht von seinem Gesicht verschwunden, „das passiert dir mit meinen Tonfigürchen nicht."

„Aber jeder hätte Panik vor mir. Ich wäre verdammt gruselig."

„Bist du das jetzt nicht auch schon? Sind Geister nicht der Inbegriff des Grusels?"

Er blinzelte. „So habe ich das noch gar nicht betrachtet..."

„Du könntest eben alles, was man mit einem Körper so kann. Platz einnehmen. Sichtbar sein. Dinge bewegen und auch berühren."

Etwas blitzte in Simons Augen auf. Seine Pupillen wirkten wie ein Tunnel, durch den eine Bahn hindurchgerast kam. Etwas, das einen zerquetschen könnte, wenn man nicht schnell genug zur Seite sprang. „Das...", begann er, ehrfürchtig. „Das..."

Ruth beendete seinen Satz, bevor er es tun konnte. „...ist ein Angebot, das wir nicht annehmen werden. Herzlichen Dank." Sie machte eine wedelnde Bewegung aus dem Handgelenk und versuchte, Simon wegzuwischen. Sein Geist verlief nur kurz, bevor er sich wieder unbeeindruckt zusammensetzte.

„Wie soll das Ding überhaupt funktionieren?", fragte Ruth schließlich wirsch. „Wie stellst du sicher, dass er nicht wieder herausrutscht?"

„Warte, ich zeige es dir." Pavel machte sich an der Figur zu schaffen und ruckelte mehrmals an ihrem Arm. Offenbar ohne Erfolg, denn er drehte sich um und trat zu einem Wandschrank, um einen Hammer hervorzuholen. „Ist eben Qualitätsarbeit." Er zwinkerte. „Achtung, ducken!"

Sie tat wie geheißen, denn er zögerte nicht lang. Es knallte, schepperte, weißer, lungenkitzelnder Staub wurde aufgewirbelt und die scharfkantigen, überraschend großen Scherben im gesamten Kellerabteil verteilt. Eine davon hob Ruth hustend auf.

„Ich habe sie möglichst stabil gebaut. Da braucht man ganz schön Kraft und es sollte nichts kaputt gehen. Aufpassen muss man dennoch. Sonst bleibt er an einem Stück kleben und verbringt die Ewigkeit in einer Scherbe. Und das kann wirklich keiner wollen." Ruth schnitt sich in den Finger. Sie fluchte, während einige Tropfen ihres Blutes über das rannen, was auf der Innenseite der Scherbe eingeritzt worden war: Buchstaben, Kreise und Zacken, davon gleich fünf. Sie erkannte ein Pentagramm, dessen Einkerbungen nun dunkelrot und feucht glänzten, und daneben die Hälfte eines weiteren.

„Woher weißt du, wie das geht?", fragte sie Pavel. Der Schmerz war pochend und sie suchte verzweifelt in ihrer Manteltasche nach einem Taschentuch, um es sich auf die Wunde zu drücken. „Du beherrschst doch angeblich keine

Münzmagie!"

„Das ist auch keine und das habe ich nie behauptet. Ich habe nicht gehext, sondern nur gemalt."

„Das ist *Geheimwissen*! Um dir das anzueignen, brauchst du ein Buch der Schatten!"

„Ja, schon..."

„Also gibst du's zu? Dass du unerlaubterweise in das Buch gesehen hast? Wie kam's dazu? Wem hast du's gestohlen?"

„Ich habe überhaupt nichts gestohlen! Entschuldige bitte!" Er verschränkte die Arme vor der Brust. „Du kommst her, unterstellst mir Dinge und bist gemein. Was soll das? Ich habe dir überhaupt nichts getan!"

„*Noch nicht*. Das kann sich schnell ändern." Ruth schnaubte. Diese Worte hörte sie nun schon zum zweiten Mal. Und dennoch. Irgendetwas stimmte nicht. Und irgendwann *würde* sie recht behalten. Er hatte ja keine Ahnung, wie gemein sie sein konnte, wenn sie es sein musste - und sie hatte eben das Gefühl, dass es nicht anders ging. Irgendwas stimmte nicht. Und egal, was es war: Sie musste sich und Simon schützen. Pavel setzte zu einer Erklärung an. „Meine Mutter hat mich oft in ihr Exemplar schauen lassen, mir ein bisschen was beigebracht. Ihr Name ist Monika. Sie ist eine Hexe, kommt aus Berlin. Vielleicht seid ihr euch schon mal begegnet."

„Ganz sicher nicht." Energisch schüttelte Ruth

den Kopf. „Der hätte ich ansonsten was gehustet. Man lässt sein magieunbegabtes Kind *nicht* in das Buch schauen."

„Und wieso nicht? Ich bin nicht ganz unbegabt! Ich kann beispielsweise deinen Freund sehen. Wieso darf nicht das lernen, was ich lernen kann, auch wenn es wenig ist? Wo kommen diese schwachsinnigen Regeln her?"

„Sie sind nicht schwachsinnig, sondern notwendig! Du bist keine Hexe, nur weil du ein paar Tote sehen kannst. Die sind nichts Besonderes. Jeder Einzelne von euch wird mal sterben."

„Das ist der Punkt. Jeder Einzelne von uns. *Uns*. Als ob du nicht dazugehören würdest. Denkst du, du bist zu fein für den Tod?"

Eigentlich tat sie das nicht. Im Gegenteil. Manchmal dachte sie an all die Male, die sie fast gestorben war. Und dann dachte sie daran, dass der Tod sie wirklich nicht zu mögen schien: Er probierte, kostete, knabberte an ihr, nahm einen winzigen Bissen - und spuckte den sofort wieder aus. Ob sie nicht schmeckte?

„Wir sind nicht mehr geheim, wenn wir alles und jeden miteinbeziehen. Dann weiß jeder von unserer Existenz", antwortete sie.

„Und wäre das so schlimm?"

Nun war es Simon, der sich zu Wort meldete. „Natürlich wäre es das", sagte er, an ihre Seite huschend. „Hast du schon mal von

Hexenverfolgungen gehört?"

„Ach bitte. Die sind Ewigkeiten her. Es gibt kaum jemanden mehr, der die mitbekommen hat." Pavel stellte den Hammer, den er zuvor über die Schulter gelegt hatte, ab und rieb sich die staubigen Hände an seinen Klamotten.

„Hast du Kinder?", fragte er dann, nervtötend beiläufig. „Oder habt ihr welche? Wart ihr beiden zusammen...", er deutete zuerst auf Ruth, dann auf Simon, „...bevor er ins Gras gebissen hat?"

Ruths Magen zog sich schmerzhaft zusammen. Sie versuchte, das Gefühl zu ignorieren, doch es machte immer wieder auf sich aufmerksam, so wie unerzogene Grundschüler, die man zum Nachsitzen verdonnert hatte und die dennoch nicht sitzen blieben.

Sie war noch dabei, sich zu sammeln, als Simon murmelte: „Wir haben beide Kinder."

„Aber keine Gemeinsamen? Tut mir leid, ich wollte nicht unhöflich sein. Mir kam es nur so vor, als ob..."

Als ob was? War es so offensichtlich? Konnte es denn wirklich so offensichtlich sein?

Sie musste dabei zuhören, wie Simon sich räusperte. Wie unangenehm musste ihm allein die Vorstellung sein! „Ich habe eine Tochter", presste sie hervor. Sie schüttelte ihre Beine aus, die unkontrolliert zu zittern begonnen haben.

„Na also. Und deine Tochter hast du nie hineinschauen lassen? Wolltest du sie nicht an deinem Leben teilhaben lassen?"

Nun wäre sie ihm gern an die Gurgel gegangen. Was für eine Unverschämtheit! Was glaubte er denn, wer er war?

Alles hätte sie für ihre Tochter getan. Für ihr Baby. Ihre Mildred.

Sie hätte ihr so viel lieber alles Schöne auf dieser Welt geschenkt – anstatt ihr nur Haselnusszweige auf das verwitterte Grab zu legen.

Und dennoch. Und deshalb. Ruth hätte sie von dem Buch ferngehalten. Immerhin wusste sie, wie gefährlich es sein konnte.

„Komm, Ruth. Lass uns gehen", hörte sie Simon hinter sich murmeln. Auch er war ganz still gewesen, auch er hatte kein Wort herausgebracht. Womöglich hatte er an sein vergangenes Leben denken müssen, das von einem Linienbus zerquetscht worden war, und an die Familienbande, die von Reifen durchtrennt worden waren.

Bekommen hatte er ersatzmäßig sie. Und das war, ganz offensichtlich, kein guter Tausch. Wieso sonst sollte er es plötzlich so eilig haben, zu verschwinden?

Der Hexer sah sie abwechselnd an.

„Wir haben herausgefunden, was wir herausfinden wollten", sagte Simon, und Ruth musste sich wundern, auch wenn sie ihm zustimmte. Was sollten sie mit diesem Wissen nun anstellen?

Prag litt unter keiner Golemplage. Es beherbergte nur viel zu viele Geister – und das war nichts Neues. Spannend war nur, dass die nicht mehr spuken wollten.

Dass ihnen todlangweilig geworden war.

Und dass sie freiwillig in eine schauerliche Tonfigur geklettert waren.

War es nicht besser, unsichtbar zu sein, als angsteinflößend?

Und dennoch. All das bedeutete, dass es nichts mehr aufzuklären gab und nichts und nichts mehr zu erforschen und nichts mehr zu bekämpfen.

Jaromír hätte sie nicht herrufen müssen; sie waren ihm unnötigerweise in die Ferne gefolgt.

Verdammt. Sie hatte sich grundlos an ihren Exfreund gekettet. Sie hätte irgendwo ein neues Leben anfangen können, anstatt ein altes aufzuwärmen.

„Du weißt ja jetzt, wo du mich finden kannst", rief ihnen der Hexer zu, als sie schon auf dem Rückweg waren. Simon versteifte sich. „Ich werde noch ein paar Keramik-Glasuren bestellen. Wenn du dich schnell entscheidest, kann ich deine Wünsche noch berücksichtigen."

Er sprach wie ein schmieriger Autohändler, der dabei war, ihnen einen Unfallwagen anzudrehen – und er grinste auch so.

„Ein glänzendes Weinrot würde dir bestimmt gut stehen."

KAPITEL SIEBEN

„Wohin bringst du mich?", fragte Ruth.

Jaromír antwortete mit einer Stimme, die für Geheimnisse reserviert war. „Geduld, meine Liebe. Geduld."

Der letzte Monat des Jahres hatte in Prag Einzug gehalten und mit ihm all seine Festlichkeiten. Gegenüber der Philosophischen Fakultät war ein haushoher Chanukka-Leuchter aufgestellt worden. Auf den Straßen roch es nach Maronen und gezuckertem Tee und der Suche nach dem perfekten Geschenk. Ruth wusste, dass außerdem bald überall Bottiche die Gehsteige säumen würden. Eingedellt und mit Wasser gefüllt. Unzählige Karpfen würden darin ihre traurigen Kreise drehen und einen nicht kleinen Teil ihrer letzten Tage verbringen, bevor man sie erst in die heimische Badewanne und schließlich als Festmahl auf den Esstisch packen würde. Filetiert und paniert neben Kartoffelsalat.

„Wir sollten sie da rausholen", sagte Ruth schließlich, über eine Tonne gebeugt. „Sie alle."

„Was willst du denn mit so vielen Karpfen?", wollte Jaromír wissen.

„Ich würde sie freilassen, natürlich."

„Und dann?", hakte er nach.

Ruth blinzelte. „Wie: und dann? Dann sind sie frei."

„Ich schätze, du würdest sie in die Moldau werfen?" Er streckte sich und sie blieb argwöhnisch.

„Kann schon sein."

„Das überleben die nicht, Ruthie. Sie sind in einem kleinen, geschützten Teich großgeworden."

Ruth nahm die Hände von dem kalten, blau-rissigen Plastik und verschränkte die Arme vor der Brust. „Eine Chance haben sie trotzdem verdient."

„Nochmal: Was willst du denn mit so vielen Karpfen?"

„Womöglich schaffen sie es mit ein paar unterstützenden Zaubern."

„Das macht die Moldau nicht weniger unerbittlich. Du weißt, wie es sich mit den Elementen verhält. Sie..."

„...lassen ich nicht rufen, sondern nur bitten", vollendete sie seinen Satz genervt. „Ich weiß, ich weiß. Ich hatte damals enormes Glück, dass es gewittert hat und ich den Blitz auffangen konnte, den ich meinem Exmann dann auf den Hals gejagt habe."

Jaromír grinste schief. „Eine meiner liebsten Geschichten."

Ruth und Jaromír erklommen den Berg, kamen

der Prager Burg immer näher. „Ich habe lange nachgedacht. Ich glaube ich weiß jetzt, was unser Problem ist", sagte er.

„Ach ja?"

„Jedes Mal, wenn wir uns sehen, haben wir Stress. Das müssen wir ändern. Und deshalb gehen wir, du und ich, heute auf den Weihnachtsmarkt. Der ist ungefährlich."

„Es sei denn, man verbrüht sich am Honigwein. Das tut ziemlich weh."

„Nimm kalten Medovina, dann passiert dir das nicht."

„Gute Idee. Wird wohl der einzige süße Wein sein, denn ich dieses Jahr bekomme. Ich bezweifle, dass Walpurga und die anderen Hexen mich zum Jultanz einladen werden."

Lange war es nämlich nicht mehr hin bis *Jul* – bis zur längsten Nacht des Jahres. Das wusste auch Jaromír. Er sah sie von der Seite aus an. „Na ja. Dafür haben sie *mich* eingeladen und ich will nicht hin. Sie treffen sich auf der Lichtung – du weißt schon, welche ich meine..."

Ruth atmete tief ein. „Du meinst, ich sollte hingehen?"

„Das will ich so nicht gesagt haben."

„Ich kann doch da nicht einfach so auftauchen! Walpurga hasst mich! Was ist das denn für ein Rat?"

„Gar keiner."

Sie durchschritten gemeinsam das Tor, direkt

auf eine große Tanne zu. Sie war über und über geschmückt mit Kugeln und künstlichen Eiszapfen und Engeln, zuhauf. „Ist das hier so etwas wie ein Date?", verlangte Ruth zu wissen.

„Es ist, was auch immer du möchtest, das es ist. Also: Was möchtest du?"

Sie machte nur eine kurze Pause und sprach dann das Erste aus, was ihr einfiel. Sie hatte Angst davor, nach weiteren Wünschen in ihrem Innersten zu kramen. Was würde sie nur finden, wenn sie weiter nachdenken würde?

„Ich will dem Rentier dort vorn guten Tag sagen. Und dann eine Runde mit dem Kettenkarussell fahren", sagte sie schlicht.

Er schmunzelte. „Nur eine?"

„Oder auch zwei. Oder drei."

Letztlich wurden es fünf schwindelerregende, magenverdrehende, magiezerknüllende Runden. Die Welt drehte sich, ihr Gang war schwankend geworden und Jaromír stützte sie.

„So brauchst du fast gar keinen Honigwein mehr", scherzte er.

„Ich werde mir dennoch welchen holen. Und zwar von dem Stand dort vorn. Die haben hübsche, kleine Becher aus Ton, hast du gesehen? Und es gibt drei für den Preis von zweien."

„Was für ein Deal."

Über die alten Steine hinweg ertönten Posaunen, doch weder die Blasmusik noch der Marktlärm schien das Rentier in seinem kleinen

Stall, bei dem sie nun ankamen, zu stören. Es machte sich über das Heu her und kaute genüsslich. Schneeflocken- und kinderträumeweiß war es. Sein Geweih war geschmückt und sein Halsband mit entzückenden goldenen Glöckchen versehen.

„Glaubst du, man kann sie streicheln?", fragte Ruth aufgeregt.

„Sie?", wiederholte Jaromír.

„Ja. Simon meint, dass die Männchen im Winter ihr Geweih verlieren. Er ist ziemlich klug."

„Und ein Angeber. Aber lass uns gern fragen."

„Dreieinhalb Jahrhunderte und ich habe noch nie ein Rentier gesehen."

„Dann wird es Zeit."

Ihr Name war Lumi.

Ruth unterhielt sich lange mit ihrem Besitzer, der ihr so einiges über Rentiere und den hohen, kahlen Norden erzählte, aus dem sie stammten. Sie erfuhr, dass sie sich neben Heu und speziellem Trockenfutter gern von Pilzen ernährte und ließ sich daraufhin dazu überreden, ihr einen großen Champignon vor die Schnauze zu halten.

Die war überraschend weich.

Später sahen sie sich Bilder von ihrem heimischen Gehege und ihrer Herde an. Ruth betrachtete die Nordlichter am Himmel und war sich sicher, dass selbst sie so etwas Schönes nicht herzaubern könnte.

Kein Wunder, dass Rentiere fliegen konnten. Wo

sie doch unter einer grünen, pinken, und violetten Decke aus wirbelnder Magie groß wurden.

„Die Vierbeiner sind satt", sagte Jaromír schließlich neben ihr. Sie hatte die Zeit vergessen. „Wir sollten uns jetzt um die Zweibeiner kümmern, findest du nicht?"

Der Wein war klebrig-süß und brachte seinen Mund zum glänzen. Sie tranken beide, stumm und an die äußere Burgmauer gelehnt, etwas abseits vom Trubel. Eine Kinderschar rannte an ihnen vorbei.

Ruth sah ihnen lange nach und seufzte. Womöglich hätte sie Handschuhe mitbringen sollen. Sie brachte den nun erkalteten Tonbecher zurück, kassierte den Pfand und schob ihre leeren, dezemberroten Hände in ihre Manteltaschen.

„Manchmal", begann Jaromír, der sich bereits das zweite Getränk besorgt hatte und sie dabei beobachtete, „wünschte ich, ich könne wieder hineinschlüpfen."

Sie stockte. „Ich habe alles dafür getan, dass du das nicht mehr musst."

„Ich weiß. Und ich bin dir auch sehr dankbar dafür." Er nahm einen großen Schluck. „Es ist nur aber so, na ja...damals war alles anders. Leichter, irgendwie. Und du mochtest mich noch."

„Ich mag dich immer noch. Werde ich auch immer tun. Ob ich dich auch *leiden* kann, steht auf einem anderen Blatt."

„Auf welchem denn?"

Sie standen Schulter an Schulter, während Jaromír auf die Stadt herabblickte. Vor ihnen bereitete sich ein Teppich aus Lichtern aus, der durchwoben war von Leben und Wundern und Möglichkeiten. Oh, so vielen Möglichkeiten.

Er stellte den Becher beiseite.

„Ich würde die gesamte Welt für dich niederbrennen."

„Das will ich aber nicht! Ich möchte darin leben können. Zusammen mit dir."

Er schüttelte den Kopf. „Dafür müsstest du mir noch eine Chance geben, Ruthie."

„Die wievielte wäre das?"

„Ich weiß es nicht. Und es ist mir auch egal. Glaub mir, ich brauche nur diese eine, diese eine letzte." Seine Augen hatten die Farbe eines versprochenen Neuanfangs und der Sonne, die, noch nicht ganz aufgegangen, über den Horizont lugte.

Er nahm ihr Gesicht in seine Hände. Vorsichtig, aber unverhohlen. Sein Atem roch nach Honigwein und auch der Kuss, der folgte, schmeckte danach. Ruth konnte nicht anders, als sich auch daran zu betrinken.

Sie legte die Arme um seinen Hals und fragte sich, wann sie das letzte Mal so berührt worden war. Sein blondes Haar strich dabei über ihre Oberarme. Es war so weich.

Rentiernasenweich.

Ihre Ohren klingelten, während Jaromír von

ihren Lippen abließ und kleine Küsse auf ihrem Ansatz, ihrer Schläfe und ihrem Hals verteilte.

Schließlich sah er auf.

„Oh je", murmelte Ruth und er grinste.

„Eher oh ja."

Er griff sich in den Nacken, löste ihren Griff so, als würde er eine kostbare Kette - ein Insignie gar - öffnen. „Du frierst, nicht wahr?", fragte er leise und sie nur mit den Fingerspitzen berührend. „Lass mich dir helfen."

Ein kleines, blaues Flämmchen erschien über ihrer Handinnenfläche. Sanft schloss Jaromír ihre Finger und es damit ein.

Ruths Zittern ließ jedoch, trotz dieses Miniaturlagerfeuers zum Mitnehmen, nur langsam nach. „Wollen wir nach Hause gehen, Ruthie?", flüsterte Jaromír. „Der Wind steht günstig für einen *firswenten*-Zauber."

Ruth sah ihn an und hielt das Flämmchen, diesen geschenkten Teil von ihm. „Du müsstest dich an mir festhalten", sagte sie.

„Nichts lieber als das."

„Ich meine das ernst."

„Ich auch."

„Du darfst nicht loslassen."

„Das werde ich nicht", antwortete er, während er sie an sich zog. „Das werde ich nie wieder."

❄

Ihr eigener Schweiß lief Ruth in die Augen und er machte es ihr fast unmöglich, die tanzenden Frauen vor ihr zu beobachten. Sie hielten sich an den Händen, führten ein Ringelrein auf, während das Feuer prasselte und sich in die längste Nacht des Jahres fraß, wie ein Wurm in einen von außen makellosen Apfel.

Nicht einmal so nah an den Flammen nahmen sie ihre dunkle Kleidung und ihre schweren Umhänge ab, obwohl das Schwarz jede Sekunde Hitze aufsaugte.

Heute feierten sie immerhin einen Hexensabbat. Jul, den kürzesten Tag des Jahres, den Höhepunkt des Winters.

Und dafür wollten sie angemessen gekleidet sein – rabenschwarz, wie die edlen, klugen Vögel, die sie so oft nach Rat fragten. Auf dass etwas von deren Weisheit auch für sie übrig bleiben möge.

Ruth machte einen Schritt vorwärts. Sie hatte sich im Geäst versteckt gehalten, zwischen Zaubernuss und Heckenkirsche. Es knackte unter ihren Füßen und die Mitglieder des Prager Hexenzirkels hatten sich wohl noch nicht genügend in Trance getanzt.

Sie zuckten zusammen und wirbelten herum.

Ruth winkte ihnen zu. „Hi! Ich habe Cookies mitgebracht", rief sie nervös. „Und eine Decke. Falls...falls das Feuer ausgeht und uns kalt wird. Ich habe sie gestern fertig gehäkelt und ich dachte mir, heute sei ein guter Tag, um sie einzuweihen."

Jede einzelne Hexe reagierte mit Stirnrunzeln. Doch nur eine von ihnen sprach. „Was willst du hier, Ruth?", fragte Walpurga forsch.

„Heute ist Jul", entgegnete Ruth.

„Dessen bin ich mir bewusst. Mich wundert es nur, dass ausgerechnet *du* dich dafür interessierst."

„Ich habe nie ein Fest ausgelassen. Ich habe alle acht gefeiert. Immer. Ich habe mein Haus geschmückt und Sträuße gebunden und gebacken und Gräber geputzt...und..." Sie holte tief Luft. „Ich bin es leid, dabei allein zu sein. Ich bitte euch. Lasst mich mitmachen. *Bitte.*"

Walpurga lachte leise. „Ach, das sind ja ganz neue Töne."

Das Geständnis hatte Ruth viel abverlangt. Sie hatte diese Worte, diese Ehrlichkeit, geübt – und dennoch kaum über die Lippen bekommen. Ihr Herz raste. Die Aufregung saß irgendwo in ihrem Unterbauch. Trotzdem war sie nicht groß genug, um Walpurgas Feindseligkeit überhören zu können. Ruth wusste sofort, wovon sie sprach.

Natürlich tat sie das.

„Walpurga", begann sie. „Sei nicht ungerecht."

„Ungerecht?", wiederholte die Hexe. „Das wäre ich nur, wenn ich Lügen erzählen würde. Aber das tue ich nicht. Wir haben dich schon einmal zu einem Tanz eingeladen, aus purer

Gastfreundschaft heraus. Es war dir egal. Du hast uns sitzen lassen. Oder willst du das bestreiten?"

„Das ist Ewigkeiten her...", murmelte Ruth, den Griff ihres mit Gebäck gefüllten Behälters etwas fester greifend.

„Also gibst du es zu?"

„Ich hatte keine Wahl!" Sie wurde laut. „Ich wollte wirklich...Jaromír war damals bei mir. Das war der Tag, als er...als ich..."

Walpurga umrundete ihre Zirkelmitglieder. Sie hatte Ruth ins Auge gefasst wie eine Raubkatze – und sie schlich auch genauso an. Gefährlich langsam, kurz davor, zuzuschlagen. „Hör auf, um den heißen Brei herumzureden. Glaubst du wirklich, ich wüsste nicht, was du getan hast?", fauchte sie.

Und Ruth wich zurück.

„Da ist dieser mysteriöse Kerl, mit seinen langen, sonnenblonden Haaren und seinen Augen, die kaum Farbe haben, weil sie aus seinem Innersten heraus ausgeleuchtet werden, der Irrlichter herbeirufen und Menschen hypnotisieren kann, und komischerweise redet er immer nur von *dir*. In all meinen Jahren ist mir so eine Magie wie die von Jaromír nicht untergekommen. Kein Mensch zaubert so. *Nichts Greifbares zaubert so. Irgendjemand* muss etwas Nicht-Geifbares greifbar gemacht haben. Es gibt ein paar Möglichkeiten, wie das vonstatten gegangen sein könnte. Und mir gefällt keine

Einzige davon."

Ruth traute sich nicht, ihr in das Gesicht zu blicken. Stattdessen ließ sie ihren Blick über die Lichtung schweifen, die der Zirkel zu seinem Festplatz auserkoren hatte. Sie betrachtete die gedeckten Tische, die in Gruppen unter einem ausgeblichenen Festzelt standen, sah Pappteller und Einmalservietten und eine Variation aus Salaten.

Ruth hörte ihren Magen knurren. Sie war hungrig hergekommen, hatte auf gute Gespräche bei einer Portion Nudelsalat gehofft.

Vergebens, wie sich nun herausstellte.

„Nicht jeder ist so gesegnet wie wir. Wir sollten an uns selbst hohe Maßstäbe anlegen. Es gibt Regeln und Normen. Die du alle aber regelmäßig brichst!" Walpurgas Stimme hatte zu zittern begonnen, bevor sie sich überschlug. „Die Hexerei ist ein *ehrenvolles* Handwerk. Und dennoch könnte man glauben, du hättest Spaß daran, es zu besudeln."

„So ist das nicht..."

„Nein? Dann hast du dir nicht während eines Tanzes einen Mann *zusammengezaubert*? Hast du etwa keinen Festtag runiniert, weil du dir einen Kerl mit breitem Schultern und einem großen Schwanz anschaffen wolltest?"

Das mehrstimmige Kichern der anderen Hexen mischte sich unter das Prasseln des Lagerfeuers.

Walpurga beugte sich zu ihr herab. „An deinen

Händen klebt Blut, nicht wahr?", fragte sie schlicht. „Es sollte mich nicht wundern. Jemand, der seine eigene Heimatstadt verflucht und sein Buch der Schatten zerstört, ist zu allem fähig. Wer weiß, ob du nicht auch deinen Geisterbegleiter vor seinem Tod mit Liebestränken abgefüllt hast. Wie hieß er? Simon?"

Ruth ließ die Cookies fallen; sie konnte nicht glauben, was sie da gerade gehört hatte. Liebeszauber waren geächtet, so sehr, dass Ruth sie nach dem Auswendiglernen nicht einmal *ausprobiert* hatte. Liebeszauber waren ein Zwang – und etwas, das man jemandem, den man wirklich liebte, nicht antun wollte. Und sie liebte Simon, auch wenn sie ihn nicht haben konnte.

Wer also traute sich schon, so etwas zu behaupten, und das in ihrer Gegenwart? Niemand konnte so blöd sein!

„Das hast du gerade nicht wirklich gesagt", knurrte sie.

„Doch. Und womöglich liege ich richtig. Getroffene Hunde bellen."

Ruth versuchte nicht, sich zu beruhigen oder gar nach dem Kleingeld zu greifen, das sie sich, immer noch beutellos, in die Taschen ihres Rockes gestopft hatte. Stattdessen schubste sie Walpurga grob, einmal, zweimal. Die Hexe taumelte, war einen solchen Körpereinsatz scheinbar nicht gewohnt. Ruth kämpfte dreckig und unfair. „Du wirst seinen Namen aus deinem gottlosen Mund nehmen, haben wir uns verstanden?", schrie sie.

Sie spürte, wie ihre Ohren und ihre Wangen warm wurden. Walpurga fiel über einen Stein und landete auf ihrem Hintern. Eilig versuchte sie, sich den Schmutz von den Festtagsklamotten zu klopfen. „Und du wunderst dich, weshalb wir dich nicht in unseren Zirkel aufgenommen haben."

Ruth schnaubte. Und schließlich packte sie sie am Kragen. „Du hast keine Ahnung", sagte sie.

„Muss ich auch nicht", entgegnete Walpurga, zornig zu ihr emporfunkelnd. „Denn keine Sorge, wir haben kein Interesse an deinem toten Kerl. Wir sind nicht so verzweifelt wie du.

Wir mögen die Lebenden, die, die uns auch was bieten können. Es gibt so viele von denen. Und es kommen immer wieder neue nach."

Augenblicklich ließ Ruth sie los. Sie schluckte. Und verstummte. Nicht einmal Beleidigungen fielen ihr mehr ein. Sie sah sich noch einmal um, sah neben den in Mayonnaise ertränkten Nudeln eine große Torte stehen. Sie hatte wirklich, wirklich geglaubt, dieses Mal teilnehmen zu dürfen.

Sie gab ihren Keksen einen heftigen, frustrierten Tritt, kickte sie quer über die Lichtung. „Kannst du behalten", brüllte sie der jüngsten Hexe mit dem Namen Růžena zu, die sich Schutz suchend bückte. „Und eigentlich tut ihr mir ja leid."

„Wir? Tun dir leid? Wieso das denn?"

„Ich mag Simon seit zwanzig Jahren. Jaromír seit Jahrhunderten. Egal in welcher Form. Aber ihr, ihr hockt hier, zusammengepfercht, und lasst niemanden an euch ran. Und deshalb tut ihr mir leid." Walpurga rappelte sich auf. Der Julmond stand tief und - oh Gott, wie sehr sie diesen Ort doch hasste!

„Weil ihr so eine Art von Loyalität wohl nie kennenlernen werdet."

Als sie zu Jaromírs Wohnung zurückkehrte, erwartete sie das Chaos. Geschrei und Geschimpfe drangen zu ihr hindurch, ließen sich nicht einmal durch die schwere Eingangstür aufhalten. So hörte sie sie bereits im hell ausgeleuchteten Aufzug. Ihre Mitfahrer sahen sich erschrocken an.

„Skandalös", murmelte einer, Ruth dabei so ansehend, als sei sie der Grund für den Lärm und den damit einhergehenden, unvermeidlichen Untergang dieses zuvor so ehrenwerten Hauses. „So etwas hat es hier all die Jahre nicht gegeben."

Ruth beeilte sich, aus der Metallbox auszusteigen, und verkniff sich einen Zauber, der das Metallseil kappen würde, an der sie hing. Sie rutschte über die Jugendstil-Fliesen und klopfte.

„Was ist nur los mit dir?", hörte sie Jaromír brüllen. „Du spinnst doch. Ich will dir nur helfen!"

Niemand öffnete ihr. Stattdessen konnte sie

Simons vergnügtem, fast schon schadenfrohem Lachen lauschen. Überrascht kramte sie nach ihrer Schlüsselkarte, klopfe ihren Mantel ab und hängte ihren wetterschweren Schal über die Türklinke.

„Ich bin wieder da", rief sie im Versuch, in diesem Tumult gehört zu werden. Der Flur von Jaromírs Wohnung war dunkel. Nur eine kleine, warme Lichtspur führte zum Badezimmer, in dessen Nähe auch ein geisterhaftes Schimmern auszumachen war. Simons Fuß samt Wade ragten aus der Wand. Er schien es nicht zu merken, denn er kicherte immer noch, aufziehend wie ein Schuljunge, der kurz davor war, den ersten Streich des Tages zu spielen.

"Hör augenblicklich auf, dich über mich lustig zu machen!", hörte sie Jaromír als Reaktion darauf poltern. "Oder ich schmeiß dich raus. Das ist meine Wohnung. Du landest noch heute auf der Straße, das verspreche ich dir!"

„Oh nein, das kannst du nicht machen! Was soll ich denn dann tun? Da kann mir sonst was passieren. Bei dem Wetter hole ich mir ja den Tod!"

„Du bist ein Idiot."

„Ja, du auch. Du hast das hier nicht wirklich durchdacht, nicht wahr?"

„Was gibt es da zu durchdenken? So schwer kann es nicht sein!"

Ein Platschen. Ein Krachen. Etwas ging klirrend zu Bruch. Und Simon sagte trocken: „Offenbar doch."

Ruth gab auf; die Neugierde war zu groß geworden und ein Ankämpfen so aussichtslos.

Mit einem Schwung öffnete sie die Badezimmertür, wenn auch nicht so weit wie zuvor geplant. Jaromír jaulte auf.

„Entschuldigung!", beeilte Ruth sich zu sagen, dabei den Rücken anstarrend, den sie eben getroffen hatte. Er – und alles andere, wie sie feststellen musste – waren vollkommen durchnässt. Der Stoff seines Hemdes klebte faltig an seiner glatten Haut und sein Haar als schmierige Strähnen in seinem Nacken. Er hatte wohl keine Möglichkeit gehabt, sich abzutrocknen, denn auch die Handtücher, alle Handtücher, so schien es Ruth, waren nass geworden und lagen auf dem Boden verteilt herum, klamm und feucht wie bunte Kieselsteine, die man aus einem Bach gefischt hatte.

Und wie eben jener Bach roch es hier drin.

Ruth rümpfte die Nase.

„Was treibt ihr beiden hier?"

Es klatschte. Platschte. Jaromír führte ein Tänzchen auf, hüpfte von einem Bein auf das andere, bevor er im hohen Bogen etwas in die Badewanne warf. Dieses etwas war groß. Glitschig. Und nicht allein.

„Geschafft", keuchte er, mit einer Zange in der Hand. Und die Fische in seiner Badewanne starrten ihn anklagend an. „Hi Ruthie. Ich hab dich gar nicht kommen hören."

„Kein Wunder." Ruth reckte den Hals und blickte in die Wanne. Rote und braune Flossen und drei große, gelbe Mäuler. „Dafür wart ihr nicht zu überhören."

„Du hättest das gar nicht mitkriegen sollen. Eigentlich hätte das eine Überraschung werden sollen", verteidigte er sich. „Stattdessen bin ich überrascht, dass du schon daheim bist. Wie war dein Julabend?"

„Ach, weißt du..."

Jaromír seufzte. „Ich habe es dir gesagt. Man wird dich nie wieder fragen."

„Noch nie in der gesamten Geschichte falscher Entscheidungen hat ein „Ich habe es dir gesagt" geholfen, Jaromír."

„Mieser Abend, Ruthie?"

„Mieser Abend." Sie trat in den Raum, hielt sich an der mit Shampoo- und Conditioner- und Haarkurflaschen überfüllten Kommode fest, um nicht auszurutschen. „Wieso hast du drei Karpfen in der Badewanne?", wollte sie wissen.

„Mehr haben nicht reingepasst."

„Warum nicht?"

„Sie sollen noch etwas schwimmen können."

„Nett von dir, an ihren Komfort zu denken, bevor du sie ausnimmst und isst."

Jaromír lächelte verschwörerisch und wedelte mit der Zange. „Niemand wird gegessen."

„Ach nein? Was hast du dann mit ihnen vor?"

Sie hörte Simon glucksen. „Nun sag es ihr schon!", forderte er.

Und Jaromír stand da, mit stolzgeschwellter Brust. Was hatten die beiden ausgeheckt? „Morgen kommt jemand vom Land, der sich mit Karpfen auskennt. Er züchtet sie seit Jahrzehnten. Dann haben sie wieder mehr Platz zum Schwimmen. Und sind da, wo sie hingehören."

„Aber dann werden sie dort verkauft!"

„Nein, werden sie nicht."

„Wie kannst du dir da sicher sein?"

„Er hat es versprochen."

„Wer? Der Landwirt? Und das glaubst du? Menschen lügen und betrügen. Sie sagen dir, was du hören willst."

„Nicht nur die." Er berührte sie an der Schulter und drehte sie wieder hin zur Wanne. Ein Fisch war zur Ecke geschwommen, schwebte träge im Wasser, direkt unter dem goldenen Wasserhahn. Ob ihm zu hell war? Wann – und wie – schliefen Fische? „Siehst du die gelben Reifen an den Hinterflossen?" Ruth nickte vorsichtig. „Die hab ich angebracht. Mit Müh' und Not und Schweiß und Tränen."

„Viel Tränen", ergänzte Simon.

„Wozu?"

„Damit wir nachvollziehen können, welche unsere sind. Er schickt mir wöchentlich Bilder von den dreien. Ich bezahle ihn. Das ist die Abmachung. Du wolltest die Weihnachtskarpfen retten, also tun wir das. Aber richtig und nicht wie Dilettanten, damit ihnen ein schönes, langes Leben mit viel Futter und keinen Fressfeinden bevor steht. Du kannst ihnen Namen geben, wenn du magst, Ruthie."

Ruth riss die Augen auf. Und sah ihn an. Seine Wange war ganz nah. Stoppeln darauf, eine Ahnung von einem Bart, und widerstand der Versuchung, darüber zu streichen. Ob sie wohl stacheln würden?

Ruth zögerte, fragte sich, wo diese Gedanken plötzlich gerade herkamen.

War das einfach nur Dankbarkeit, ganz fett gefüttert mit vorweihnachtlicher Nostalgie? War es wirklich so leicht, sie umzustimmen? Reichte ein einfaches Geschenk tatsächlich aus?

Offenbar, denn ehe sie sich versah, hatte sie sich in seine warmen Arme geworfen. Stammelnd. „Danke."

Seine Barthaare stachelten tatsächlich. Sie fühlten sich an wie Tannennadeln.

Und er selbst roch auch so.

Er tätschelte ihren Rücken. „Das war doch noch gar nicht alles", sagte er. „Ich habe noch eine Überraschung für dich. Lass mich unseren neuen Freunden nur rasch etwas zu Essen geben, dann zeig ich es dir. Ich habe Futter besorgt."

Er riss die Tüte auf und ließ eine Handvoll bunter Flocken in die Wanne rieseln. Schließlich wusch er sich die Hände (er hatte sich wohl doch sehr aufgeregt - es dampfte, sobald das Wasser seine Haut berührte), bevor er ihre Augen abdeckte.

„Nicht spicken", murmelte er hinter ihr.

„Du bist heiß", lautete ihre Antwort.

„Na, na." Er gluckste. „Willst du dir das nicht fürs Schlafzimmer aufheben?"

„Nein, ich meine: Du bist wirklich heiß. Tut schon fast weh."

„Oh, verdammt." Augenblicklich ließ er sie los. „Tut mir leid! Die ganze Sache war etwas zu anstrengend. Geht's?"

Ruths Antwort kam schnell. „Ja", sagte sie. „Alles ist gut."

Und das erste Mal seit Langem, das erste Mal seit *Ewigkeiten*, war dieser Satz keine Lüge. Zwischen Jaromírs Fingern, in der Ecke des großen Raumes, in den er sie geführt hatte, neben den streifen- und fleckenlos geputzten Fenstern, die die Großstadtatmosphäre in die Wohnung einluden, konnte sie etwas erspähen, von dem sie sich sicher war, dass es ihre Überraschung war.

Wer sonst würde sich hier über ein Spinnrad freuen?

Wer, wenn nicht sie, würde es überhaupt bedienen können?

Schnell drehte sie sich um. „Hast du etwa..."

Jaromírs Mundwinkel zuckten amüsiert. „Ich dachte mir, du freust dich darüber."

„Aber du findest, man kann alles kaufen, was man braucht!", protestierte sie. „Du findest,

Handarbeit ist unnötig."

„Nichts ist unnötig, wenn es dich zum Strahlen bringt."

Ruth schluckte. Von Strahlen war sie weit entfernt - sie spürte Tränen in ihren Augen und Nostalgie in ihrer Brust. „Meine Mutter hat mir das Spinnen beigebracht", flüsterte sie. „Sie war wesentlich talentierter als ich."

„Du hast genug Zeit, aufzuholen." Jaromír lächelte. „Und wenn der Zirkel unsere Hilfe nicht will, hast du noch mehr Freizeit. Du musst dich um nichts kümmern. Du kannst einfach hier bleiben - und dein Kumpel auch, wenn es sein muss."

Ruth blickte ihn an und sah hinter ihm Simon glitzern. Die Weihnachtsbeleuchtung der umliegenden Wohnungen brach sich in seiner Gestalt. Einer der Nachbarn hatte seinen Balkon mit einem kitschigen, übergroßen, bunt glimmernden Schlitten geschmückt - das Pink und das Grün der Dekoration färbten seine Körpermitte ein, kreierten ein spiralförmiges Batik-Muster, das sie zu hypnotisieren schien.

Wie gern hätte sie die beiden zu sich nach Hause mitgenommen und ihrer Mutter vorgestellt. Egal wen.

Hauptsache einen der zwei.

Ruth holte tief Luft und ließ sich dann zum Spinnrad führen. Natürlich würde sie hierbleiben - selbst wenn sie es nicht sollte. Niemand würde sie weglocken können. Die Wohnung war viel zu weit oben. Es verirrten sich kaum Raben hoch. Und ohne Raben gab es auch keine Rabenfedern.

Und ohne Federn auch keinen neuen Weg, den sie einschlagen konnte.

Jaromír schob ihr einen Hocker hin. Er drückte ihn in ihre Kniekehlen, zwang sie dazu, Platz zu nehmen. Das Rad hatte eine angenehme Höhe und war viel feiner als alles, was sie zuvor benutzt hatte. Das Holz glänzte und war eben gehobelt.

„Hui", machte Simon neben ihr. Er pfiff anerkennend. „Sogar gedrechselt."

Der Geruch von Wiese und Wärme und Wachs stieg Ruth in die Nase.

Sie folgte dem Geruch, drehte sich auf ihrem Stuhl und entdeckte einen Korb zu ihren Füßen. Noch bevor sie den Deckel anhob, wusste sie, was sie finden würde.

„Wolle", jauchzte Ruth glücklich. Sie griff direkt hinein und streichelte das noch verworrene, wüste, aber so flauschige Material. Ob Jaromír auch an einen Kamm gedacht hatte? „Die reicht bestimmt für ein Paar Socken!"

„Was?", rief Jaromír. „Mehr nicht?"

„Na ja." Sie legte den Kopf schief und sah prüfend an ihm herab. Sie konnte sich nicht mehr an seine Schuhgröße erinnern. „Ich muss sie spinnen und das Garn zwirnen und es ist nun mal..."

„...Handarbeit. Verstehe schon." Er streckte sich, fuhr mit einer ausladenden Bewegung einmal direkt durch Simon hindurch, teilte ihn in zwei ungleiche Hälften. „Das werden aber deine Socken, hörst du. Ich habe mitbekommen, wie du mich angesehen hast. Untersteh dich. Du wirst *keine* für mich stricken."

„Aber..."

„Kein Aber, Ruth. Das ist dein Geschenk. Die Karpfen schwimmen bald in einem Teich herum. Du sollst wenigstens eine Sache haben, das du behalten und anfassen kannst."

Ruth presste die Lippen aufeinander und verkniff sich die Widerrede. Sie betastete das Rad vor ihr, fuhr vorsichtig die Spule entlang, und sie war der Meinung, dass sie die Feiertage über gar nichts anderes tun würde, als es anzufassen.

Simons Profil schob sich in ihr Blickfeld. Er fragte sich murmelnd, was das wohl für ein Holz sei. Eiche schloss er fachmännisch, ganz klar. Oder nicht?

Jaromír gluckste und dieser Laut entwich ihm näher an ihrem Ohr, als er hätte dürfen. Er war doch so groß! Wie war das möglich? Hatte er sich heruntergebeugt? Sich hingekniet?

Sie spürte seine Hand auf ihrem Gesicht und plötzlich waren ihr auch das Wie und das Warum egal. Die Hitze, die von ihm ausgegangen war, war verschwunden und dafür in ihr Innerstes gewandert. Es pochte. Es loderte.

Sie brannte.

„Ich weiß, du hast schlimme Erinnerungen an

Hexensabbate. *Wir beide* haben schon einen verdammt miesen Hexentanz hinter uns. Und trotzdem." Jaromír haucht ihr einen Kuss auf die Wange. „Frohen Jul, mein Freudenfeuer."

KAPITEL ACHT

Die Daunendecken knisterten bei jeder Bewegung, die Jaromír über ihr machte - und es war keine unnötige darunter. Jede davon hatte ein Ziel. Jede erfüllte ihren Zweck.

Es war wie die eigene, lang ignorierte Muttersprache. Wie eine oft gegangene Abkürzung. Wie ein altes Hobby, eine frühere Gewohnheit. Es gab Dinge, die verlernte man nicht. Und das, was sie taten, das gehörte definitiv dazu. Sein Haar war so chaotisch. Und er so unaufgeräumt.

Noch immer schmeckte er nach Honigwein. Nach der Alten Welt. Ihrer alten Welt.

Er schob seine Hände - groß und etwas rau – zuerst unter ihr Oberteil, bevor er es ihr über den Kopf zog. Achlos warf er es neben das Bett. So ging er mit seiner Hose vor, seinem Grobstrickpullover, seinem seidenen Hemd, seinen schweren Schuhen, so lange, bis nichts mehr übrig war, das er hätte ignorieren können. Oder wollen.

Ruth streckte die Arme nach ihm aus und er ließ sich hineinsinken, vergrub sein Gesicht in ihrer Halsbeuge.

„Du hast mir gefehlt", hauchte er dort und die

Härchen auf ihrem Nacken stellten sich auf.

„Du mir auch."

Jaromír verteilte Küsse auf ihrer empfindlichen Haut. „Du warst einfach weg damals. Dass ich dir nicht sofort hinterhergereist bin, war bereits ein großer Fehler. Aber ein noch größerer Fehler - der größte in meinem gesamten Dasein - war, dass ich es überhaupt so weit kommen lassen habe. Ich hätte dich nie, nie gehen lassen dürfen."

Ruth rekelte sich unter ihm.

Sein Oberkörper (hart und muskulös und festklammerbar breit) drückte sich gegen ihre Brüste. Sie wollte jetzt nicht darüber reden. Wirklich nicht. Doch er hörte nicht auf.

Hörte nicht auf mit dem Küssen, dem Saugen, dem Knabbern. Hörte nicht auf, von Dingen zu erzählen, die alles andere als sexy waren. „Plötzlich war alles weg. Deine Bücher, dein Glätteisen, deine Kuscheltiere, sogar dein Discman...Du hast etwas gesehen, das du nicht hättest sehen sollen, oder?"

„Du meinst die nackte Frau in unserem Bett?"

Jaromír seufzte. „Genau die."

„Sie war nicht zu übersehen."

„Ach? Ich kann mich kaum mehr an sie erinnern."

„Nicht mal an ihren Namen? Den würde ich schon gern erfahren. Nur, damit ich die furchtbar beleidigenden Platzhalter in meinem Kopf endlich loswerden kann."

„Keine Chance. Das war auch nicht wichtig. Sie war nicht du."

„Ich dachte, das sei Sinn der Sache."

Er schüttelte den Kopf. Seine Hände wanderten herab, drückte dort, wo Druck angebracht war, und massierten, wo Massage sich gut anfühlte. Ruth bäumte sich auf.

„Ich wollte diese Gestalt nutzen, Ruthie, jetzt, wo ich sie habe. Ich war dumm. Verzeih mir."

„Längst geschehen."

„Gut. Das ist gut. Sehr gut." Er sagte das erst auf Englisch, dann auf Tschechisch, und dann sprach er Sprachen, die Ruth kaum oder gar nicht verstand, Mittelhochdeutsch und Altslawisch und Latein.

Seine Stimme war dunkel und volltönend nostalgisch.

Sie keuchte.

Er lächelte.

Zeichnete die Spitze ihres Slips nach, als habe er sie selbst geklöppelt. Der Bund war so hoch, dass er mühelos eine Hand darunter schieben konnte - was er auch tat. Ohne weitere Vorwarnung.

Doch genauso schnell hatte er wieder aufgehört. Sich aufgesetzt, mit wirrem Haar und enttäuschtem Blick und feucht-glänzenden Lippen. Hatte sie etwas falsch gemacht?

„Was...", begann sie, doch er ließ sie nicht ausreden. Zu Ende kommen.

„Katze", sagte Jaromír schlicht.

Und Ruth hatte, aufgewühlt, Probleme, ihm zu folgen. Alles war verrückt. Verrührt. Vermischt worden. Ihr Zorn, der doch noch ganz neu war, war nun Teil von alter Verliebtheit. Da war Überraschung und Verbitterung und Zärtlichkeit und Lust. Und zu all dem sagte sie nur: „Bitte?"

„Deine Katze. Ich...ich kann so nicht."

„Du kannst nicht, weil die *Katze* vor der Tür steht?"

„Ich bin ein *Licht*. Sie mögen Lichter. Oder sie hassen sie. Ich bin mir nicht sicher, aber sie springen mich an."

„Du löst damit ihre Jagdinstinkte aus. Versuche einfach, plötzliche Bewegungen zu vermeiden."

„Mach, dass sie aufhört, Ruthie."

Ruth spitzte die Ohren - sie versuchte, ihre Atmung zu kontrollieren. Und erst, als sie es schaffte, auch ihren Herzschlag zu ignorieren, der immer noch zwischen ihren Schenkeln pochte und auf ihre Trommelfelle einschlug, verstand sie, wovon er sprach.

Ein klägliches Maunzen war zu hören.

Ihr Kater stand wohl direkt vor der verschlossenen Tür.

„Mach, dass sie aufhört", sagte Jaromír erneut.

„Sie ist ein Er", entgegnete Ruth. „Und Nepomuk interessiert sich nicht für Privatsphäre."

„Sondern? Was will er dann?"

Ruth drehte sich auf den Bauch und späte zu seiner Digitaluhr auf dem Nachttisch. Es war kurz nach fünfzehn Uhr. „Ein Thunfischsandwich, schätze ich."

„Bitte was?"

„Mit extra viel Mayo."

„Das kann doch nicht dein Ernst sein!"

„Ich habe ihn womöglich ein wenig verhätschelt...", gab sie vorsichtig zu.

„Womöglich?" Jaromír schlug die Hände vor das Gesicht. *„Ganz sicher hast du das.* Du hast dem Vieh Sandwiches geschmiert?"

„Täglich."

„Und du spielst gerade echt mit dem Gedanken, das hier..." Er zeigte erst auf sich, dann auf sie, schließlich auf das Bett und die verstreuten Klamotten, „...wegen eines Heringssandwiches für dein Haustier zu unterbrechen?"

„Thunfisch", korrigierte sie ihn. Das Maunzen wurde lauter. „Tut mir echt leid."

„Okay. Okay." Ein erneutes, tiefes Seufzen entwich seiner Kehle. Doch dieses Mal war es nicht sinnlich, nicht gierig, nicht rau – sondern einfach nur verzweifelt. „Was kommt auf das Sandwich drauf? Hast du alles da? Was muss ich tun?"

„Meinst du das ernst?"

„Begeistert bin ich nicht. Aber was bleibt mir anderes übrig." Er griff nach der Decke und wickelte sie ein. „Bleib du liegen. Dir wird doch immer so schnell kalt. Also. Mayonnaisse. Thunfisch. Was noch? Ich schätze, ich muss dein labbriges, amerikanisches Toastbrot nehmen?"

„Bitte ja. Und schneide die Kanten ab."

Er schüttelte den Kopf und erhob sich. „Erinnere mich dran, dass ich dir richtiges Brot besorge. Bestenfalls gleich einen ganzen Laib. Mit Kümmel."

Er erhob sich und sah sie an. Den Kopf hatte er dabei schräg gelegt. Sein goldenes Haar floss dabei über seine Schulter, wie geschmolzene Butter. „Außerdem würde ich dich heute Abend gerne ausführen", sagte er.

„Schon wieder?"

„Was soll denn das heißen?"

„Wir waren doch erst auf dem Weihnachtsmarkt."

„Und das hat dir gereicht? Du hast die rosarote Brille aber schnell abgelegt." Er gluckste. „Ich möchte einfach nur mit dir alleine sein. Vielleicht habe ich sogar ein vorzeitiges Weihnachtsgeschenk für dich. Oder ein verspätetes, weiteres Jul-Geschenk, such es dir aus."

„Aber wir sind doch gerade allein!", protestierte Ruth.

„Sind wir das? Sind wir das wirklich?" Jaromír hob eine Augenbraue. Aus dem gedämpften Maunzen war unterdessen ein ausgewachsenes Katzengejammer geworden. „Dein Fellknäuel terrorisiert uns. Und wenn mich nicht alles täuscht, hat dein Geisterfreund hier erst vor wenigen Minuten seinen Kopf durch die Wand gesteckt. Aber keine Sorge. Er ist entsetzt wieder abgehauen. Anstand hat er."

„Er hat einen Namen, weißt du." Ruth schüttelte den Kopf. „Nenn ihn nicht so."

„Wie? Geisterfreund?", wiederholte Jaromír, hörbar verwirrt. „Aber ich dachte, er *ist* dein Freund?"

„Schon."

„Na, und ein Geist ist er auch, Ruthie."

„Ja. Aber auch so viel mehr als das. Sein Tod allein definiert ihn ja nicht."

„Und ich dachte immer, dass so ein gestorbener Tod eine ziemlich große Veränderung ist - und ein wichtiges Merkmal. Aber was weiß ich schon."

„Versuch doch einfach, ihn kennenzulernen. Er ist zum Beispiel sehr clever. Vielleicht kannst du noch etwas von ihm lernen. Er ist Physikprofessor, wusstest du das?"

Jaromír korrigierte sie sofort: „*War*, Ruthie."

„Gut. Dann *war* er eben Physikprofessor."

„Spannend." Er streckte sich, angelte seine Hose vom Bettende und schlüpfte hinein.

„Das ist mein Ernst. Ihr müsst miteinander auskommen! Sonst versauen wir ihm noch die Ewigkeit!"

„Und das kann keiner wollen. Ich würde dennoch lieber ein Thunfischsandwich für eine Katze machen. Und normalerweise mache ich um die Fellknäuele einen großen Bogen."

„Wie gesagt: Das liegt an deinen hypnotisierenden Augen. Manchmal sieht man dein Licht dahinter tanzen. Katzen fahren auf so etwas total ab. Meiner mag auch Laserpointer total. Und Kerzen. Ich musste schon einige Male einen weiteren Großbrand in Cracklewood verhindern."

„Hypnotisierend also. Du hast dich mit diesem Körper eben selbst übertroffen."

Er beugte sich noch einmal zu ihr herunter und lachte. Sein Atem kitzelte ihre Nasenspitze. Er roch nach Licht und Asche, noch verstärkt durch die süßliche, fast unschuldige Minznote seines Shampoos. „Miluji tě", sagte er, begleitet von einem kurzen, aber zärtlichen Kuss.

„Miluji tě", sagte er, so nebensächlich, als habe er nie damit aufgehört.

Miluji tě.

Ich liebe dich.

Völlig sprachlos sah Ruth zu ihm auf. Jaromír blieb unbeeindruckt. Erwartete er etwa keine Erwiderung?

„Sei heute Abend um sechs beim Restaurant Charleston, ja? Ich habe einen Tisch für zwei reserviert. Die Adresse lasse ich dir da. Nimm dir bitte ein Taxi, sollte kein Wind wehen."

„Gehen wir nicht zusammen hin?"

„Ich treffe dich dort. Ich habe noch einige Dinge zu erledigen." Er richtete sich auf und hob den Zeigefinger. „Aber du kommst nicht früher. Keine Minute. Du ruinierst dir sonst die erwähnte Überraschung. Versprich mir das!"

„Schon gut."

Er schlüpfte in seinen Pullover und knüllte seine langen Haare zu einem unverschämt unordentlichen Knoten zusammen. Er zwinkerte ihr zu, bevor er den Raum verließ, um sich mit einer Raubkatze anzulegen. „Achtzehn Uhr, denk dran", sagte er und seine Worte trafen Ruth genau in die Mitte. „Und danach machen wir da weiter, wo wir eben aufgehört haben."

Sie spürte, wie ihre Wangen heiß wurden. Sie verdeckte sie mit dem Bettzeug, versuchte sich zu beruhigen. Das dauerte und sie nahm zwei, drei tiefe Atemzüge. Erst dann brüllte sie: „Momo!"

Er reagierte nicht sofort, also versuchte sie es erneut, dieses Mal noch lauter: „Momo!"

„Was willst du?", kam es von der anderen Seite der Wand, ganz dumpf, zurück.

„Mit dir reden."

„Dann rede. Aber ich werde ganz sicher nicht in dieses Zimmer schweben!"

„Stell dich nicht so an. Hier ist alles züchtig bedeckt."

„Ja, *jetzt* vielleicht. Vorhin habe ich Dinge gesehen, auf die ich nicht vorbereitet war."

„So schlimm?", hakte Ruth nach.

„Das habe ich nicht gesagt."

„Aber gemeint."

„Ich weiß wirklich nicht, was ich darauf antworten soll. Was ist denn der Sinn von diesem unsinnigen Gespräch?"

Ruth atmete tief aus und drehte sich zur Seite. Wenn sie aus dem Fenster blickte, konnte sie die Stadt überblicken und die Dächer zählen. Die Schornsteine standen Spalier wie Zinnsoldaten. Sie hörte Jaromír in der Küche werkeln und Nepomuk tapsen. Sie wäre gern liegengeblieben.

Doch im Leben gab es nun mal Situationen, die nach einem schickeren Outfit verlangten als ein umgeworfenes Federbett.

„Ich wollte dich nur vorwarnen; ich habe nämlich vor, dich zu entführen", rief sie, nach ihrer alten Thermoskanne greifend, die ganz in der Nähe stand.

„Wir gehen shoppen, Simon."

Der Raum begrüßte sie mit teurer Leere und Weitläufigkeit. Hier und da stand wie willkürlich ein Regal; fließende Seide, grobe Spitze und funkelnde Pailletten waren darin angeordnet. Der Geruch von nie getragenen Klamotten schlug ihr entgegen und wie verloren, wie ausgesetzt stand Ruth da.

Die Wärme, die von der Heizung ausging, lullte sie ein, machte sie schläfrig. Sie war wie ein Stubenwagen aus Hitze. Ein Schlaflied aus Luft.

„Wieso sind wir hier, wenn es dir gar keinen Spaß macht?", fragte Simon sie, soeben durch die Eingangstür schwebend.

„Ich brauche etwas zum Anziehen", war ihre Antwort. Sie gähnte.

„Du *hast* etwas zum Anziehen."

„Aber nichts, was ihm gefällt. Und eigentlich gehe ich gern einkaufen."

„Eigentlich", wiederholte er argwöhnisch. Er hob eine Augenbraue.

„Ich weiß nicht, wo ich anfangen soll. Die Moden wechseln so schnell, ich komme nicht mehr hinterher. Gestört hat mich bis jetzt nie. Trotzdem reicht das nicht mehr. Ich brauche etwas, das einschlägt. Ich will es dieses Mal *richtig* machen."

„Du bist bereits richtig, Ruth."

„Danke. Trotzdem brauche ich etwas Anderes. Etwas wie", sie machte ein paar Schritte und zog dann ein Kleid hervor, „wie *das da*."

Mit einer Mischung aus Faszination und Argwohn betrachtete sie den seidenen Stoff vor sich. Viel gab es davon nicht. Das Kleid hatte Spaghettiträger und war kurz. Es würde nicht viel verzeihen, dafür aber sehr viel geben.

„Das passt doch gar nicht zu dir!", beschwerte sich Simon, als sie es vor sich hielt und prüfend in einen der deckenhohen, rahmenlosen Spiegel blickte. „Das ist zu elegant."

„Na danke auch."

„So meinte ich das nicht und das weißt du auch. Das bist doch nicht du. Du bist jemand, der aussieht, als sei er als Kind auf einem Flohmarkt vergessen worden." Ruth spürte, wie eine tiefe

Furche zwischen ihren Augenbrauen erschien, noch bevor sie den Ärger wahrnahm, der ihr Grund gewesen war.

„Das ist etwas Gutes!", beeilte sich Simon zu sagen. „Flohmärkte sind voller Geheimnisse. Man kann Schätze entdecken, wenn man sich die Zeit nimmt."

„Das ist es. Ich will mir keine Zeit mehr nehmen müssen. Zeit hatten wir genug. Und wenn er das Gold so nicht entdeckt, dann male ich ihm eben eine Schatzkarte." Sie betrachtete sich prüfend von allen Seiten, zupfte und strich glatt. Sie würde ein neues paar Schuhe brauchen, mit möglichst hohen Absätzen. Ruth machte sich auf dem Weg zur Umkleide. Ihre Füße, eingepackt in wollig-weichen Winterstiefeln, kamen plump auf dem Boden auf. Es donnerte und rumste, anstatt elegant zu klackern. Das hier, das war eben eine Stilettos-Umgebung. Und sie hatte heute Abend ein Stilettos-Date.

„Du wirst dich erkälten", warnte sie Simon.

„Wenn das passiert, musst du dich eben um mich kümmern."

„Du weißt, dass ich das tun würde. Es wäre mir nur lieber, wenn es gar nicht nötig wäre." Er hastete neben ihr her.

„Bist du dagegen, dass ich mit Jaromír ausgehe?"

„Ich...ich..." Simon stammelte. Er räusperte sich und er zappelte, sprang von einem Bein auf das andere. Ruth sah ihm dabei zu und ihr wurde klar, dass er um etwas herumtänzelte. Sie beide taten das. Nur um was, wusste sie nicht. Ein Maibaum oder ein Lagerfeuer waren es nicht.

„Ist dir langweilig? Willst du nicht allein gelassen werden?"

„Oh Liebes, nein!" Nun beeilte sich der Tänzer doch mit der Antwort. „So habe ich das nicht gemeint. Lass dir nichts von den Toten sagen. Du musst doch dein Leben leben."

„Es ist schon in Ordnung. Ich habe mehr davon als die meisten."

„Es ist egal, wie viel oder wenig man hat. Wichtig ist doch, dass das, was man bekommt, schön ist. Mehr will ich nicht. Du sollst eine schöne Zeit haben. Und die hast du nicht, wenn du die Tage nur mit mir verbringst."

„Sagt wer?"

„Ich." Er seufzte. „Nur befürchte ich, dass auch Jaromír nicht die beste Gesellschaft ist."

Dann hatte sie aber kaum Auswahl mehr. Ruth riss den samtenen Vorhang der Umkleide zur Seite, hing ihre neue Errungenschaft vorsichtig an den Kleiderständer.

Simon blieb zurück.

„Du kennst ihn kaum", gab sie zu bedenken.

„Dafür dich umso besser."

Die Kopfhörer drückten in ihren Ohren und Ruth nahm sie heraus. „Nicht wahr, Momo. Es gibt genug Dinge, von denen du keine Ahnung hast."

„Dann kläre mich auf! Rede mit mir! Lass mich

teilhaben!"

„Teilhaben, ah. Also ist dir doch langweilig?"

„*Mir ist nicht langweilig!*"

Ruth schloss den Vorhang. „Ich dachte nur. Weil ich mit die Einzige bin, die mit dir reden kann..."

„Und damit geht es mir besser als dem Großteil meiner Geisterkollegen."

„Die Meisten von denen werden auch gruselig. Grausam. Und böse."

„Das macht die Einsamkeit mit einem."

„Eben. Und genau deshalb musst du mir ein Date mit Jaromír gönnen. Ob du ihn nun magst oder nicht." Ruth begann sich, Schicht für Schicht, aus ihren Klamotten zu schälen. Es dauerte. Das hatte man davon, wenn man sich angewöhnt hatte, spätestens im Oktober aus neunzig Prozent Strick zu bestehen. Ihre Haare luden sich elektrostatisch auf.

„Ich gönne dir alles, Ruth. Wir sind doch Partner, schon vergessen?"

„Na ja, Partner müssen wir keine mehr sein..." Ruth schnaufte, strich notbedürftig abstehende Haarsträhnen glatt, und öffnete ihren BH. „Wir haben doch alles, was spannend war, aufgedeckt. Die Golems sind keine Golems und die Geister auch nicht in Gefahr, sondern auf einem Selbstfindungstrip. Ziemlich lahm, wenn du mich fragst."

„Wir kommen beide aus einer Kleinstadt, wo nicht einmal Fahrräder diebstahlgeschützt angekettet werden. Lahm ist gut."

Die Umkleide war unangenehm hell ausgeleuchtet. Die Decken- und Wandstrahler beschienen so jede Delle und jeden Streifen. Hastig zog Ruth sich das Kleid über.

Es passte wie angegossen. Der Stoff floss über ihren Körper hinweg, angenehm kühl, und augenblicklich störte sie gar nichts mehr. Die Dehnungsstreifen sahen für sie nun aus wie sonnenbeschienene Meereswellen, die Dellen wie Sanddünen.

Mit federnden Schritten trat Ruth aus der Kabine. Sie legte eine Pirouette hin. „Wie findest du es?"

Sie sah Simons Adamsapfel hüpfen und wunderte sich, gefangen in ihrem Selbstbewusstseinsstrudel, wie er nicht in Lobgesängen ausbrechen konnte.

„Okay, wir sind keine Partner mehr. Aber wir sind Freunde", sagte er stattdessen leise. „Und als dein Freund will ich dir zwei Dinge sagen. Erstens: Das Kleid ist bezaubernd und du bist es auch. Und zweitens: Ich werde da sein. Heute Abend und auch alle folgenden. Irgendwann wird er dir das Herz brechen, da bin ich mir sicher. Und auch dann werde ich mich um dich kümmern."

Er glitt auf sie zu und Ruth musst den Kopf nach hinten legen, um ihn betrachten zu können. „Das verspreche ich dir."

❄

Es hatte gedauert, bis Ruth das Restaurant gefunden hatte, und dennoch war sie zu früh. Nicht unverschämt, aber zumindest untypisch früh.

Das Restaurant, das Jaromír herausgesucht hatte, lag zusammengepfercht zwischen zwei Altbauten und wirkte, als würde es ständig übersehen werden, obwohl es doch so verzweifelt versuchte, gefunden zu werden. Ruth fühlte sich sofort verstanden.

Lila Lampen leuchten in den Lavendelabend hinein, es roch nach alten Zigarren und noch älterem Leder.

Gesprächsfetzen schwappten zu ihr herüber, während sie versuchte, ihr Haar zu ordnen. Sie hatte es sich hochgesteckt, mit unzähligen Bobby-Pins. Sie hoffte, dass ihm die Frisur gefallen würde - sie hatte sich Ewigkeiten nicht entscheiden können. Immerhin hatte Jaromír sie schon mit so vielen Schnitten und Stilen gesehen, da war es schwer, welche zu finden, die noch herausstachen.

Sie waren ein Paar gewesen, als Ruth noch Hauben getragen hatte - oder Perücken. Er hatte ihr geduldig beim Flechten zugesehen oder über ihre enorme Achtziger-Jahre-Dauerwelle gelacht. Kurz: Jaromír kannte so gut wie jede Ruth, die Ruth je gewesen war. Ziel des Abends war es jedoch, eine zu sein, die besser war als sie alle zusammen.

Vor dem *Charleston* hatte sich eine lange Schlange gebildet. Ruth betrachtete das Tiffany-Buntglas über dem Eingang und fragte sich, ob sie ihre Haare nicht lieber hätte abschneiden lassen sollen, ganz knapp über dem Ohr. Ein Besuch beim Friseur wäre noch drin gewesen. Und schon damals hatte er ihren Bubikopf gemocht. Damals, als die Zwanziger noch Realität gewesen waren - und keine Inspiration für ein Themen-Restaurant.

Ruth seufzte und ihr Atem wurde zu Nebel.

Rosa starrte ihn an, versuchte Gestalten darin zu erkennen, die herumgewirbelt und davongeweht wurden, sie sah Tänzer und Reiter, und versuchte, sich abzulenken, von dieser furchtbaren Mischung aus Nervosität und Langeweile.

Sie hatte ihm versprochen, nicht zu früh zu kommen. Mehr noch: *keine Minute zu früh zu kommen.*

Doch nun war sie sich nicht mehr sicher, ob sie dieses Versprechen würde halten können.

Sehnsüchtig schaute sie in die Fenster. Sah deckenhohe Zimmerpflanzen und dampfende Gerichte auf angeschlagenen Silbertabletts und sogar einen jungen Mann, der sich, während er sich angeregt und mit roten Wangen unterhielt, aus seinem Jackett schälte.

Sie hielt es nicht mehr aus. Sie würde sonst

erfrieren. Es waren nur noch fünfzehn Minuten. Was für eine Art von Überraschung wurde schon von läppischen fünfzehn Minuten ruiniert?

Eine Torte womöglich, die noch nicht fertig dekoriert war, oder Wunderkerzen, die noch nicht angezündet waren? Ein Streichquartett, das bisher nur aus drei Personen bestand, weil die letzte noch im Stau stand, auf dem Nachhauseweg von einer langen Schicht? Oder etwa....

...oder etwa eine hübsche Frau, die ihre Arme um seinen Hals gelegt hatte?

Ruth blieb wie angewurzelt stehen.

Der Typ hinter dem Empfangstischchen quasselte auf sie ein, faselte von Reservierungen und Namen und Uhrzeiten, doch reagieren konnte sie nicht.

Die Kirchturmuhr in der Nähe schlug dumpf. Jaromír, der vor ihr auf einer gepolsterten Eckbank saß, kaum versteckt, warf einen verstohlenen Blick auf seine Armbanduhr. Er lächelte, während sein Gegenüber ihm eine Blume in das Revers seines Nadelstreifenanzugs steckte.

Wieso war sie hier? Was war das hier? Speed-Dating, getarnt als Candlelight-Dinner? Eine Massenabfertigung, die nach Haute-Cuisine schmeckte?

Die andere Frau, in der Ruth nun die Besitzerin des Blumenladens und Hexe erkannt hatte, die sie erst vor Kurzem mit Keksen beworfen hatte, lächelte und strich vorsichtig seinen Kragen glatt.

Auch sie hatte sich schick gemacht und sah wirklich hübsch aus in ihrem roten Kleid, das musste sie neiderfüllt zugeben. Ihr braunes Haar schmiegte sich in eleganten Wasserwellen an ihren Kopf, und ihre Hände, die steckten in seidenen Handschuhen.

Das konnte Ruth dann besonders gut ausmachen, als sie nach seinem Kinn griff und Jaromír einen Kuss auf die Lippen hauchte.

Zuerst, da wollte Ruth sich zurückziehen, möglichst langsam und möglich nicht störend. Sie wollte Klasse und Reife zeigen und sich für Selbstkontrolle entscheiden, um zu dieser Fliege-und-Pomade-Umgebung zu passen.

Doch dann fiel ihr ein, dass sie das alles schon hinter sich hatte: Er hatte sie schon einmal hintergangen und sie war, leise und elegant, gegangen, ohne eine Szene zu machen. Doch was hatte ihr das gebracht?

War sie nicht mehr wert? Hatte sie nicht einen echten Abschluss verdient, dieses Mal? Eine echte Trennung? Sie war in den letzten Wochen wahrlich oft genug geflohen.

Und damit war nun Schluss.

Ruth hatte noch nie eine Szene gemacht, sich immer bedeckt gehalten. Sie wollte toben dürfen. Spucken. Schlagen. Schreien. Lügner. Heuchler. Betrüger. Du elender Betrüger.

Sie ignorierte den Oberkellner und ging schnurstracks auf die Eckbank zu. Simon hatte recht gehabt, dachte sie, während sie sich vor dem Tisch aufbaute, auf dem sich lediglich zwei halb leere Sektgläser und ein furchtbar kitschiges, beklebtes Notizbuch befanden. Er würde die nächste Zeit unausstehlich sein.

Die andere Hexe entdeckte sie zuerst. Sie öffnete den Mund, wollte womöglich eine Warnung aussprechen, doch Ruth war schneller. Flink griff sie nach einem der Gläser – und genauso flink goss sie Jaromír dessen perlenden Inhalt über.

„Du scheiß Arschloch", brüllte sie dann, bevor sie kehrtmachte und das Restaurant verließ.

Die bunten Lichter verhöhnten sie und konnten kaum etwas gegen die Dunkelheit ausrichten, so kurz vor Weihnachten. Eine besinnliche Zeit, in der man nicht nur zurückblickte, sondern auch nach vorn. Könnte man meinen. Ruth hatte sich schon Gedanken zu den Wünschen gemacht, die sie in die kommenden Nächte hatte flüstern wollen. Sie hatte schon ihre Vorsätze aufgeschrieben.

Und nun kam es ihr vor, als hätte sie jeden Einzelnen davon bereits gebrochen. Sie hatte sich doch geschworen, ihm nie wieder zu vertrauen!

Wie blöd sie doch war! Wie unbelehrbar!

In ihren neuen Schuhen und der viel zu dünnen

Feinstrumpfhose stolperte sie über das Kopfsteinpflaster. Sie war sich nicht sicher, ob die eisige Kälte oder die bittere Enttäuschung sie zum Zittern brachten. Sie wischte sich über das Gesicht, Mascarastreifen fort und ihren Lippenstift über die Mundwinkel hinaus, weit über die Koketterie hinweg.

Sie hätte es wissen sollen. Müssen gar.

Ruth war Buchhändlerin. Sie hatte so viele Liebesromane in ihrem Leben gelesen. Sie wusste von den Höhen und den Tiefen. Wusste, wie Spannung erzeugt wurde. Und sie wusste auch, dass im dritten Akt oft die Trennung kam. Doch wie konnte es sein, dass ihre schon so früh anstand? War ihr neuer, gemeinsamer Roman tatsächlich so kurz?

Vor ihr glänzte die Moldau. Ruth starrte die Wasseroberfläche an und fragte sich, ob sie ihr erzählen sollte, was ihr widerfahren war. Sollte sie zugeben, dass sie sich auf ihn eingelassen hatte, nur um so kurz darauf erneut furchtbar enttäuscht zu werden?

Lächerliche Stunden. So lange war sie ihm genug gewesen.

Vielleicht sollte sie sich gleich in den Fluss stürzen.

Man rief ihren Namen. Ruth. Ruth. Ohne Unterlass. Ruth. Sie lief weiter, in Richtung Flussufer. Als sie bei einer abgesperrten Treppe ankam, wurde sie am Oberarm gepackt und herumgewirbelt. Jaromírs Blick war wild. Durchdringend, bedrohend, wie eine doppelläufige Pistole. „Stehenbleiben, habe ich gesagt!" Sollte sie die Hände heben? „Warum kannst du nicht einmal hören?"

„Auf wen soll ich hören? Dich? Schau doch, wo mich das hinbringt."

„Wohin denn? In die schönste Stadt der Welt?"

„Die liegt an der Ostküste!"

Jaromír faltete die Hände vor dem nassen Gesicht. „Das ist ein Missverständnis", sagte er.

„Haben wir uns nicht erst vertragen?"

Er machte eine mahlende Bewegung mit dem Unterkiefer. „Doch."

„Haben wir uns nicht gestern geküsst?"

„Doch."

„Dann sehe ich hier nirgendwo ein Missverständnis."

„Das gestern, das war nicht nur ein Kuss, Ruthie."

„Sondern? Wenn es doch ach so viel mehr war, wieso knutschst du dann heute schon mit einer Anderen?"

Ruth zog an dem Stoff ihres Kleides und hörte die Nähte reißen. Dennoch stoppte sie nicht. Sie wollte sich irgendwo festhalten. Das hier war immerhin eine ernste Situation. Sie hatte keine Zeit für seidene Nebensächlichkeiten.

Beleidigungen lagen ihr auf der Zunge. Sie hatte vor, ihn einen Blutegel zu nennen, doch dann erinnerte sie sich daran, dass die einst für medizinische Zwecke eingesetzt wurden. *Er* hingegen brachte nichts Gutes. Niemals und niemandem, wie es schien.

Denn auch seine Freundin war nach draußen geeilt, tauchte nun hinter ihm auf, und Ruth brauchte nur einen Seitenblick, um zu verstehen, dass sie sich ebenfalls hintergangen fühlte. Ihre Augen waren groß und verschreckt aufgerissen und ihr Mund formte ein lautloses „Es tut mir leid. Ich hatte keine Ahnung".

Ruth wandte sich ab und starrte die Blume in seiner Knopfleiste an. Es war wie eine Flagge aus Blüten. Ein Pflanzengrenzstein. Eine botanische Besitzurkunde – die er herausriss und zu Boden warf.

„Willst du wirklich wissen, wieso ich es getan habe?", knurrte er, dabei das Pflänzchen zertrampelnd. „Ich war in Gedanken nur bei dir. Jemand musste dich doch rächen. Jemand musste dir doch die neuen Zauber besorgen. Ich weiß, das wäre auch eleganter gegangen. Aber ich habe doch nur auf einen geeigneten Moment gewartet. Dann hätte ich ihr das Buch gestohlen. Der Zweck heiligt die Mittel – oder etwa nicht?"

Ruth machte einen Schritt rückwärts, hin zur Moldau. Kälter als er konnte der Fluss selbst zu dieser Jahreszeit nicht sein.

Sie wollte fort von ihm.

Sie hatte keine Lust mehr, wollte nichts mehr

seinem nicht enden wollenden Drama zu tun haben, das ihm auf Schritt und Tritt zu folgen schien. Und sie mochte die Frau nicht, die sie in seiner Gegenwart wurde. Denn die war jemand mit dem Kopf voller Irrsinn, voller Männer und schlechter Angewohnheiten.

„Das ist dein eigenes Motto, Ruthie!", schrie Jaromír, über Růženas Schluchzen hinweg. Sie hatte zu weinen begonnen, dicke, fast kugelrunde Tränen.

„Du hast mich benutzt!"

Er ignorierte sie. „Das ist dein eigenes Motto, Ruthie!", wiederholte er. „Wieso darfst du deine *Fehltritte* so rechtfertigen, aber ich nicht?"

Ruth schüttelte den Kopf und suchte nach dem Druckknopf ihrer neuen Tasche. (Es fehlten bereits einige Glitzersteine. Mist.) Sie kramte nach einem Taschentuch und reichte es Růžena. Erst dann antwortete sie ihm.

„Hast du ernsthaft geglaubt, mir so imponieren zu können? Indem du eine andere Hexe verarschst?"

„Ich..."

„Selbst wenn du das Buch aufgetrieben hättest, hätte ich es nicht angenommen. Nicht so! Ich habe Prinzipien!"

Jaromír ließ sie abrupt los. „Die waren alle furchtbar zu dir", sagte er, als würde das was ändern.

„Sie nicht."

„Aber die anderen Zirkelmitglieder."

„Also muss sie in Sippenhaft genommen werden, das meinst du? Mitgefangen, mitgehangen?"

„Niemand wird gehängt. Ruth, hier geht es nur um uns beide. Um dich und um mich, das reicht. Ich habe dir gerade erklärt, weshalb ich getan habe, was ich getan habe. Und warum da kein Platz ist für eine zweite Frau. Wieso interessiert sie dich dann überhaupt?"

Weil sie geglaubt hat, dass du dich für sie interessierst. Weil du ihr das Herz gebrochen hast. Für mich, angeblich. Und weil du mir das Gleiche angetan hast, vor Äonen und heute wieder.

Dabei komme ich mit Herzschmerz nicht zurecht. Es gibt zu viel davon auf dieser Welt.

Er sah sie an, während er ungeduldig auf eine Antwort wartete, und dennoch war es Ruth, als würde er direkt durch sie hindurchblicken. Er verstand sie nicht, scheiterte jedes Mal, wenn er es versuchte, und Ruth verlor jedes Quäntchen Hoffnung auf Besserung. Wieso sollte sie mit so jemanden zusammen sein wollen? War sie die Einsamkeit nicht gewöhnt?

Ruth sah zu ihren Füßen herab. Ihre Zehen, eingequetscht und in Leder verpackt, waren wundgerieben. Sie zog die Schuhe aus und war augenblicklich einige Zentimeter kleiner.

Nach und nach begann sie, die einzelnen Nadeln, die ihre Hochsteckfrisur an Ort und Stelle hielten, herauszuziehen. Das Haarspray blieb klebrig an ihren Fingern hängen.

„Es wird noch etwas dauern, bis ich weiß, wohin es diese neue Ruth zieht", begann sie. „Ich habe mir überlegt, dass ich vielleicht studieren möchte. Das war lange nicht erlaubt und das habe ich noch nie gemacht. Dann kann ich bestimmt in einem Wohnheim unterkommen."

Ob Simon sie unterstützen würde? Ob er bei ihr bleiben würde, wenn sie ihm nur Alltag bieten konnte, statt dem Abenteuer und der Monsterjagd, die sie ihm zuvor in Aussicht gestellt hatte?

„Bis dahin wirst du mich noch aushalten müssen."

Jaromír schüttelte energisch den Kopf. „Du wirst nicht ausgehalten, Ruthie. Ich mache das gern."

„Ich nicht."

„Was willst du damit sagen?"

„Das weißt du."

„Oh, okay. Okay", stammelte er. Schließlich holte er tief Luft. „Du bist enttäuscht. Du bist wütend. Das verstehe ich. Du hast allen Grund dazu."

Wieder streckte er die Hand nach ihr aus, doch dieses Mal konnte sie reagieren. Sie schlug sie beiseite. *„Fass mich nicht an!"*, rief sie. „Fass mich bloß nie wieder an."

„Ist gut. Ich lass es. Aber hör du dann auch auf, so einen Unsinn von dir zu geben. Du brauchst mich. Genauso wie du diese neuen Zauber brauchst."

„Ich will sie nicht, wenn sie *gestohlen* sind! Denn

das ist es, was du tust. Du stielst Dinge, Jaromír. Du nimmst sie dir und du gibst sie nicht wieder zurück. Du bist ein Dieb und hast tausend Gesichter und ich bin mir nicht sicher, welches davon ich gestern eigentlich geküsst habe."

„Das Echte!"

„Das gibt es nicht. Der echte Jaromír hat kein Gesicht. Das", sie deutete erst auf sich und dann auf ihn, „ist eine Farce."

Sie meinte es ernst und das schien allmählich bei ihm anzukommen.

Růžena neben ihm faltete ihr durchnässtes Taschentuch. Sie schniefte und blickte auf das dicke Notizbuch in ihren Händen herab – die Seiten waren mit unzähligen bunten Klebestreifen markiert und ein glitzernder Gelstift befand sich in der Schlaufe.

„Du brauchst diese Zauber", wiederholte Jaromír eindringlich.

Hinter Ruth schlug das Wasser gegen algenbewachsene Steine und kaum lesbare Schilder, die voller Warnungen vor dem Ufer waren. Ruth hatte sich nie darangehalten. Sie war dort gesessen und hatte hineingeweint. So waren ihr ihre eigenen Tränen ganz winzig vorgekommen.

Doch das würde sie nicht mehr tun. Er würde ihr keinen Grund mehr liefern.

Keinen für Missetaten und keinen für Moldaugespräche.

Nie wieder. „Ich werde zurechtkommen", sagte sie, barfuß, ja. Aber mit hocherhobenem Kopf.

KAPITEL NEUN

Ihr plötzlicher und selbst für sie überraschender Selbstbewusstseinsschub hielt jedoch nicht lange an. Als Ruth zu Simon zurückkehrte, fühlte sie sich wie verkatert. Ohne Vorwarnung stieß sie die Tür zu dem Gästezimmer auf, das sie bereits viel zu lange bewohnt hatte, und Simon, der am Radio in der Ecke stand, machte einen Satz. So, als habe auch sie ihn in flagranti erwischt.

„Du bist ja schon wieder hier!", sagte er. „Das ging schnell. War das Essen nicht gut? Habt ihr keinen Platz bekommen? Ich hätte erst in zwei, drei Stunden mit dir gerechnet und..." Er stockte. „Was ist passiert?"

Ruth schüttelte den Kopf. Sie taumelte auf das Bett zu und warf sich dann kurzerhand darauf.

„Was ist passiert?", wiederholte Simon dennoch. „Was hat er angerichtet? Hat er dich angefasst? Hat er dir wehgetan? Hat er..."

Er wurde von dem Protestieren des Türschlosses unterbrochen. Jemand hatte Probleme, den Schlüssel hineinzustecken und ganz umzudrehen; es klackte und es ruckelte und nichts klappte, nichts wurde geöffnet.

Schließlich blieb nur noch die Gewalt.

Der Rahmen gab nach, der Türknopf, begleitet von Spreißeln, flog davon und rollte durch den Eingangsbereich.

Simon machte mahlende Bewegungen mit dem Kiefer. Seine Zähne trafen unüberhörbar aufeinander und er hatte Mühe, die Worte, die er sagen wollte, nicht zu zerdrücken. „Ich wusste es", presste er hervor. „Es war so klar."

Und noch bevor Ruth ihn aufhalten konnte, war er an ihr vorbeigerauscht.

„Bist du zufrieden?", schrie er, im dunklen Gang angekommen.

Doch Jaromír ging nicht darauf ein. "Lass mich durch", forderte er.

„Nein."

„Doch. Es ist nett von mir, dass ich dich überhaupt bitte. Dir eine Vorwarnung gebe. Du kannst mich nicht aufhalten. Du kannst gar nichts. Und deshalb werde ich jetzt mit meiner Freundin sprechen."

„Sie ist nicht deine Freundin. Du hast doch gar keine Ahnung, was das bedeutet. Was eine Beziehung ausmacht. Was Respekt und Verständnis bedeuten. Wie Liebe funktioniert. Um die Liebe zu verstehen, muss man ein Herz haben. Und um ein Herz zu haben, muss man ein Mensch sein, nicht wahr, Jaromír?"

Je länger er sie verteidigte, umso tonnenschwerer wogen seine Worte. Das Atmen fiel Ruth schwer und ein unsichtbares Seil zog sich eng um ihren Brustkorb. Fachmännische, gar kunstvolle Knoten hatte man damit gemacht, die sie nicht mehr aufbekam - wie beim Segeln. Doch anstatt sie vor dem Sturm zu schützen, lieferten sie Ruth ihm aus.

„Du hast es ihm gezeigt, Ruthie?", fragte Jaromír ungläubig, in den dunklen Raum hinein.

„Hat sie. Ich weiß, was du bist. Man hätte dir ein Glas Wasser überschütten und dich Lichtlein löschen sollen, als man noch die Chance dazu hatte", antwortete Simon an ihrerstatt. „Schau dich um. Neben dir liegt ein verfluchter Türgriff. Alles, was du in die Hände kriegst, zerstörst du."

„Weil es mir gehört! Es ist mein Schloss! Meine Wohnung! Meine Ruth! Und daran ändert sich nichts, ob du Fetzen aus Egoplasma nun was dagegen hast oder nicht. Das sollte dir klar sein, wenn du ihre Erinnerungen gesehen hast - und den Rest verstanden."

„Rest? Was für einen Rest? Ich..." Simon verstummte verwundert und getroffen. Er konnte ihm nicht folgen.

„Ach!" Jaromír kicherte bösartig. „Du hast ja doch nur die Hälfte gezeigt bekommen, du arme Seele. Es wundert mich nicht. Ich an ihrer Stelle hätte auch Angst, dass du dich angeekelt abwenden könntest."

„Das würde ich nie."

„Versprich nichts, was du nicht halten kannst,

Simon."

„Sie hat nichts vor mir geheimgehalten!"

„Doch, das hat sie."

„Nein!"

Die Knoten lösten sich. Das Segel wurde hin- und hergerissen, das Boot kam vom Kurs ab. Ruth konnte sich nicht mehr halten. Der Sturm erwischte sie, zog sie wehrlos in die Tiefe.

Doch, dachte sie.

Doch.

Und sie ertrank.

„Frag sie gerne, wovon ich spreche. Lass es dir zeigen, damit du verstehst, weshalb ich immer ein Teil ihres Lebens sein werde. Egal was ich tue. Egal was sie tut. Dafür hat sie nämlich gesorgt. Ich bin der Einzige, der sie nicht verurteilen würde, und das ist ihr klar."

„Gut, dann hat sie eben Leichen im Keller. Na und?" Simon klang erbost. „Die haben wir alle!"

„Stimmt. Aber die von Ruth und mir? Sie liegen nebeneinander. Die verrotten zusammen."

Ruth jammerte. Natürlich sprach Jaromír die Wahrheit und dennoch hätte Simon nicht davon erfahren müssen. Sie hatte viele schlimme Dinge in ihrem Leben getan - aber diese Tat? Die hatte sie vor ihm geheimhalten wollen. Aus gutem Grund.

Sie hörte Jaromír stampfen und davoneilen, irgendetwas von einem Hausmeister und von Handwerkern und von Weihnachtsurlaub faseln. Wieso hatte er so leicht aufgegeben? Seit wann ließ er sich fortscheuchen? War ihre Verzweiflung, ihre Beschämung womöglich doch das Endziel gewesen?

Als sie sich zur Seite drehte, war Simon bei ihr. „Er lügt", sagte er, mit einem Blick, der so tief war wie der See in einer Arthussage, und so scharf wie das Schwert, das daraus hervorgezogen wurde. „Ganz egal was er meint. So furchtbar kann es nicht sein. Er lügt - und trotzdem würde ich gerne gezeigt bekommen, was du vor mir geheimgehalten hast."

Sie schüttelte den Kopf. „Das kann ich nicht."

„Natürlich kannst du. Wie soll ich dir sonst helfen?"

„Gar nicht. Niemand kann mir helfen."

„Dann tu es, weil es fair ist."

Das brachte sie aus dem Konzept. „Fair?", wiederholte sie, mit rauer Stimme. Sie war zerstückelt, zerschlagen von seinen Excalibur-Augen.

„Fair. Weil ich in deiner Thermoskanne reise und von dir abhängig bin. Weil du so viel über mich weißt - und ich offensichtlich kaum etwas über dich."

„Ich will dich nicht verlieren."

„Das wirst du nicht. Weil ich längst dir gehöre - aber du mir nicht. Und das, ja, das ist verdammt unfair."

Ruth schniefte. Sie griff nach ihrem lächerlich kleinen Abendtäschchen, in das nicht mehr hineinpasste (und auch nicht hineinpassen sollte) als ein Paar Feuchttücher, ein Lippenstift, einige Haar-Pins und eine Ersatzstrumpfhose. Sie hatte Wechselgeld darin eingewickelt und nun Schwierigkeiten, es aus dem zusammengeknüllten Nylon zu befreien.

Sie zitterte. „Sprich mit mir, Ruth", forderte Simon sie auf und sie konnte ihm nichts ausschlagen. Hatte das noch nie gekonnt – und würde es auch nie lernen.

„Bitte sprich mit mir."

Ruth war immer davon überzeugt gewesen, dass sie ein liebevoller Mensch war. Jemand, der es immer nur gut mit den Menschen um sie herum meinte. Jemand, der an das Gute glaubte. Sie hielt sich selbst für nett und freundlich und anständig. Aber vielleicht irrte sie sich; vielleicht war sie kein guter Mensch, dem eben nur Schlechtes widerfahren war. Vielleicht waren nicht nur die anderen an all ihren schrecklichen Taten schuld.

Elisha hatte Cracklewood nicht niedergebrannt. *Sie* hatte es getan.

Und Jaromír hat sich nicht selbst einen Körper besorgt. Er hatte sie nicht gezwungen. Sie - oh, sie hatte es getan. Aus freiem Willen heraus.

Vielleicht war sie wirklich böse.

Tief, tief in ihrem Innersten.

Manche Menschen hatten sicherlich ein Herz aus Gold. Könnte es sein, dass das ihre eine rostige Fälschung war?

Es war an der Zeit, Verantwortung zu übernehmen.

Ruth blickte auf und zu Simon empor.

Sie biss sich auf die Unterlippe. Es wäre nicht schwer und nicht teuer, ihn auf diese Erinnerungsreise zu schicken. Die Eindrücke schwirrten schon vor ihren Augen, in rötlichem Blau und bläulichem Rot. Sie rochen nach Metall und Hämoglobin.

„Ich war auf dem Weg zu einem Tanz", sagte sie. „Es war das Jahr 1778. Ich war noch in Böhmen, weil ich mich nicht nach Hause getraut habe, wegen der Revolution. Aber nun herrschte auch dort Krieg. Überall war immer Krieg. Dieses Mal ging es um die Bayerische Erbfolge, also habe ich Prag verlassen und versteckte ich mich auf dem Land. Das...das ist wichtig zu wissen."

„Ist es das?" Sie hatte bereits einen Strudel unter seinen Füßen erscheinen lassen. Ein Sog entstand, Simons Locken wippten, rosa beleuchtet, auf und ab. „Wieso?", wollte er wissen.

„Weil während eines Krieges das Chaos herrscht. Niemand kann da den Überblick behalten", antwortete sie flüsternd. Schließlich wurde Simon vom Zauber verschluckt. „Es fällt dann einfach nicht auf, wenn ein Mann verschwindet."

❄

Ruths ausgelassenes Lachen war hell, schien ehrlich und direkt aus dem Bauch zu kommen. Es schüttelte sie, so, als würden ihre vibrierenden Stirnbänder sie einmal kräftig durchkitzeln. Sie versuchte nicht, es zu unterdrücken. Vielleicht war das auch gar nicht mehr möglich und sie hatte sich ergeben.

Einige Menschen drehten sich deshalb, Stirn kräuselnd, zu ihr um. Kurz stoppten sie, was auch immer sie taten, um ihr einen anklagenden Blick zuzuwerfen. Für einen Moment nur wurde kein Teppich mehr ausgeklopft, keine Tür mehr geölt, keine Straße mehr gekehrt. Und dabei war viel zu tun. Simon konnte einige Baustellen ausmachen und ungesicherte Männer auf wackligen Gerüsten dabei beobachten, wie sie versuchten, auf wenig Platz mehr Platz zu schaffen. Die Straße war eng.

Und Ruths breiter Rock zu breit und ihre Freude zu groß.

Sie räusperte sich und warf sich ein wollenes Tuch über. „Es reicht", murmelte sie schließlich.

Die Antwort kam aus ihrer Tasche. „Tut es nicht", lautete diese. „Aber geh ruhig weiter, und zwar zügig. Dann können wir uns dem Buch widmen."

„Ich müsste dir endlich das Lesen lehren."

„Ich würde deine gesamte Sammlung abfackeln."

„Aber dann hast du mich nicht länger zu

belästigen."

„Du wirst doch wohl nicht meiner Witze überdrüssig werden, liebe Ruth? Das wäre schade. Dann müsste ich zurück in das Moor. Und dort gibt es wahrlich nicht viele Lesesalons. Oder hübsche Damen."

Ruth streifte eine Wand und bog dann ab. Sie ließ eine weitere Gasse hinter sich und dann noch eine, bevor sie einen Platz überquerte, der von Ständen gesäumt war und in dessen Mitte sich ein winziger Brunnen befand. Ruth machte einen Bogen um ihn.

„Du schlägst wieder Haken wie ein Hase. Hast du etwa immer noch Angst, ich könne dich drin ertränken? Nach all der Zeit?"

„Reine Gewohnheit."

Sie steuerte ein mit einem sterbenden Blauregen bewachsenes Fachwerkhaus an, an dessen Eingang ein enormer Türklopfer in Form eines Löwenkopfes angebracht war. Er war so kupfern wie ihr Haar. Beherzt griff Ruth nach dem Ring. Und klopfte, dreimal.

Eine Bedienstete öffnete ihr. Und auch hinter deren Rücken herrschte reges Treiben: Der Boden wurde poliert, Vasen verrückt, das Treppengeländer gesäubert. Gut vier oder fünf Menschen waren in der Eingangshalle zugange. Ruth begrüßte jeden Einzelnen, bevor sie sich nach oben davonstahl und Jaromír, das Irrlicht, herausließ.

„Dann findest du mich also hübsch?", wollte sie von ihm wissen.

„Natürlich. Menschen sind hübsch."

„Alle?", hakte Ruth argwöhnisch nach, während Jaromír es sich in einer Öllampe gemütlich machte.

„Zumindest jene mit einer Haut, die wirkt, als würde man sie gern anfassen wollen. Und jene mit Händen, die wirken, als würde man sich gern von ihnen anfassen lassen."

Ruth schnaubte und Enttäuschung lag auf ihrem Gesicht. Sie ließ sich auf einem Chaiselongue nieder und machte sich an ihren Schuhen (bestickt und mit Broschen versehen) zu schaffen. Der Absatz war hoch und die Spitze unverschämt eng. Ruth ruckelte daran und zog sie sich schließlich von den Füßen. Sie stöhnte auf und kickte sie dann unter das Möbelstück.

„Was ist nun mit dem neuen Roman?", fragte Jaromír hinter Glas. „Wollen wir anfangen?"

Ruth hatte die Beine übereinandergeschlagen und rieb sich nun die Zehen. „Wieso bist du so erpicht darauf? Ich bin mir sicher, dass es keine schöne Geschichte ist."

„Wieso kaufst du diese Verschwendung von Druckerschwärze dann?"

„Es ist keine Verschwendung, nur bei Gott nicht schön. Es handelt von Liebeskummer, verstehst du?"

„Nein", sagte das Irrlicht knapp. „Nicht wirklich."

„Sei froh drum."

„Fällt mir schwer. Sobald man Liebeskummer versteht, hat man ein Herz. Wenn man ein Herz hat, ist man ein Mensch. Und ich bin keiner. So gern ich es auch anders hätte."

Überrascht sah Ruth von ihren Strümpfen auf. „Du bist ein Irrlicht!", rief sie ihm wie zur Erinnerung zu. „Du kannst nicht ändern, was du bist. Glaube mir, ich weiß das. Ich habe es versucht."

„Womöglich nicht oft genug."

„Du kannst einen Speer als Wanderstock nutzen, das ändert dennoch nichts an seiner Bestimmung." Simon scharrte mit den Füßen - ihm gefiel die Verbitterung in ihrer Stimme nicht.

„Was weißt du schon von Bestimmung, Ruth? Von deiner? Von meiner? Wer sagt, dass wir nicht bestimmt sind, zusammen zu sein?"

„Du begleitest mich seit Jahren, Jaromír. Wir sind zusammen, sind es sogar in diesem Moment."

„Nicht so, wie wir es sein könnten. Ruth. Ich bitte dich. Könntest du nicht dafür sorgen, dass ich ein Mensch werde?"

„Ich muss gestehen, ich habe darüber einige Male nachgedacht. Und dennoch..."

„Kein „*Und dennoch*"!", äffte das Licht. „Es muss doch etwas geben, das du *tun* kannst!"

„Ich bräuchte einen Körper. Einen noch lebenden, unversehrten Körper. Im Ganzen. Der Geist müsste schon heraus sein, damit ich dich hineinpacken könnte, die Verletzungen dürften aber nicht allzu schwerwiegend sein, damit ich sie noch heilen könnte, bevor er unbrauchbar wird. Es ist...schwierig."

„Schwierig, aber nicht unmöglich."

Ruth wurde laut. „Jaromír, hast du mir zugehört? Ich müsste dir einen Körper stehlen. Wie glaubst du, stellt man so etwas an? Erste Lektion im Mensch-Sein: Morde werden geächtet."

Ihr Brustkorb hob und senkte sich schnell. Ihr Ausbruch war gewaltig gewesen - Simon sah die blaue Flamme des Irrlichts schrumpfen und rauchen. Bestürzt schlug sich Ruth die Hände vor den Mund. Hatte sie ihn fast ausgepustet?

„Tut mir leid", sagte sie.

„Ja, mir auch. War nur ein törichter Traum, mehr nicht."

„Ich wusste gar nicht, dass Irrlichter überhaupt träumen."

„Tun sie. Ständig." Es entstand eine kurze Pause. „Und du hast natürlich recht. Ich würde nicht wollen, dass du dein Menschsein kompromitierst, nur um mich zu einem zu machen."

„Na, es gibt aber andere Dinge, die ich tun könnte. Menschsein bezieht sich nicht nur auf das Körperliche. Lass mich nur..." Sie erhob sich schwerfällig. „Lass mich nur schnell den morgigen Hexentanz vorbereiten, dann gehöre ich ganz dir. Ich muss nur noch etwas Flugsalbe ansetzen und die Tanzschritte nochmal üben."

„Vergiss nicht, einen Dolch mitzunehmen", piepste das Irrlicht. „Alle anderen Hexen tragen immer einen bei sich, das habe ich gesehen."

Ruth stockte. „Wofür soll ich denn einen Dolch brauchen?"

„Um zu tun, was man mit Dolchen eben so tut."

„Du bist ziemlich blutrünstig, weißt du das? Komisch, wo es doch eigentlich deine Spezialität ist, Leute zu ersäufen. Das geht ganz ohne Stiche."

Simon hörte das Topf- und Kesselgeklimper, ein Blubbern und ein Brodeln, sah Ruth geschäftig werkeln. Und obwohl sie immer wieder den Kopf schüttelte, steckte sie doch einen Dolch in eine lederne Scheide.

Sie hing ihn sich an ihren braunen, abgewetzten Taillengürtel. „Aber wenn es dich glücklich macht...", flüsterte sie.

„Ich will dir nur helfen, einen guten Eindruck zu hinterlassen. Es würde dir gut tun, wieder Teil eines Zirkels zu sein. Du brauchst Freunde, Ruth."

„Tu ich das? Wo du doch immer in meiner Nähe bist?"

„Dann lass es mich umschreiben. Du brauchst Freundinnen, die dir bei Wind und Wetter Gesellschaft leisten können. Ohne, dass du Angst haben musst, dass sie im Sturm *ausgepustet* werden."

„Die Angst ist unbegründet." Ruth glitt auf ihn zu und tippte vorsichtig, fast liebevoll gegen das Glas, hinter dem sich Jaromír befand. Schließlich hob sie es an und ließ ihn herausschlüpfen. „Für solche Fälle gibt es Sturmlampen. Wir sollten uns eine anschaffen."

„Die sind für die Schiffahrt, Ruth."

„Und für überängstliche Irrlichtlein."

Sie formte mit ihren Händen eine Schale, ein kleines Nest, und die kleine Flamme flatterte darüber wie ein Entenküken, das gerade flügge geworden war. Ruths Mundwinkel zuckten amüsiert, während sie sich auf ihr Bett sinken ließ.

„Wenn ich ein Mensch wäre, bräuchten wir keine Sturmlampe. Ich könnte im Regen tanzen..."

„Wenn du ein Mensch wärest, wüsstest du, was Erkältungen sind."

„Dann eben kein Tänzchen. Und dennoch könnten wir auf den Böen reiten."

„Ja. Das könnten wir. Aber es sieht nicht so aus, als ob das bald der Fall wäre, nicht wahr? Lass uns lieber an den Dingen arbeiten, die wir verändern können." Sie griff nach dem Buch, das doch nicht schön war und voller Liebeskummer. Sie hob es hoch und zeigte auf einen Buchstaben. „Möchtest du es nicht versuchen, Jaromír? Ich bringe dir das Lesen bei, so wie es mir gelehrt wurde. Wort für Wort. Laut für Laut. Das hier, zum Beispiel, das hier ist ein A. Aaaaah..."

„Aaaaah?", wiederholte er.

„Genau. Ungefähr der Laut, den ich mache, wenn ich mir nach einem langen Tag die Schuhe ausziehe."

„Das werde ich mir merken können."

Ruth lächelte. „Das denke ich auch."

Ruth trug Schwarz. Simon konnte es kaum glauben. Das erste und letzte Mal, dass er sie in dieser Farbe gesehen hatte, war an seiner eigenen Beerdigung gewesen. Sie wirkte fremd. Ihre Stirn war bemalt, ihr Haar verdeckt, um ihren schlanken Hals hing eine Kette voller goldener Münzen und auch ihre Handgelenke waren damit geschmückt. Gesänge drangen zu ihnen und der Gesichtsausdruck beider Ruths war seltsam feierlich.

Der steile Pfad, auf dem sie unterwegs waren, war von Bäumen gesäumt. Deren wippende Äste waren wie dürre Totenfinger, die sie anfassen, zu sich zerren, nie wieder loslassen wollten. Ruth schlug sie davon.

Die Blätter, die braun von ihnen herab segelten, säumten ihr den Weg. Sie lagen zu ihren Füßen wie Rosenblätter, die man für eine Braut ausgestreut hatte. Und genau wie eine Braut wusste Ruth genau, wohin sie gehen musste. Sie sah nicht zurück, nicht zur Seite, nur nach vorn.

So lange, bis der erste Hilferuf zu hören war.

Ruth blieb stehen. „Ist das dein Werk?", raunte sie in ihre Manteltasche hinein. „Oder das eines anderen Irrlichts?"

„Nein", lautete die schlichte Antwort.

„Glaubst du, es ist eine Täuschung?"

„Nein." Pause. „Das ist echt."

Sie zögerte nur so kurz, dass ein elendig tiefes Seufzen ihrer Kehle entweichen konnte. Schließlich machte sie kehrt.

„Was tust du?", zischte das Irrlicht. „Wir haben Marbon. Und einen Sabbat. Es ist ein Hexentanz im Gange. Und du sollst ihn anführen. Du bist ihre erste Tänzerin, Ruth."

„Ich sage dir, was ich vor allem bin: Ich bin jemand, der einen Hilferuf nicht unbeachtet lässt."

„Man wird dich niemals mehr fragen."

„Möglich."

„Sicher."

Neben ihr erhoben sich immer höher werdende Klippen, die den Himmel zerschnitten, an dem der Mond als tieforangene Sichel stand. Die Steigung machte Ruth zu schaffen und sie rutschte mehrmals ab. Sie wedelte mit den Armen durch die Luft, suchte so verzweifelt nach Halt. Schließlich bekam sie etwas zu fassen. Die Rufe waren verklungen. Ein leises Ächzen hatte sie ersetzt, bevor es sich mit ihrem Kreischen vermischte.

Was war nur geschehen?

Besorgt schwebte Simon näher heran. Sie war zusammengesunken, und noch bevor er sie nach dem Grund fragen konnte, murmelte die Ruth neben ihm: „Er ist gestürzt. Allein. Ich war es nicht.

Ich bin unschuldig, wenigstens das musst du mir glauben."

Simon sah zu seinen Füßen herab, richtete seinen Fokus auf das, was sich dort befand, bewegte und windete. Fliegen landeten auf einem gräulichen Stück Brot und flogen weiter zu einem alten, schmierigen Stück Wurst. Erste Würmer kringelten sich über den grob gewebten Stoff daneben. Ruth rutschte auf den Knien darüber, zerquetschte einen von ihnen.

„Er muss hier bereis eine ganze Weile liegen", keuchte sie, während Jaromír ihrer Tasche entkam. Er beleuchtete ihren Haaransatz und die Umgebung und erst jetzt konnte Simon den menschlichen Körper ausmachen, von dem die Rede war. Er sah einen breiten Rücken, feste Schultern, geformt von der Art harter Arbeit, die Simon, da war er sich sicher, so nie kennengelernt hatte.

„Womöglich hat er sich nicht halten können."

Anders konnte Simon sich seinen Zusammenbruch nicht erklären. Er wirkte kräftig. Gesund. Wo also war er verletzt?

„Ruth. Sein Bein..."

„Ja, ich weiß. Ich muss nur...mir bleibt nur..." Er beobachtete sie dabei, wie sie mit zitternden Fingern eine klaffende Wunde entlangfuhr, so, als würde sie sie vermessen wollen. Etwas Spitzes ragte daraus hervor und Simon verstand plötzlich, weshalb sie kein Schwarz trug: Blutflecken waren darauf nicht mehr zu erkennen. Die Farbe vertuschte etwas, das nicht vertuscht werden sollte. Etwas Unschönes. Etwas immer Schmerzhaftes.

Und der Mann blutete weiter - war die Hauptschlagader verletzt worden? Es spritzte nicht mehr, doch das Blut plätscherte, wie Wasser aus einem alten Springbrunnen, den man schon längst hätte abstellen sollen.

„Helft mir."

Ruth zog ihre Hand zurück - die aufgefädelten Münzen schlugen aneinander. „Heil' rasch, was du heilen kannst und mach dich auf den Rückweg. Womöglich ist dein Fehlen noch nicht aufgefallen", sagte Jaromír neben ihr. „Es ist nicht allzu viel lädiert. Du hast genug dabei. Und ihn schnell geflickt."

Simon hörte sie schlucken. „Und was, wenn wir abwarten?", fragte sie.

„Abwarten?"

Sie streckte die Hände nach dem fremden Mann aus. Ein letztes Innehalten, ein letztes Zögern, und schließlich drehte sie ihn um.

Das erste Mal seit seinem Tod fühlte sich Simon so, als würde die Schwerkraft wieder auf ihn wirken. Das Haar war dunkler, sicher, und dennoch wusste er, wen er vor sich hatte. Seine Gesichtszüge waren vor Schmerzen, jedoch nicht ins Unerkenntliche verzerrt.

Jaromír.

Dieser Drecksack. Dieser verdammte Jaromír.

Wie war das möglich?

„Oh Gott, Ruth." Er wandte sich ihr zu, dachte an das, was sie selbst gesagt hatte. Ich müsste dir einen Körper stehlen.

Simon fühlte sich, allein vom Zusehen, schwer, so schwer. Wie viel ihr Gewissen wohl wog? *„Was hast du getan?"*

Ruth starrte das verschimmelte Brot vor ihr an. Sie schämte sich - und hatte allen Grund dazu. „Es ist nur so", begann sie, mit krächzender Stimme, „ich wollte in den Arm genommen werden. Das ist doch wirklich nicht zu viel verlangt. Ich habe ihn nicht umgebracht, Momo."

„Aber zugesehen, wie er stirbt, das hast du. Was soll das hier werden? Unterlassene Hilfeleistung? Leichenfledderei?"

„Beides."

„Aber doch nicht für ihn! Nicht für einen Mann!", rief er. Und in Gedanken ergänzte er: *nicht für einen anderen Mann, zumindest.*

Er sah dabei zu, wie sie die Wange des Verletzten sachte berührte, und mit einer tiefen Stimme hörte er sie schließlich fragen: „Würde dir dieses Gesicht zusagen, Jaromír?"

Er konnte seinen Ohren kaum trauen.

Und auch Jaromír näherte sich dem Verletzten nur zögerlich. Sein Licht tauchte Ruths Profil - genau wie sein zukünftiges Eigenes - in übersinnliches Petrol. „Na, doch, bestimmt. So etwas Ähnliches könnte mir schon gefallen."

„Nichts da. Wir müssen nehmen, was da ist, sobald es da ist. Und der da? Der ist da."

Die Atmung des Fremden war rasselnd geworden, doch Ruth schien das nicht zu beängstigen. Konzentriert griff sie in ihren Beutel und zählte ihre Münzen ab. Ein Dutzend Taler platzierte sie im Kreis um den Verletzten, den sie gar nicht vorhatte zu heilen, bevor sie hastig ihren Taillengürtel betastete und etwas Längliches, sehr Spitzes und sehr Tödliches hervorzog. Simon schluckte. Das Irrlicht hatte recht behalten. Sie würde einen Dolch brauchen. „Komm her, Jaromír", keuchte sie. „Ich muss ihm den Brustkorb öffnen. Danach haben wir nicht viel Zeit."

Jaromír flackerte. „Wir sollten wirklich nicht..."

„Komm her", befahl sie.

Doch er zögerte weiterhin. „Was hast du vor?"

Kurzerhand zerriss sie das Hemd des Mannes. Wilde Entschlossenheit lag in ihrem Blick. „Ich werde dich einsperren."

„Du wirst was?"

Neben ihr setzte sich etwas zusammen. Etwas, das so schemenhaft war, dass Simon an eine Einbildung glaubte, an ein Übermüdungsrelikt, an ein Adrenalinartefakt. Doch auch Ruth schien es wahrzunehmen. Sie blickte kurz über ihre Schulter. „Der Geist ist raus", informierte sie Jaromír, mit grimmiger Zufriedenheit. „Jetzt ist Eile geboten."

„Ruth..." Jaromírs Flamme war teelichtklein geworden. „Ich will das nicht."

„Doch!" Sie verlor die Geduld und die Beherrschung. „Doch, du willst! Du willst ein Mensch sein! Das hast selbst gesagt!"

„Aber muss ich dafür in einen Körper gesperrt sein?"

„Ja! Wir sind es alle!"

„Und wenn du nicht schnell genug bist, werde ich erlöschen. Ganz sicher. Was, wenn du einen Fehler machst?"

„Das werde ich nicht. Sei kein Feigling! Ich weiß, was ich tue. Ich mache keine Fehler!" Sie nahm den Dolch in beide Hände, hob ihn über ihren Kopf und gönnte sich keine Bedenkzeit, keine Milli-, keine Nanosekunde, bevor sie zustach. Sie schrie.

Und Simon tat es ebenfalls.

„Ich mache keine Fehler!"

Sie musste mehrmals ansetzen, Hautlappen beiseiteschieben und Muskeln durchtrennen. Die Beine des Mannes zuckten. Schweißtropfen hingen an ihrer Nasenspitze. Es schien anstrengend, doch sie hörte erst auf, als sie seine Rippen freigelegt hatte. Weiß waren sie. Fahl. So wie die Gesichtsfarbe beider Ruths.

Sie ließ den Dolch fallen. Der Schmuck an ihrem Handgelenk klimperte, doch selbst das alarmierte das Irrlicht zu spät. Schnell hatte sie es ergriffen und genauso schnell in die Wunde gedrückt, zwischen Herz, Lunge und Leber. Es zischte und

Rauch stieg auf.

Simon war froh, dass er sich nur auf einer Erinnerungsreise befand. So blieb ihm der Geruch von versengtem, verbranntem Fleisch erspart. Auch Ruth atmete flach, vielleicht in dem Versuch, den Gestank zu ignorieren. Sie arbeitete schnell und sprach noch viel schneller, webte Zauberspruch an Zauberspruch. Unter ihren fähigen Händen rutschten Knochen wieder an ihren Ursprungsort. Das gelbliche Fettgewebe floss über die gekitteten Organe. Und über Jaromír.

Als sie fertig war, lag der Körper da, als sei nichts geschehen, in einem Kreis aus Talern, die wertlos geworden waren.

Ruth krabbelte rückwärts und zog die Beine an ihren Oberkörper. So blieb sie sitzen, im völligen, sehfeldfressenden Dunkeln.

Sie schlug sich die Hände vor das Gesicht. Rieb sich die Augen und über die Wangen, rieb und rieb, ohne Pause, so stark, als wolle sie ihre Sommersprossen wegwischen. In ihrer Gestik stand mehr geschrieben, als sie hätte jemals sagen können: Was, wenn sie doch einen Fehler gemacht hatte? Was, wenn er nie wieder aufwachen würde? Was, wenn er sich nicht an sie erinnern würde? Was, wenn sein Feuer bereits erloschen war?

Was, wenn sie nun wieder allein war - und das nur, weil sie nicht auf ihn gehört hatte?

Sollten Freunde nicht aufeinander hören?

Aufeinander achtgeben?

Was hatte sie getan?

Was hatte sie nur getan?

Ruth sank zusammen wie eine trauernde Witwe. Dem Körper vor ihr war das egal. Der rührte sich kein Stückchen. Doch dafür tat es etwas anderes.

Etwas, das zuvor noch mit ihm verbunden gewesen war.

Simon sah hinter ihr etwas aufblitzen. Schwappen und überwallen, wie Quallenteile oder Milchreste, die man mit Wasser fortspülen wollte. Simon blickte an sich herab, sah seine eigene Gestalt hier und da verschwimmen und trübe werden.

Er kam zum richtigen Schluss.

„So sieht es also aus?", murmelte er leise. „Wenn man stirbt und zum Geist wird?"

Die Gegenwarts-Ruth nickte. „Manche sind schneller, manche sind langsamer, aber es dauert, bis sie Gestalt annehmen können."

„Deshalb hast du mich auch erst am Tag meiner Beerdigung sehen können." Simon schluckte schwer. Er musste sich vorstellen, wie er ganz schwabbelig, ganz wabbelig vor ihrer Buchhandlung herumgeflogen war.

„Ja. Das Exemplar hier war aber fix."

„Er ist bestimmt sauer. Ich wäre es jedenfalls."

Eine Art Hand bildete sich in der Dunkelheit. Weißlich-glasig war sie, zuerst übergroß und dann klitzeklein, mit sieben Fingern und dann drei, dann wieder vier und schließlich zehn. Mal fehlten Glieder, mal waren die Nägel überlang. Doch egal in welcher Form: Jede dieser Pranken versuchte, sie zu erhaschen. Jede von ihnen griff nach ihrer Kehle.

„Oh, er war definitiv sauer."

Ruths vergangenes Ich blickte über ihre Schulter. Sie fluchte und nun kam Leben in sie: Sie sprang auf ihre Beine, sammelte die verzauberten Taler wieder ein, und beeilte sich, von dort wegzukommen.

Ruth flüchtete, vor dem Unmut des Geistes, dessen Umrisse nun schon viel deutlicher waren – Simon konnte eine Schulter ausmachen und einen halben Torso.

Sie flüchtete, vor sich selbst und vom Tatort. Die Tatwaffe ließ sie liegen – das Beweisstück aber nahm sie mit. Jaromír schwebte neben ihr her und es war, als würde er auf einer unsichtbaren Totenbahre liegen. Ruth erreichte den Weg, den sie zuvor noch so zweifelnd verlassen hatte. Sie reckte den Hals, doch niemand war zu sehen. Der Hexentanz war ohne sie vonstattengegangen. Die Gräser waren heruntergetrampelt, von einem wohl großen Feuer nur noch ein Steinkreis übrig. Simon hörte Ruth erleichtert seufzen, ein Geräusch, das tief, tief aus ihrer Kehle kam. „Was hast du mit ihm vor?", fragte er seine Begleiterin. „Wohin willst du?"

„In das nächstgelegene Dorf. Ich konnte ihn doch nicht dort liegenlassen. Er musste sich doch irgendwo erholen können."

„Und wo ist dieser Ort?"

„Einige wenige Meilen entfernt."

„Na, wenn's weiter nichts ist!" Simon schüttelte den Kopf, den Sarkasmus davon. Er begann, sie zu rügen. „Du kannst ihn doch nicht einfach weiter schweben lassen! Die Bewohner sollen doch nicht wissen, dass du eine Hexe bist! Und alleine kriegst du den ohne Magie im Leben nicht von der Stelle. Was, wenn dir jemand entgegenkommt?"

„Du wirst lachen. Aber genau das ist passiert."

Ihre Antwort klang bitter und ihre Augen fixierten etwas in der Ferne, was Simon dazu brachte, sich umzudrehen.

Vor ihnen schälten sich einige Gestalten aus dem noch halb fertigen Morgen. Augenblicklich ließ Ruth Jaromír fallen. Mit einem dumpfen Geräusch landete er in dem undurchsichtigen Gebüsch, das den Weg säumte. Die Blätter raschelten.

Die Gestalten blieben stehen. Sie bildeten eine Gruppe Männer, fünf an der Zahl, die sie zuerst verwundert, dann argwöhnisch begutachteten. Sie waren schwer bepackt, einige zogen einen Karren hinter sich her, die anderen trugen Äxte. „Braucht Ihr Hilfe, wertes Fräulein?"

„Ich..." Ruth stammelte. Ihre Haare standen ab wie die Stacheln eines Seeigels, den man zu lange in der Sonne geröstet hatte. Zuerst wirkte es, als könne sie sich nicht entscheiden, was sie sagen sollte, doch schließlich entschied sie sich schnell für eine Antwort. „Nein. Ich nicht. Aber er."

Und damit ging ein Ruck durch die Gruppe.

„Da liegt ein Bursche!", rief einer von ihnen, als sie die Schuhe entdeckten, die aus dem Gebüsch hervorlugten. „Schnell, zieht ihn heraus."

Doch Jaromírs neuer Körper war nicht leicht. Es brauchte zwei von ihnen, um ihn zurück auf den Weg zu zerren. Das letzte, lächerliche Bisschen, das Ruth von seiner Kleidung übrig gelassen hatte, wurde so ebenfalls zerrissen.

Die Männer wurden laut. „Da ist Blut!", schrien sie.

„Aber ich sehe keine Wunden!"

„Wo kommt dann das Blut her?"

„Halsbruch?"

„Nein. Er atmet."

Sie hatten einen Halbkreis gebildet und starrten verwirrt auf den Verletzten hinab, strichen sich dabei über die drahtigen Bärte. „Womöglich ist er Räubern in die Hände gefallen."

„Ja, die gibt es hier in der Gegend."

„Na, und wenn schon? Schaut ihn doch mal an. Die Schuhe sind löchrig. Zu arm für den Schuster. Bei dem gibt es nichts zu holen. Was sollen die denn von einem Tagelöhner wollen?"

„Das frage ich mich tatsächlich auch. Wieso veranstalten wir so einen Rabatz wegen eines Vagabunden?" Der offenbar Älteste der Gruppe – Simon machte es an seinen grauen Haaren und den dicken Augenbrauen fest, die wohl Jahre gebraucht hatten, um so buschig zu wachsen – wandte sich Ruth zu. „Und was will ein junges Fräulein wie Ihr mit einem solchen Kerl?"

Ruth verschränkte die Arme vor der Brust. „Ich bin Euch keine Antwort schuldig."

„Nicht? Ich dachte, Ihr wollt unsere Hilfe?"

„Ja, will ich. Und deshalb appelliere ich an Eure christliche Nächstenliebe."

Schallendes, höhnisches Gelächter ertönte. „Die ist leider aus."

„Was wollt Ihr damit sagen?"

„Dass dieser arme Bursche hier bis zum Jüngsten Gericht liegen wird."

Er zuckte mit den Schultern. Eine harmlose Geste, doch Ruth fuhr zusammen, als habe er ihr Todesurteil unterzeichnet.

Mit aller Kraft, die sie noch aufbringen konnte, zog sie an dem Armband, das sich an ihr blutverschmiertes Handgelenk schmiegte, und das sie hätte als Tänzerin schmücken sollen. Immer wieder rutschte die feine Kette durch ihre Finger, doch schließlich gaben die Glieder nach und sie riss. Die daran angebrachten Münzen landeten klirrend vor den Füßen der Männer.

„Nehmt es", hörte Simon Ruth flehen. „Und lasst mich an euer Mitgefühl appellieren. Bitte, lasst ihn nicht sterben. Und bitte, bitte: Nehmt mich mit."

Alles, was sie sagte, war herzzerreißend und Simon stiegen die Tränen in die Augen. Doch damit war er allein. Die Männer blieben argwöhnisch. Sie waren eben, anders als Simon, nicht von der Moderne und deren Sicherheit weichgespült worden.

Der Älteste von ihnen umrundete Ruths Bezahlung und griff nach Jaromírs Arm. Er hob ihn an und ließ ihn wieder fallen: Ohne Spannung und ganz schlaff landete er wieder im Geröll. „Da ist Hopfen und Malz verloren", grummelte er. „Ich würde empfehlen, dass Ihr Euer Gold einem Pfarrer gebt. Der freut sich darüber. Es soll eine neue Kapelle errichtet werden, mit Marienstatue. Und der Knabe hier braucht wirklich einen."

„Nein. Er wird genesen, ganz sicher!", protestierte Ruth, und der Blutmond ging hinter ihr unter. Der Mann schüttelte den Kopf. „Wenn, dann nur durch Hexerei."

„Damit will ich nichts zu tun haben!", rief ein anderer. „Das ist mir alles nicht geheuer. Wo kommt er überhaupt her? Kennt den jemand?"

„Ja, gesehen hab ich den mal. Hat im Nachbardorf angeheuert und sollte beim Fällen und Holz machen helfen."

„In *unserem* Wald? Na, dann ist ja gut, dass für den höchstens noch ein Vater-Unser gebetet wird." Sie winkten ab und schickten sich an, ihren Handwagen anzuheben und weiterzuziehen.

„Wartet!", kreischte Ruth, sich ihnen in den Weg stellend. „Ihr könnt noch mehr haben. Ich bezahle euch gut. Die Zeiten sind schwer. Es herrscht

Hunger. Überall. Ich habe gehört, dass die Franzosen sich gegen ihre eigene Obrigkeit stellen. Polen soll wieder geteilt werden. Sicher habt Ihr auch einige Mäuler zu stopfen..."

„Haben wir. Und deshalb wissen wir auch, wie viele von uns Männern es gibt. Sucht Euch einen anderen."

„Es gibt keinen Anderen."

„Doch, Ihr müsst euch nur umsehen. Wie wäre es denn zum Beispiel mit unserem Michal hier? Er hat nur noch eine Schwester zu verheiraten, dann ist sein Haus leer." Die Gruppe johlte; dass Ruths Nasenspitze angeekelt zuckte, war an diesem windstillen Morgen kaum auszumachen. Dafür war es noch zu dunkel. Der augenscheinlich jüngste Mann grinste und rieb sich den kaum getrimmten Bart.

„Danke, aber ich muss verzichten."

Mehrfaches Schulterzucken und die zwei Räder des Karrens begannen, sich zu drehen. Hektisch warf Ruth einen Blick zu dem immer noch bewegungslosen Jaromír (War es denn schon Jaromír? Simon war sich da nicht so sicher). „Ihr guten Christenmenschen werdet uns doch nicht zurücklassen? Was wird denn euer Pfarrer dazu sagen?"

„Nun, Ihr könntet aufsteigen, wenn ihr wollt. Nur ist es kein geeignetes Gefährt für so ein..." Sie machten eine bedeutungsschwere Pause. „...*edles* Gewand."

Ruth raffte ihre Röcke zusammen. „Edel hin oder her, es kann ersetzt werden. Ich bin vermögend - und solltet Ihr mir helfen, seid Ihr es bald auch. Das war nur die Anzahlung. Schafft ihn in Euer Dorf, schafft Ihn in ein Bett, und ich sorge dafür, dass Ihr für die nächsten Jahre nicht mehr in den Wald müsst. Keiner von Euch."

Sie sah dabei zu, wie die Gier sich in die Blicke der Männer schlich. Die Aufregung machte ihr das Sprechen schwer, ihre Zunge klebte unangenehm an ihrem Gaumen. „Warum tut Ihr das für einen Fremden?", verlangte Michal zu erfahren. Einer seiner Begleiter begann hinter ihm, die dunkelroten Armbandmünzen aufzuheben. „Was wisst Ihr, was wir nicht wissen? Was verheimlicht Ihr vor uns?"

Ruth schüttelte den Kopf. „Er ist kein Fremder."

„Nein?"

„Nein. Wir kennen uns seit Jahren."

„Wieso hat er dann allein im Nachbardorf angeheuert? Nur für etwas Brot und um in einer Scheune auf Stroh nächtigen zu dürfen? Wenn Ihr doch so *vermögend* seid?"

Ruths Bezahlung war vollständig zusammengesucht worden. Der Mann mit den zotteligen Augenbrauen biss in einen Taler hinein und Simon hörte das unverkennbare Knirschen von etwas Hartem, das auf etwas noch Härteres traf. „Komm, lass gut sein."

Doch Michal protestierte. „Sie führt etwas im

Schilde!"

„Und? Soll sie ihn doch haben, wenn sie ihn unbedingt will. Der ist eh nur noch Wurmfutter. Aber das? Das ist echtes Gold - mehr interessiert mich nicht."

Michals Augen wurden groß. „Echtes Gold?", wiederholte er.

„Wenn ich es dir doch sage! Worauf wartet ihr noch? Helft mir endlich, Ihr Tagediebe!"

Mehr hatte der Gruppenälteste nicht sagen müssen. Mit nun endlich vereinten Kräften hievten sie Jaromír auf den Karren. Und Ruth setzte sich daneben.

Simon war nicht der Einzige, dem auffiel, wie verloren sie dort kauerte. Noch während zwei Männer die Deichsel ergriffen und schwerfällig den Wagen wendeten, reichte der Anführer ihr seinen Schal.

Ruth hob abwehrend die Hände. „So kalt ist die Nacht nicht", sagte sie – doch er wollte davon nichts wissen.

„Kalt genug. Ihr solltet Euch nicht auch noch den Tod holen. Wir haben einen langen Weg vor uns."

Er legte ihn ihr um – und schwieg dann grimmig.

Schwieg, als die Vögel zu zwitschern begannen.

Schwieg, als dieser düstere Tag langsam Farbe annahm.

Schwieg, als sie die Felsen und die Wälder hinter sich ließen.

Und schwieg, als eine Kirche am Horizont erschien. Verzückt betrachtete Simon deren Zwiebelturmspitze und das bauchige Kirchenschiff. Mehrere Menschen huschten durch Ruth und ihn hindurch, denn auf den engen Straßen herrschte bereits reges Treiben. Ein Mädchen trug einen Korb Eier vorbei, ein weiteres pries ihr Zündholz an. Ein kleiner Junge war auf der Suche nach seiner Mutter, ein etwas älterer nach Kümmel. „Hab ihn verschüttet", sagte er. „Die Herrin wollte Brot backen. Ich brauche dringend Neuen. Sonst gibt's Schläge."

Die Holzfällergruppe versuchte es bei diesem Lärm gar nicht erst mit reden. Michal hob die Hand und es dauerte, aber nach und nach blieb jeder von ihnen stehen.

Die Kolonne stoppte vor einem abgewohnten Häuschen – eine Frau kniete vor dem Eingang und hatte der Zeit und dem Verschleiß den Kampf angesagt. Sie kratzte die Spuren von sicher vielen Leuten von der abgetretenen Türschwelle.

„Dies ist unser einziger Gasthof", informierten die Männer Ruth. „Bohumila ist alleinstehend und die Arbeit ist schwer. Sie hat nur zwei Hände und kommt nicht hinterher. Aber sie kocht gut."

Ruth massiere sich den Nacken und straffte die Schultern. „Dann wird es reichen."

„Seid Ihr Euch sicher? Ihr könntet ihn hierlassen. Weiterreisen."

Sie schüttelte den Kopf. „Ich habe schon weitaus

unkomfortabler genächtigt."

Der Gruppenanführer sah sie an, als würde er ihr das nicht glauben. Doch dann seufzte er und klatschte in die Hände. „Auf Jungs. Bringt ihn rein."

Das Zimmer war fensterlos und schäbig, der Boden uneben und mit zertrampeltem Heu bedeckt, das wohl nun in dem kaum hergerichteten Bett fehlte. Bohumila, die Gastgeberin, huschte hin und her, zog das vergilbte Spanntuch beiseite und versuchte hastig, die eingesunkene Matratze zu füllen. Sie stopfte sie nur bedürftig und es entstanden Kuhlen, doch für ein gleichmäßigeres Ergebnis war keine Zeit. Zwei der Dorfbewohner packten den Jungen, in dem sich Jaromír nun befand, an den Beinen, ein weiterer ihn an den Armen. Schließlich warfen sie ihn auf ein Bett, für dessen Kasten er viel zu groß war.

Und dort lag er dann.

Wie tot.

Mit verdrehten Gliedmaßen, wie eine Marionette, deren Fäden man durchtrennt hatte. Simon hoffte, dass wenigstens das Spielkreuz noch auffindbar war.

„Habt Ihr denn womöglich einen Schemel für mich?", fragte Ruth, die der ganzen Aufführung bisher stumm beigewohnt hatte. Ihre Stimme war ganz verzogen vor Sorge. „Ich möchte bei ihm bleiben."

„Aber natürlich."

Sie schafften ihr ein krummes, bestimmt sehr

unbequemes Ding an, das Simon nur mit Müh und Not als Sitzgelegenheit identifizieren konnte. Doch Ruth beschwerte sich nicht. Genügsam nahm sie Platz und entlohnte die Männer. „Großzügig", ergänzte ihr Gegenwarts-Ich. „Ich halte mein Wort."

Und so verging die Zeit.

Wie viel davon, konnte Simon nur abschätzen. Ruths Erinnerungen liefen aus und ineinander, die Sonne ging unter, dann wieder auf, und in dem Stübchen wurde es erst dunkel und schließlich so etwas Ähnliches wie hell.

Die Szene vor ihm blieb beklagenswert und monoton traurig.

Doch gerade deshalb fiel Simon etwas auf, dass er unter normalen Umständen übersehen hätte. Eine winzige Kleinigkeit, ein mickriges Detail. Es kam ohne große Ankündigung und nicht plötzlich.

Nur so war Simon in der Lage, jedes noch so kleine, kurze Härchen auszumachen, das direkt vor ihm und, Nuance für Nuance, die Farbe änderte. Das Licht, das man ihn sein Innerstes gesperrt hatte, war wohl nicht erloschen. Stattdessen brannte es sich in all seine Zellen, erhellte jede Vene und jede Ader, schien bis zu den Haarwurzeln. Zuvor war er, unter all dem Schmutz und dem rostfarben angetrockneten Blut, brünett gewesen. Nun aber lag da ein Mann, der so strahlend goldblond war wie das Heu, auf dem er gebettet war.

Auch Ruth bemerkte diese Veränderung.

Hoffnungsvoll sah sie auf. Seine Hand hatte sie nie losgelassen. Liebevoll strich sie mit dem Daumen über seine Haut, malte Halbmonde, so, als hätte sie jedes Recht dazu. Und vielleicht war das auch der Fall. Immerhin hatte sie diesen Körper gestohlen.

Ab wann hatte man denn Besitzanspruch auf Diebesgut?

Simon umrundete die beiden abschätzig. Ein kaum hörbares, schmatzendes Geräusch erreichte seine Ohren. Der tot geglaubte Mann öffnete den Mund und presste die Lippen aufeinander. Angestrengt wiederholte er dieses Prozedere mehrmals. Nur wenige Geräusche verließen seine Kehle, doch die schienen auszureichen, um Ruth in Entzücken zu versetzen.

Sie japste, sie jauchzte, sie schlug die Hände vor den Mund. Simon gefiel das gar nicht. „Hatte ich Erfolg?", rief sie, während ihr Zukunfts-Ich sich in die Ecke verzog und in ihrem schönen Kleid und mit ihren glitzernden Nägeln versuchte, nicht aufzufallen. „Bei allem Magischen, lasst mich Erfolg gehabt haben."

Er sah Wimpern zittern und Lider flattern. Sah Finger, die sich in eine Wolldecke krallten. Und schließlich Augen, die aufgeschlagen wurden und die sie fixierten. Er starrte sie an. Ruth starrte zurück.

Und Simon hätte am liebsten woanders

hingesehen.

Ihr Gesichtsausdruck war voller Hoffnung, seiner voller Staunen. Seine Atmung ging schnell, seine Haut begann zu dampfen.

Erinnerte er sich an sie?

War er noch der Gleiche? Immer noch derjenige, der es sich in ihrer Brusttasche und in ihrer Öllampe gemütlich gemacht hatte?

Er flüsterte: „Meine Ruthie."

Und alle Zweifel verpufften.

Simon blinzelte nur kurz. Und dennoch hätte er fast verpasst, wie sie sich in seine Arme warf; so blitzschnell war sie gewesen. Sie konnte sich kaum mehr auf den Beinen halten. Sie schmolz dahin, wie Lötzinn, das ihre Körper nun verband. Sein Blick loderte und er atmete tief und genüsslich ein.

„Meine Ruthie", murmelte er erneut.

Währenddessen hatte sie ihr Gesicht in seiner Halsbeuge vergraben. Sie erzählte ihm etwas von Erfolgen, von Plänen, davon, dass sie nie zu hoffen gewagt hatte, aber nun damit anfangen würde. „Schau dich nur an! Du bist ein Mensch!"

Simon konnte ihr kaum folgen, doch offenbar war das auch nicht nötig, denn auch Jaromír erreichten Ruths Worte nicht. Er starrte seine neuen Hände an, erst die linke, dann die rechte, dann beide gleichzeitig.

„Ich fühle mich *schwer*", keuchte er. „Und dennoch leer. Vor allem...hier." Er ließ den Kopf hängen, blickte in Richtung Bauchgegend.

Ruth fuhr hoch. „Oh", japste sie. „Du wirst hungrig sein."

„*Hungrig*?", wiederholte Jaromír ungläubig.

„Ja! Ja!" Sie grinste und Simon hatte noch niemanden sich so über eine schnöde, alltägliche Empfindung freuen sehen. „Du musst etwas essen."

„Ich habe noch nie etwas gegessen."

„Oh, warte nur ab. Warte nur ab, was du alles kosten wirst! Ich werde gleich gehen und dir was holen! Vielleicht finde ich einen Laib frisches Brot. Und Butter."

Sie machte Anstalten, sich zu erheben, doch er griff sofort nach ihrem verschmutzten Überkleid und hielt sie so auf. Seine Pupillen waren ganz groß geworden und dennoch war es nicht zu übersehen, wie strahlend seine Augen nun waren. Hell wie die Sonne waren sie. Und passend dazu waren ihre Wangen nun rot wie Rosen, die sich dem Licht entgegenstreckten.

„Ich weiß nicht, wie ich dir das jemals danken kann", hauchte er.

„Du musst mir nicht danken."

Sie versuchte, ihn abzuwimmeln, doch er blieb hartnäckig. „Lass es mich wenigstens versuchen. Ruth. Sag mir: Was kann ich tun?"

Sie ließ verlegen den Blick sinken und schüchtern schlug sie vor: „Du könntest bei mir bleiben."

„Natürlich", lautete seine knappe Antwort, die ihr jedoch nicht auszureichen schien.

„Bleib bei mir."

„Immer."

„Das ist mein Ernst. Bitte verlasse mich nicht."

„Niemals."

Und dieses eine, kleine Wort reichte, um beide Ruths zum Jaulen zu bringen.

„Lügner!", schrie ihr Zukunfts-Ich ihn an. „Lügner!" Es war laut, es war unangenehm, und Simon konnte es ihr nicht verübeln. Amputierte Träume schmerzten nun einmal.

„*Niemals*", hatte er gesagt. So etwas versprach man doch nicht einfach so!

Als er ihn das erste Mal gesehen hatte, hatte Simon Jaromír noch für einen Menschen gehalten. Doch das hatte sich schnell geändert.

Niemand mit Herz ging so leichtsinnig mit dem seines Gegenübers um.

Das dringende Bedürfnis, gegen die Wand zu schlagen, kam in ihm auf.

Er wollte das komplette Fremdenzimmer in Trümmern legen. Wollte Türen aus den Angeln heben und Tücher zerfetzen. Es reichte. Neben der Wut stieg eiserne Entschlossenheit in Simon auf. Genug war genug. Er würde sie nie wieder so sehen.

Nicht so aufgelöst.

Oder in den Armen eines Mannes.

Dafür würde er sorgen.

Koste es, was es wolle.

Kapitel Zehn

„Ich habe dich gewarnt. Das Kleid war keine gute Idee", sagte Simon und sein Geist kringelte sich wie Dampf aus einer Teetasse. Tee, dachte Ruth sich, während sie aufstöhnte. (Selbst das tat weh.) Oh ja. Tee wäre eine gute Idee.

„Und du hattest Recht. Ich sollte viel öfter auf dich hören."

Er nickte und legte den Kopf schräg. „Hast dir wohl eine waschechte Erkältung eingefangen, was?"

Ob es wirklich nur eine Erkältung war? Ruth fühlte sich furchtbar. Sie spürte ihre Mandeln, die in ihrem rauen Hals saßen und sich breitmachten wie Passagiere in einem schmuddeligen Nachtzug. Ihr Körper war heiß und dennoch war ihr so kalt, dass er mit einem Zittern reagierte.

Sie zog sich die Decke bis zu ihrem Kinn. „Ich brauche dringend einen neuen Job", presste sie hervor.

„Wie kommst du denn jetzt darauf? Hoffst du dadurch weniger Zeit für dumme Entscheidungen zu haben?"

„Eigentlich wollte ich mir so nur ein paar

Heilungszauber verdienen. Ich habe nicht einmal genug für einen Hustenlöser da. Und ich will...ihn gerade wirklich nicht um Taschengeld bitten müssen."

Sie hustete, schloss ihre Augen und damit alles aus, was sie auf dieser Welt noch hatte. „Ich bin eine Versagerin", krächzte sie.

„Jeder wird mal krank", hielt Simon entgegen. „Und wenn Magie nicht die Lösung ist, müssen wir es eben auf die altmodische Weise angehen. Ich sag dir, was wir machen. Pass gut auf."

Voller Tatendrang rieb er die Hände aneinander. „Er hat bestimmt Zwiebeln da. Du schleppst dich in die Küche, schneidest eine auf, packst sie in ein Glas und vermischt sie mit Zucker. Sobald sich Saft bildet, nimmst du den löffelweise. Zwischenzeitlich holst du dir noch etwas zu trinken und dann ein kleines Handtuch, das du in lauwarmes Wasser tunkst. Du hast Schüttelfrost, also sind noch keine Wadenwickel drin. Aber einen Halswickel, den können wir machen."

„Wir?"

„Du weißt, wie ich das meine." Er wirkte ertappt. „Und ich finde es nicht in Ordnung, dass er dich allein lässt."

„So einiges war in der letzten Zeit nicht in Ordnung."

Simon nickte vorsichtig und umrundete dann Ruths Krankenbett. Winzige Lichter an einer eben so winzigen Tanne, die in der Ecke stand, leuchteten durch ihn hindurch. Sie war tiefgrün und viel zu perfekt, als dass Ruth sie selbst ausgesucht hätte (keine krumme Spitze). Sie war mit karierten Schleifen und roten Plastikäpfeln geschmückt und damit viel zu nostalgisch, als dass sie von Jaromír stammen könnte. Wer also hatte sie hergeschafft?

Die Lüftung surrte und Simon stand am verschneiten Fenster. Die Eisblumen daran saßen auf seinem Kopf wie eine Krone. „Ich würde gerne etwas versuchen", sagte er, dieser Frostkönig, der ihrer Hitze den Krieg erklärt hatte, und sie hatte Mühe, ihm zu folgen. „Womöglich erleichtert es dir das Aufstehen."

„Du weckst Erwartungen, die du nicht erfüllen kannst, Momo."

„Oh, warte nur ab. Warte nur ab."

Ruth rollte sich herum und versuchte sich nach oben zu stemmen. Viel war von ihrem Stolz nicht mehr übrig und das? Das war eine erniedrigende Pose. Ihr war zum Weinen zumute. Sie drückte ihr Gesicht in das Kissen und unter das Rascheln der Daunen mischten sich die ersten Töne eines Liedes. Glöckchen und ein schneller, fröhlicher Rhythmus.

Es klang nach Bergbahnfahrten. Lametta. Und Achziger-Jahre-Schulterpolster.

Überrascht sah Ruth auf. Simon grinste stolz: Hinter ihm flimmerte ein Bildschirm. „Warst das du?", wollte sie wissen. „Hast du das gerade angemacht?"

„Ja. Ich finde den Sender toll, passt gut zur Jahreszeit. Aber wenn du etwas anderes hören willst, dann können wir gern umschalten..."

„Wie?"

Simon rieb sich den Nacken. „Ich habe geübt. Du warst einige Male weg, also dachte ich, ich nutze die Zeit...mehr als das Radio anstellen ist aber nicht drin, also erwarte keine Wunder. Ein Spukgenie bin ich noch nicht."

Keine Wunder? Wie konnte sie von ihm - so - keine Wunder erwarten? „Du bist erst ein Jahr tot! Das ist der Wahnsinn!"

„Danke." Er verbeugte sich spielerisch. „Als nächstes gibt es dann gruselig fliegende Wärmflaschen."

„Aus dir wird noch ein richtiger Poltergeist."

„Das, oder..." Er stockte kurz. „...oder ein guter Freund."

„Das bist du schon längst", sagte Ruth, voller Überzeugung, denn es stimmte. Er war ein guter Freund. Ihr einziger Freund, wie es schien. Er war wie eine Christbaumfarm im sonst so gnadenlosen Winterwald.

„Und was wenn ich mehr sein will?"

„Mehr?"

Seine Hand wanderte von seinem Nacken zu seiner Stirn und er begann, über die Furchen zu fahren, die darauf erschienen waren. „Es kann ja so nicht bleiben, Ruth", antwortete er.

„Es muss aber so bleiben. Du hast keine wirkliche Wahl. Es sei denn natürlich...“ Sie erschrak. „Sag mir, dass du nicht vorhast, zu diesem Scharlatan zu gehen!“

„Einen Scharlatan würde ich ihn nun nicht nennen. Er liefert ja Ergebnisse, egal wie hässlich die sind und wie wenig sie dir gefallen.“

„Na gut.“ Sie hob abwehrend die Hände. „Dann ist er eben ein Stümper. Das macht es nicht besser. Von diesem Pavel sollte man sich fernhalten. Bitte, bitte versprich mir, dass du nichts Unüberlegtes tust.“

Simon lächelte traurig und sagte: „Ich werde nichts Unüberlegtes tun.“

Der Radiosender wechselte nahtlos zu einem neuen Lied. Auch dieses war heiter und voller süßlicher Worte und Schilderungen von Eierlikör und geteilten Pullovern, die nach Zuckerpflaumen rochen. Simon kam näher und näher und beobachtete sie genau. „Ruth...“, begann er.

„Ja?“, antwortete sie.

Er sah zu seinen Füßen herab und räusperte sich. Wäre er nicht tot gewesen, hätte Ruth befürchtet, ihn angesteckt zu haben. Schließlich sagte er: „Frohe Weihnachten, Liebes.“

Und Ruths Wangen begannen zu glühen und das nicht nur aufgrund des Fiebers.

„Oh. Das...das habe ich vergessen“, stammelte sie dann.

„Das habe ich gemerkt. Dabei ist es doch das

erste, das wir gemeinsam verbringen. Zumindest ganz." Er sah zu der Digitaluhr auf ihrem Nachttischchen. „Glaubst du, sie haben mit dem städtischen Krippenspiel schon angefangen?"

„Das kommt drauf an, wie schnell sie den Grundschulchor zusammentrommeln, wie schnell sie die Darsteller in ihre Kostüme stecken können und ob sie auf die lebenden Schafe verzichten oder nicht."

„Das war wirklich keine gute Idee. Eines der Tiere hat damals auf den Ohrenschützern meiner Mutter herumgekaut."

„Aber die Klingelbeutel gehen bestimmt bereits rum."

„Wer spielt denn jetzt eigentlich den Engel, wenn du es nicht tust?"

„Jemand, der in diesen silbernen Albtraum aus kratzigem Tüll und Chiffon passt, würde ich mal behaupten."

„Ich fand, du sahst immer sehr schön aus."

„Trotz der Rüschen? Und der Flügel?"

„Aber natürlich. Auch wenn sie den krummen Draht an dem Heiligenschein richten könnten."

Ruth schniefte und tastete ihre Umgebung nach einem Taschentuch ab. Simon war nun an der Bettkante angekommen und kniete davor. „Ich war ein Idiot", murmelte er, während sie fand, was sie suchte, und sich einmal kräftig schnäuzte.

„Ach nein. Du bist nur immer sehr schnell verschwunden. Kaum waren die letzten Verse gesprochen, hast du die Beine in die Hand genommen."

Er zuckte mit den Schultern. „Familiäre Verpflichtungen, weißt du. Ich hatte noch so viele Verwandte zu besuchen. Päckchen abzuliefern. Neue Autos oder Zahnersatz zu bewundern. Und abends gab es immer diese ewig langen Brettspielrunden..."

„Brettspiele?", wiederholte Ruth verwundert.

„Ja. Und zwar die von der heftigen Sorte. Mit Regeln, über die man sich streiten muss, weil sie keiner so genau kennt. Mit Spielgeld, das man mehrmals nachzählt und dennoch ist man der Meinung, die anderen hätten geschummelt. Mit Figuren, die viel zu klein sind, um sie richtig in die Hand nehmen zu können. Und mit Spielbrettern, die so riesig sind, dass sie den ganzen Tisch bedecken. Natürlich muss man alles stehen lassen und am nächsten Tag weitermachen, weil man an einem Abend nie und nimmer fertig wird."

„Gut, dass Feiertage sind."

„Das ist wahr. Ich sag dir was..." Simon sah ihr dabei zu, wie sie das benutzte Taschentuch zusammenknüllte. Ruths Nase schmerzte, als würde sie in Fetzen hängen. Komisch - all diese Widerlichkeiten schienen ihn nicht zu stören. „Du gehst in die Küche und kümmerst dich um die Hausmittelchen. Danach schläfst du dich gesund. Währenddessen schau ich nach, ob er hier irgendwo ein Brettspiel versteckt hat. Du musst mir nur beim Würfeln und mit den Figuren helfen. Und wenn du wieder wach bist, zocke ich dich ab. Nach allen Regeln der Kunst."

„Du lässt mich also nicht gewinnen?"

„Nein! Wo kämen wir denn da hin?", rief er empört. „Aber ich kann dir ab und an eine Chance geben und es etwas in die Länge ziehen."

„Das fände ich schön..."

Er legte sein Kinn auf seinen Händen ab und betrachtete sie lange. „Ich auch...", sagte er schließlich grübelnd. „Ich auch."

Er hatte gelogen.

Als sie erwachte, war sie allein. Und auch Brettspiele sah sie keine.

Ruth rieb sich die Augen, die noch von Nachtrückständen verklebt waren, und streckte sich. Der Raum war so still, dass sie jeden ihrer müden Knochen einzeln knacken hörte.

„Simon?", rief sie, verwirrt. „Bist du da?"

Sie tastete nach einem Morgenmantel und warf ihn sich über. Verließ das Schlafzimmer, sah in der Küche nach, im Bad, im Arbeitszimmer. Öffnete die Fenster und lehnte sich weit heraus, um die Straße auf- und ab und den benachbarten Park überblicken zu können. Kein Schimmern.

Kein Simon. Wo war er hin? Wann war er das letzte Mal von ihrer Seite gewichen? Oder hatte geduldig auf sie gewartet? Sie konnte sich nicht erinnern. Ruth wurde nervös, ihre Bewegungen fahrig, was das Nachforschen erschwerte. Sie versuchte, tief in sich hineinzuhören, und diesen feinen Faden zu finden, der ihre beiden Energien miteinander verband. Sie griff mehrmals daneben. Als sie ihn schließlich zu fassen bekam, war er so gespannt, dass er fast riss. Es bestand kein Zweifel mehr. Simon war weg. Kilometerweit fort.

Und er hatte mindestens genauso sehr Angst wie sie.

Ruth spürte den Faden vibrieren. Schnell und hüpfend, wie ein Reißaus nehmender Feldhase, und besorgniserregend flatternd, wie der Herzschlag, den er nicht mehr hatte. Ruth spürte ihren eigenen Puls rasen. Hörte ihn in ihrem Ohr pochen, an ihr Trommelfell schlagen. Er war nicht einfach nur spazieren gegangen. Hatte sich nicht einfach nur aufgemacht, um die Ergebung zu erkunden. Um das Schweben zu üben und die Raben zu grüßen. Nein. Ruth wusste ganz genau, wo er war. Was gerade mit ihm passierte.

Oder bereits passiert war.

Die Frustration und die Panik machten sie bewegungsunfähig. Zuerst wollte sie sich die Haare raufen. Um ihn weinen, bis sie heiser wurde. So lange an der Wand entlanggehen, bis selbst die Fliesen unter ihren Füßen nachgaben. Doch dann entschied sie sich dafür, nach Hilfe zu rufen. „Jaromír!", schrie sie. „Jaromír!"

Doch auch von ihm kam keine Antwort. Es schien, als habe nicht nur sie ihn verlassen.

Sondern er auch endgültig sie.

Schnell versuchte sie, sich gegen das erbarmungslose Winterwetter zu wappnen. In ihrer Hast stieß sie das Weihnachtsbäumchen und damit das letzte bisschen Festtagsrest um. Die Nadeln segelten herab. Die Kugeln rollten davon, ihr Kater sprang hinterher. „Du bleibst hier!", warnte sie ihn. Wo waren nur ihre Handschuhe? „Wenigstens du."

Sie trug kaum Münzen bei sich. Nichts, das von Wert war. Ruth hoffte, dass allein ihre Präsenz und die Möglichkeiten, die sie verkörperte, ausreichen würden, um dem Hexer einen Schrecken einzujagen und ihn dazu zu bringen, Simon freizulassen.

Sie hinterließ einen Zettel, den sie in ihrer Eile fast zerriss, und auf dem sie hastig und mit kritzliger, kaum lesbarer Schrift die Adresse notierte.

Der Morgen war windstill, und weil Ruth sparen musste, machte sie sich zu Fuß auf dem Weg zur Haltestelle. Sie fuhr erst Tram, dann Metro. Nichts davon ging ihr schnell genug. Die Türen schlossen sich zu träge, die endlos wirkenden Rolltreppen waren zu langsam. Sie kämpfte sich ihren Weg nach oben, drängelte und schubste. Als sie an der Hausnummer 53 in Karlín ankam, war sie völlig außer Atem. Die Festtagsdekorationen blinkten teilnahmslos, Schleifen hingen schlapp herab, die Cafés waren geschlossen und auch sonst war die Straße, bis auf das Streusalz, vollkommen leer.

Ruth sah sich nicht einmal um, sondern ließ das Haustürschloss sofort mit einem Zauber aufspringen. Simon musste ganz in der Nähe sein. Der Faden zitterte wie taubezogene Spinnweben am rauen Ostküstenstrand.

Ruth rannte, hastete die Treppe hinunter und nahm zwei Stufen auf einmal. Doch als sie schließlich in den Gang einbog, stieß sie mit jemandem zusammen. Sie wurde zurückgeworfen und landete unsanft auf dem Boden.

Sie japste. Der Schmerz schoss in ihr Bein, doch dort blieb er nicht. Stattdessen konzentrierte er sich auf ihr Handgelenk, das sie zuerst reflexartig von sich gestreckt hatte. Jemand war darauf getreten, drehte seine Schuhspitzen nun in ihr Fleisch. Ruth jaulte auf.

„Mir war klar, dass du herkommen und nach ihm suchen würdest", hörte sie eine Stimme feixen. „Hunderte Jahre ist sie alt und kein bisschen weise."

Wenn es so weiterging, würde er ihr die Knochen brechen. Sie wand sich unter dem Gewicht. „Runter von mir! Sofort!"

Pavel, der Scharlatan, lachte. „Und schon ist sie ausgeliefert, unsere mächtige Hexe. Was ist denn aus den Flüchen geworden, mit denen du mich belegen wolltest?"

Er gab ihr einen Tritt und drehte sie unsanft auf den Rücken. Sie funkelte zu ihm empor, spürte erst Wut in ihrem Bauch und Tränen in ihren Augen und schließlich Tränen der Wut auf ihren Wangen. Sie musste dabei zusehen, wie er sich bückte und das Kleingeld aufhob, dass sie hatte fallen lassen.

„Damit gehe ich nachher einen Kaffee trinken. Einen mit extra viel Sahne", summte er.

Es kostete sie alles an Selbstbeherrschung, was sie aufbringen konnte, um nicht darauf einzugehen. „Wo ist Simon?", presste sie hervor.

„Nicht mehr hier."

„Aber er war es?"

Pavel ließ seine Beute in die Hosentasche gleiten und blieb unbeeindruckt. „Klar. Er hört nicht besonders auf dich, kann das sein?"

„Er hat seine eigene Meinung. Ich kann und werde ihn zu nichts zwingen."

„Siehst du. Und genau da liegt das Problem. Du *könntest* ihn zwingen und tust es nicht. Du hast ein wertvolles Geschenk erhalten und vergeudest es. Du hast dein Talent nicht verdient. Keine von euch hat es." Er packte sie an den Schultern, zerrte sie zu sich. „Und jetzt hoch mit dir."

Der schlecht aufgetragene Rauputz kratzte über ihre Haut, als er sie an die Wand drückte. Sie ächzte. „Du hast Glück. Dein Hexenblut ist verdammt viel wert, weißt du. Wäre das nicht der Fall, würde ich dich hier und jetzt zur Strecke bringen. Tot machst du keinen Ärger."

Sie hatte keine Ahnung, wovon er sprach, doch sie erkannte eine Drohung, wenn sie eine hörte. Ruth blies sich störrisch eine Haarsträhne aus dem Gesicht. „Nimm deine Finger von mir und sag mir endlich, wo ich Simon finden kann. Dann überlege ich mir, ob ich es bei *Ärger* belasse."

Er schmunzelte. Grübchen erschienen auf seinen Wangen, seinen Pausbäckchen, die fast hätten sympathisch wirken können, auf einem anderen Gesicht, in einer anderen Situation. „Finden allein wird nicht reichen. Du musst ihn dann auch erkennen können. Und das ist ein Ding der Unmöglichkeit. Dabei werde ich ihn auf dich hetzen."

Ruth hörte ein Schlüsselklimpern und ein Eisenratschen. Ein Ding der Unmöglichkeit? Sie würde sich doch nur an das Fädchen klammern müssen und ihm Schritt für Schritt folgen.

Er war grob und sie ohne Magie leichte Beute. „Schön, dass du freiwillig herkommst. Mal sehen, wieviele von euch mir heute noch ins Netz gehen. Eine Hexe ist ein Anfang, reichen tut das aber noch nicht."

Was wohl sein Endziel war? Er schien nicht mal Zeit oder Lust zu haben, sich mit ihr abzugeben; stattdessen warf er sie in das Kellerabteil, wo sie unsanft auf den Knien landete. Kaum hatte sie es geschafft, sich hochzudrücken, hörte sie, wie er hinter sich abschloss – und wie er ging. Ohne

Abschiedsworte. Ohne eine Erklärung.

Dabei ein verdammtes Lied summend.

Ruth ruckelte an dem Gitter. „Lass mich raus, du Drecksack!", rief sie ihm, ganz außer sich, hinterher. Er hatte schon den Refrain wiederholt. „Wenn ich dich in die Finger kriege!"

Er reagierte nicht. Die Elektronik surrte, die Kabel über ihr zischten wie Giftschlangen. Und schließlich erlosch das Licht, genau wie Ruths Hoffnung, hier ohne Hilfe herauszukommen.

Sie war blind. Die Dunkelheit und das Wissen, töricht und unvorsichtig gewesen zu sein, erdrückten sie. Alleingelassen begann sie, ihre Umgebung abzutasten. Das Schloss, die Vorhänge, die Regale, sie allesamt waren staubig. Ruth hustete. Beschimpfungen – uralte und neue, wüst und wild durchmischt und in allen Sprachen, die sie jemals gehört hatte - lagen auf ihren von Krankheit aufgerissenen Lippen. Diese verstummten jedoch, als sie sich zu der Mitte des Raumes vorarbeitete, die Arme weit von sich gestreckt.

Sie bekam nichts zu fassen, stolperte einfach immer weiter und weiter, bis sie an der gegenüberliegenden Wand ankam. Wie konnte das sein? Keine einzige Tonfigur stand ihr im Weg.

Das Kellerabteil war komplett leer.

Es bestand kein Zweifel: Der Hexer hatte es geschafft, jede einzelne seiner Kreationen an den Mann zu bringen – oder eben an den Geist. Und nun? *Mal sehen, wie viele von euch mir heute noch ins Netz gehen,* hatte er gesagt. *Dabei werde ich ihn auf dich hetzen.*

Ruths Beine gaben nach. Oh, bei aller Magie. Prag war doch die gruseligste Stadt der Welt. Hier gab es so, so viele Geister. So, so viele Tonsoldaten. Und sie alle gingen nun auf Hexenjagd. *Denn eine Hexe reichte offenbar nicht.*

Was hatte er mit ihnen vor? Mit den Geistern? Mit den Hexen?

Schreie füllten ihr Gefängnis. Verschobene, jämmerliche, erbärmliche Laute, die sie irritierten. Es dauerte, bis sie verstand, dass sie selbst deren Ursprung war.

Ruth heulte und begann, voller Wut wahllos auf die übrig gebliebenen Dinge im Raum einzuschlagen. Sie zerbarsten und so nahm sie das Gekrächze erst wahr, als der entsprechende Vogel direkt vor ihrer Zelle saß. Ruth blinzelte und versuchte angestrengt, etwas zu erkennen. Schatten glitten am Ausgang entlang, Krallen kratzten über das Gitter, das dann zu schmelzen schien.

Schwingenrauschen. Federn, die ihre Nase kitzelten. Und ein klitzekleiner Schnabel, der begann, an ihrem Ohrläppchen zu knabbern, was dafür sorgte, dass aus Ruths Weinen ein Quietschen wurde. Nass war es und ein wenig unangenehm.

„Er mag dich", kommentierte das jemand. Ruth

war sich da nicht sicher. Es fühlte sich eher an, als würde sie gleich aufgefressen werden. Sie tastete nach dem Geschöpf, das es sich auf ihrer Schulter bequem gemacht hatte. Vorsichtig streichelte sie das Köpfchen und kniff die Augen zu, als das Licht wieder das Abteil flutete. „Wie habt ihr mich gefunden?", schluchzte sie.

„Du warst nicht zu überhören. Außerdem habe ich deinen Zettel entdeckt." Sie erkannte Jaromírs Freundin und deren Papagei, den sie das letzte Mal im Blumenladen gesehen hatte. Růžena kniete sich vor ihr hin. Sie blickte skeptisch drein. „Wieso hast du dich nicht herausgezaubert?"

„Ich hatte keine Münzen mehr."

„Na, wie gut, dass ich welche dabeihabe." Sie kramte herum und der Papagei schlug aufgeregt mit den Flügeln. Er traf Ruth an den Wangen und auf der Nase. In dem Moment war sie froh, dass sie keine Brille mehr trug. „Das ist keine Belohnung", schimpfte Růžena ihn. „Zumindest nicht für dich."

Der Papagei stoppte und funkelte das, was sein Frauchen ihnen hinhielt, böse an. Auch Ruth betrachtete den samtigen Stoff und die aufgestickten Sterne, die sich zu Konstellationen und einer Miniatur-Milchstraße zusammensetzten. „Sie ist sicher nicht so wertvoll wie deine Alte, aber ich habe sie selbst genäht. Ich dachte mir, so hat sie etwas mehr Persönlichkeit." Sie konnte Unsicherheit in Růženas Stimme ausmachen, womöglich auch etwas Scham, während sie an einer goldenen Kordel zog. Es klimperte, als unzählige Münzen freigelegt und durcheinandergeworfen wurden. Ruth traute ihren brennenden Augen kaum. Die unterschiedlichsten Währungen und die wunderbarsten Prägungen. Das da, das war ein ganzes Vermögen.

„Wo hast du das her?", fragte sie, mit einer Stimme, die rau war und wie ein Reibeisen. Růžena rieb sich mit der flachen Hand den Nacken. „Vom Zirkel geborgt."

„Entwendet, wohl eher."

„Meine Blumen und ich arbeiten auch ziemlich viel dafür. Nimm's als Schmerzensgeld. Und nimm das..." Sie stockte, kurz aber wahrnehmbar, bevor sie einen weiteren Gegenstand auf die neue Tasche legte. Ruth erkannte in der rechteckigen Form sofort ein Buch. Der Einband war mit Glitzer überzogen und etwas zerkratzt. „...das als Entschuldigung."

Ruth schluckte. „Ist das dein Buch der Schatten?"

„Ich weiß, es nicht sehr fein, aber mir gefällt es. Ich habe einiges abgeschrieben und mir alles darin notiert, was mir beigebracht wurde. Auch die neuen Sachen. Vielleicht kannst du das ja auch machen."

Unglauben und Argwohn machten sich in Ruth breit und vermischten sich mit dem Schock, der es sich in ihrer Herzgegend bequem gemacht hatte. „Du lässt mich reinsehen?"

„Klar."

„Wieso tust du das?"

„Das schulde ich dir. Du hast doch keinem von uns etwas getan. Im Gegenteil: Es wäre ein Leichtestes gewesen, mir die Schuld in die Schuhe zu schieben, bei dieser ganzen Misere. Du hättest Jaromír machen lassen können und hättest die Zauber auch so bekommen."

Ruth schüttelte den Kopf und griff vorsichtig nach dem Buch und ihrer neuen Münzsammlung. „Ich wusste nichts von dir", flüsterte sie.

„Und ich nichts von dir. Mir war klar, dass ihr eine gemeinsame Vergangenheit habt, aber...ich dachte, er hätte dir einen Korb verpasst oder so."

„Hätte er das mal nur getan. Das hätte mir einiges erspart."

„Das kenne ich irgendwo her. Aber wir Hexen, wir müssen doch zusammenhalten, oder?"

„Vor allem wir Frauen. Ich bin von jemandem hier eingesperrt worden, der sich selbst einen Hexer nennt, stell dir das vor."

Růžena spannte ihre Kiefermuskeln an. „Ein Hexer?", hakte sie nach. „So etwas gibt es?"

Ruth nickte.

„Und was weißt du über ihn?"

„Nicht viel. Er hat die Dinger gemacht, von denen wir geglaubt haben, es seien Golems. Er sperrt die Geister darin ein. Hat ihnen einen Körper versprochen und Freiheit. Dabei war das nur eine Falle. Simon hat er auch." Ihre Stimme bebte. „Er sagt, er will ihn auf mich hetzen. Was auch immer er damit meint. Er sagt, eine Hexe reicht nicht aus. Ich weiß nicht, was er von uns will, ich weiß nicht, was sein Endziel ist, aber ich weiß, dass er auf Hexenjagd ist."

„Aber...Wir haben ihm doch gar nichts getan!"

„Offenbar doch. Das klang sehr persönlich. Das ist ein Racheakt."

Růžena blies die Wangen auf. Ein pfeifendes Geräusch entwich ihr und der Papagei flog kreischend auf. Ruth fuhr zusammen.

Die andere Hexe griff nach ihrer Hand und wie in Trance ließ sie sich abführen. Irgendwann saß sie an einem kleinen, hölzernen Klapptischchen, der irgendwo stand, und sie fragte sich, wie es nun weitergehen sollte. Jetzt war sie raus, war befreit worden - und dennoch fühlte sie sich gefangen. Und leer. Verdammt, verdammt leer.

„Ich denke, ich habe den Hexer gesehen", sagte Růžena leise, während Ruth auf die Tischplatte starrte und mit den Fingerspitzen die verblassten Jahresringe entlangfuhr. Überbleibsel eines verkürzten, abgehakten Lebens waren das. So wie Simon ein Überbleibsel war. „Ein junger Mann ist uns entgegengekommen. Er – und die hundert Golems, die er im Schlepptau hatte."

„Was? Wo?"

„Smíchov", gab sie zähneknirschend zu. *Ganz im Zentrum.* „Direkt an der Moldau."

„Bist du deshalb hier? Weil du meine Hilfe

brauchst? War das hier nur ein Tauschgeschäft?"

„Nein! Ich wollte auch so mit dir reden. Wieso hätte ich dir sonst einen Weihnachtsbaum bringen sollen?"

„Ach. Der war von dir?"

„Klar!" Sie streckte einen Daumen nach oben. Unter ihren Fingernägeln befand sich noch etwas Erde. „Ich dachte, wir könnten alle etwas festliche Stimmung und mehr Besinnlichkeit vertragen. Hat er dir gefallen?"

„Ich hatte nicht lange Zeit, mich daran zu erfreuen." Sie holte tief Luft. „Glaubst du, ich darf mir die Sprüche kurz ansehen?"

„Tu dir keinen Zwang an."

Die Zauber kamen ihr schrecklich modern vor und sie sich plötzlich furchtbar alt. Das Laden eines Akkus war darunter („Keine sterbenden Smartphones mehr!", kommentierte das Růžena), genau wie das Stören eines WiFi-Signals („Sehr praktisch, wenn man eine Diskussion führen und den anderen davon abhalten will, ständig auf den blöden Bildschirm in seiner blöden Hand zu starren!") oder das Stoppen eines Schnellzuges.

Doch besonders spannend fand Ruth die Notizen zur Satellitentechnologie.

„Ihr müsst nicht mehr mit dem Wind reisen?", quiekte sie, während sie kaum glauben konnte, was sie da las.

„Wieso sollten wir? Man muss nur ein paar Cent opfern. GPS ist immer da. Radiowellen sind es auch. Ich kann doch nicht immer warten, bis irgendwann, irgendwo, vielleicht, wenn ich Glück habe, eine Prise weht. Auf die Natur ist kein Verlass."

Ruth schüttelte den Kopf. Sie mochte ihren *firswenten*-Zauber. Er hatte ihr mehr als nur einmal das Leben gerettet. „Das kommt mir nicht richtig vor."

„Na, na ja. Du *musst* die Sprüche ja nicht nutzen. Ist ja nur ein Angebot." Růžena zuckte mit den Schultern und sah sie dann vorsichtig und abschätzend an. „Verstehen wir beide uns dann wieder? Sind wir wieder Freundinnen?"

Ruth konnte nicht anders, als sie zu korrigieren. „Wir *waren* noch nie Freundinnen."

„Dann wird es Zeit, das zu ändern. Ich kämpfe nicht mit jemandem gegen hunderte Golems, der mich nicht mag."

Hunderte Golems. Sie versuchte, sich eine solche Gruppe, eine solche Armee vorzustellen. Versuchte, sich die Zerstörung vorzustellen, die sie hinterlassen würden. Nichts wäre mehr heil. Alles zersplittert. Trübe Scherben im trüben Dezemberwetter.

Grau, alles war grau.

Ruths Hände lagen flach auf der Tischplatte, sie spürte jede einzelne, verdammte Rille darin. „Ist Jaromír dort?", fragte sie Růžena und sie konnte selbst kaum glauben, wie fest ihre Stimme war.

Ihr Gegenüber nickte und mehr brauchte es

nicht. Sie drückte sich nach oben. Griff nach ihrer neuen Tasche. „Ich hoffe, deine Nähte halten. Ich habe gesehen, du hast ein paar brauchbare Münzen rein."

Růžena japste. „Nicht genug für eine *Schlacht!*"

Ruth schüttelte die Tasche prüfend. „Keine Sorge. Jaromír trägt meine Geheimwaffe bei sich. Wenn es sein muss, zaubere ich eine Katastrophe herbei. Ich werde die Winde zum Toben bringen. Werde es Schwefel regnen lassen. Und dann öffne ich die Tore zur Hölle selbst und ziehe diejenigen heraus, die dort nicht hingehören."

„Ich dachte, du wolltest uns nicht helfen."

Ruth schnaubte. Das war weiterhin wahr. Sie wollte nicht und das würde auch so bleiben.

Sie ging nicht, weil sie dem Hexenzirkel beistehen wollte, in dessen Mitte nie Platz für sie gewesen war.

Sie schnürte sich nicht die Stiefel, weil sie die Stadt retten wollte, von der man behauptet hatte, sie wäre zu gut, zu schön, zu erhaben für sie.

Sie trat nicht durch die Tür für einen Fast-und-doch-nicht-Mann, der immer so getan hatte, als sei er ebenfalls zu gut, zu schön, zu erhaben für sie.

Sie tat es nicht für die alte Burg, die dort auf ihrem Berg stand wie ein alter, fett gefressener, sterbender König, der den Assassinen nun schutzlos ausgeliefert war.

Und erst recht nicht tat sie es für einen Fluss,

der ihre Sorgen zwar angehört, aber nie, wirklich kein einziges Mal, geantwortet hatte.

Sollten sie doch allesamt zusammenbrechen.

Sollten sie doch vertrocknen.

Sollten sie doch verrecken. Für sie würde sie nicht die Nacht zum Tag machen. Für sie würde sie keine Mörder suchen. Für sie würde sie nicht über Friedhöfe tanzen. Für sie würde sie keine Brettspielregeln lernen.

Grau, alles war so grau ohne ihn.

Es war an der Zeit, die Farben zurückzuholen.

Als sie auf die winterliche Straße traten, heulten die Sirenen. Růžena hatte das Buch fest an sich gepresst. „Denk daran", sagte Ruth zu ihr, den Zeigefinger erhoben, „wir müssen die Golems ganz zerstören."

„Und wie sollen wir das anstellen?"

Zugegeben: Das wusste Ruth selbst nicht. Sie musste an ihre erste Begegnung mit einem Tongeist denken. Jaromír hatte mit ihm gerungen, hatte ihn kaum überwältigen können. Dabei hatte er – dank Ruths sorgfältiger Vorarbeit – nicht einmal mehr fliehen können. Sie waren ein Team gewesen. Waren zu zweit gewesen.

Doch nun waren sie in der Unterzahl.

Ob ihre Rage für einen Sieg ausreichen würde?

Sie hoffte es. Schließlich hatte sie es bisher immer.

Sie sah die Hexe neben sich an, die so viel jünger als sie selbst war und auch viel nervöser. Sie würde ihr nicht erzählen, dass sie auf sich allein gestellt sein würde, sobald sie Simon befreit hatte. Sie würde ihn finden und retten und dann mit ihm verschwinden. Er war ihr Kollateralschaden. Doch das war nicht ihr Kampf. Definitiv nicht ihr Kampf.

In der Stadt war das Chaos ausgebrochen. Noch mehr Staus als sonst machten das Vorankommen unmöglich. Kurzerhand stieg Ruth auf die Haube eines Taxis. Das Fluchen des Fahrers ignorierte sie. „Dort!", rief sie, einmal über den Fluss deutend. Neben ihr summten die Oberleitungen der Straßenbahnen. „Irrlichter!"

„Seine?"

„Ja."

„Bist du dir sicher?"

Ruth spürte, wie ihre Augenbrauen immer weiter in Richtung ihres Haaransatzes wanderten. „Ziemlich sicher."

„Na dann. Du wirst sie öfter zu Gesicht gekriegt haben als ich." Růžena räusperte sich und begann, sich überschwänglich beim aufgelösten Taxifahrer zu entschuldigen, der unter Ruth gegen seine Scheibe klopfte und zuerst ihre Intelligenz und dann ihre Nationalität beleidigte, bevor er diese angeblich niedrige Intelligenz auf ihre Nationalität zurückführte. Schließlich hielt sie ihr die Hand hin und half ihr dabei, vom Auto abzusteigen. „Hast du vor, einen der neuen Flüche auszuprobieren?", fragte sie.

Und Ruth fixierte das so weit entfernte

Leuchten und pustete sich eine Haarsträhne aus dem Gesichtsfeld. „Aber so was von."

Dem Lärm nach zu urteilen, hatten sie ihr Ziel erreicht. Kaum war sie um die Ecke gebogen, zersplitterte etwas neben ihr und Ruth war gezwungen, sich zu ducken. Kurz schielte sie hinab zu dem Ding, das sie nur wenige Zentimeter verfehlt hatte und ihr fast das linke Ohr gekostet hätte.

Ein Besen war es gewesen, noch ganz schmierig glänzend und frisch mit Flugsalbe eingerieben.

Er lag nun in zwei Teile zerbrochen zu ihren Füßen, die Tierhaarborsten noch flauschig und die neuen Enden ganz spitz. „Lass ihn liegen!", rief Růžena neben ihr. „Wir haben keine Zeit, um ihn zu reparieren. Und einen Pfahl brauchen wir nicht. Das sind Golems. Keine Vampire."

Dabei wären Ruth Letztere in diesem Moment lieber gewesen. Vampire konnte man immerhin auseinanderhalten. Die Golems waren jedoch allesamt von den gleichen Händen geformt worden. Waren gleich groß und hatten die gleiche, enorme, bergähnliche Statur und zusammen formten sie eine scheinbar unüberwindbare Gebirgskette. Ihre Gesichter waren ausdruckslos, ohne Details. Wie sollte sie so Simon finden?

Ruth griff nach dem Besenrest und sah zum

Himmel empor. Weit, weit oben klammerte sich Walpurga gerade an eine weitere Hexe. „Deiner?", brüllte Ruth, die Borsten dabei von sich gestreckt.

„Offensichtlich."

„Ich passe drauf auf, ja?"

„Tu was du nicht lassen kannst."

Sie schulterte den Besen und beschloss, dass es nun nicht an der Zeit war, sich um mögliche Splitter zu sorgen (oder sich über Unhöflichkeiten Gedanken zu machen). Hinter dem Golemgebirge sah sie Jaromírs helles Haar aufblitzen. Mehrere Flämmchen folgten ihm, in Reih und Glied, wie Küken einer Entenmutter. Ab und an schickte er eines fort. Es wurde dann sofort ersetzt. „Ich kann nicht alle Bewohner Prags verwirren und fortschicken!", brüllte er. „Ich mag Kondition haben, aber irgendwann geht selbst einem Kerl wie mir die Puste aus."

Hinter ihm hatte sich eine Masse aus Anwohnern und Schaulustigen und Uniformträgern gebildet.

Sobald sie eines seiner Irrlichter erblickten, ließen sie sich von ihm davonführen. In Sicherheit, wie Ruth hoffte. Dennoch waren es zu viele. Um sie herum waren nach und nach anklagend die Lichter angegangen. Beleuchtete Fenster. Genervte Vierecke. Verängstigte Rechtecke.

„Wir müssen dringend weg. Hier können wir nicht bleiben."

Jaromír fuhr herum, betrachtete das Gerangel

vor ihm. Růžena war einer ihrer Freundinnen zu Hilfe geeilt und hatte einen Golem umgestoßen. Nun versuchte sie verzweifelt, genug Feuchtigkeit aus der abendschweren Luft zu ziehen, um ihn aufzulösen. Etwas, wofür Ruth ihr dankbar war.

Was würde passieren, wenn sie zu große Stücke übrig lassen würden? Würde das Egoplasma daran kleben bleiben? Wie sollten sie die Geister – und vor allem diesen einen Geist - sonst aus ihrem Gefängnis befreien?

Jaromír sah auf und ihre Blicke kreuzten sich. Ein paar Lichter verpufften augenblicklich. Er war überrascht, sie zu sehen, und kehrte seiner Aufgabe den Rücken, schlitterte über zertretene Werbeanzeigen und sprang über ein zerstörtes Straßenschild (hier herrschte wohl Parkverbot).

„Oh Ruthie", sagte er. „Es ist so gut, dass du da bist."

„Ich bin es nur wegen Simon", präzisierte sie. „Sonst wegen niemandem."

„Simon?", hakte Jaromír verwirrt nach. Er öffnete seinen Mund, begann mit einem „Was", doch weiter kam er nicht. Ein Zauber – dunkelblau - schoss an ihm vorbei, traf den Golem unter Růžena direkt auf der Brust. Er explodierte augenblicklich und die übrig gebliebenen Kleinteile flogen in allen vier Himmelsrichtungen davon.

Ruth hörte Růžena wimmern. Sie war doch nicht etwa getroffen worden?

„Das könnt ihr nicht machen!", stammelte sie, staubig und verzweifelt wie Aschenputtel und auf allen vieren über den Boden krabbelnd. „Er hat Geister in die Golems gesperrt! Unsere Geister!"

Neben Ruth blies Jaromír die Backen auf, bevor er die Luft wieder mit einem lang gezogenen Pfeifen entließ. „Geister?", wiederholte er.

„Ja."

„Und Simon ist unter ihnen?"

„Ja."

„Bist du dir sicher?", wollte er daraufhin wissen.

Und Ruth blieb nichts anderes übrig, als zu nicken. Oh, wie gerne hätte sie nicht nicken müssen. „Er hat mir versprochen, sich nicht drauf einzulassen. Ich weiß nicht, weshalb er das trotzdem getan hat."

Erneut leuchtete der Abend auf. Mitternachtsmoldaublau. Unterschiedlichste Zauber wurden ausgesprochen und Jaromírs Gesichtsausdruck war passenderweise ganz dunkel und eindringlich streng geworden. „Dafür weiß ich es", sagte er.

Vor ihnen hatte Růžena eine kleine Wasserkugel zusammengehext. Sie begann, die vor ihr verteilten Scherben zusammenzusuchen und sie hineinzudrücken. Die Kugel verfärbte sich schmutzig-braun. „Wir finden ihn, Ruthie. Ich bringe ihn dir wieder, versprochen."

Sie konnte ihm nicht glauben. Allein dort vorn tobten ein Dutzend Ungetüme, nur aufgehalten durch Walpurgas unaufhörlichen Zauberhagel. Wie viele Münzen sie wohl noch hatte? So etwas kostete ein Vermögen.

„Also." Jaromír klatschte in die Hände. „Wie lautet der Plan?"

„Es wird nicht reichen, sie nur zu zerschmettern. Wir müssen die eingeritzten Drudenfüße komplett zerstören. Wir müssen sie auflösen. Oder verbrennen. Feuer wäre gut."

„Gut – und sehr, sehr gefährlich. Wir befinden uns in einer Großstadt."

„Dann brauchen wir eben Wasser. Viel Wasser. Davon gibt es hier doch genug."

„Es ist kaum mehr Schnee da", hielt Jaromír entgegen.

„Dann fragen wir den Fluss."

Er gackerte. „Hörst du dich selbst reden?", fragte er ungläubig.

„Wieso? Du hast selbst gesagt, dass man Elemente bitten muss."

„Ja. Aber wir reden von der *Moldau*."

„Und?"

„Und? Und was?" Er warf die Hände nach oben. „Seit Jahrtausenden haben sich Menschen an ihren Ufern niedergelassen. Hier gab es Monarchien und Diktaturen und Pakte und Demokratien. Und es hat sie nie interessiert. Wieso sollte sie ausgerechnet auf *dich* hören?"

„Wir sind alte Freunde...", stammelte Ruth.

„Bekannte, höchstens."

„Angeblich bin ich eine talentierte Hexe."

„Und deshalb solltest du wissen, dass man sein Geld nicht einfach so verschleudert."

„Hast du denn einen anderen Vorschlag?", giftete sie ihn an. Ein Ungeheuer war währenddessen auf sie zu gestampft und hatte mit seiner klobigen Pranke ihren Schopf ergriffen.

Ihre Kopfhaut schmerzte. Jaromír knurrte, bevor sie die Chance gehabt hatte, zu reagieren.

„Oh nein, das wirst du nicht tun!" Er entzündete ein Feuer, pulverisierte gleich, in Sekundenschnelle, den gesamten Unterarm. Die Hand aber hielt weiter ihre Haare fest. Vorsichtig betastete Ruth die einzelnen Finger und Jaromír ging auf den Rest des Golems los. Wie bei ihrem ersten Kampf auch, kniete er über dessen Oberkörper.

Er prügelte auf ihn ein, hinterließ Krater, Kluften, Schlunde und schließlich nur noch Staub. Keuchend und verschmiert richtete er sich auf. „Das hat zu lange gedauert, nicht wahr?"

Ruth zerrte an dem Golemrest und riss dabei ein ganzes Büschel Haare gleich mit heraus. Voller Abscheu ließ sie ihn zu Boden fallen, wo Jaromír ihn in Brand steckte. „Stimmt. So funktioniert das nicht. Dafür sind es zu viele."

Der Geist einer jungen Frau erhob sich aus der Asche – und obwohl ihr Gefäß zuvor noch zügellos und aggressiv gewesen war, war ihr durchscheinendes, von einer Dauerwelle umrahmtes Gesicht nun voller Demut und Dankbarkeit.

„Ihr habt mich gerettet!", rief sie. „Danke!"

Doch Jaromír schnaubte, winkte ab – und auch Ruth antwortete nicht. Sie schluckte die Trauer herunter, die ein ganz enormer, unverdauter Brocken war, auf dem sie nicht einmal herumgekaut hatte.

Er kratzte ihre Kehle auf, erschwerte ihr das Sprechen.

Hätte das nicht einfach Simon sein können?

Dann wäre alles geschafft und zu Ende gewesen.

Könnte nicht einmal etwas gut gehen? Einmal etwas ganz leicht sein? Geisterschwerelos?

„Also doch Wasser?", fragte Jaromír neben ihr.

„Schon. Aber zuerst bringe ich uns irgendwohin, wo wir nicht so viel Schaden anrichten können."

„Wen meinst du mit uns? Uns alle? Im Leben nicht. Das schafft kein firswenten-Zauber. Dafür brauchst du einen ganzen Sturm."

Ruth biss sich auf die Unterlippe. Ihre Fingerspitzen zitterten vor Aufregung und Erwartung. Ihre Magie brummte wie ein Staubsauger, dessen Beutel sie schon längst hätte leeren sollen.

Nutze mich endlich, sagte sie damit. Du hast viel zu wenig richtig gezaubert. Es ist an der Zeit, dass zu ändern.

Nutze mich.

„Wusstest du, dass das Wort Satellit vom lateinischen Begriff satelles kommt, Jaromír?"

„Nein. Ich habe aber gerade auch keine Nerven für eine linguistische Nachhilfestunde."

„Schade. Dann werde ich die neumodischen Sprüche eben ohne mitreißendes Vorwort ausprobieren müssen."

Neben ihnen wurde eine Straßenlaterne von einem Zauber getroffen, doch Jaromír sah nicht einmal hin. Sie zerbröselte, genau wie der Beton, der sie zuvor so robust gemacht hatte, doch er ignorierte das.

„Das ist nicht dein Ernst! Wie bist du an die Zauber gekommen?", verlangte er zu wissen.

„Deine Freundin hat sie mir gegeben."

„Freiwillig?"

„Du wirst es mir nicht glauben, aber manchmal kommt man mit Ehrlichkeit weiter als mit Hinterhalt." Sie hielt ihm das neue Buch hin. Sein eigenes Licht brach sich in den Glitzersteinen und legte Paillettensterne auf sein schönes Gesicht. „Ich brauche mindestens zwei Kronen für jeden Anwesenden. Heller würden auch funktioieren, aber ich schätze, davon hast du keine dabei, oder?"

„Die gibt es seit Jahrzehnten nicht mehr, Ruthie!"

„Ich meine ja nur. Ich hätte dich auch nach sowjetischen Rubeln fragen können, aber dass du die dabeihast, fand ich tatsächlich noch unwahrscheinlicher..."

Sie wühlte durch ihre neue Tasche, kannte ihre neuen Besitztümer noch nicht und vergriff sich.

Nervös baute sie kleine Münztürmchen auf ihrer Handinnenfläche und dennoch hatte sie Schwierigkeiten mit dem Zählen. Mehr als einmal begann sie von vorn.

So lange, bis Jaromír eingriff. „Kannst du mir noch ein wenig Latein beibringen?", fragte er sanft. „Ich übernehme das solange für dich."

„Du kannst Latein. Du warst bereits hier, als das Römische Reich fiel."

„Stimmt. Mich gab es sogar schon, als es entstand." Flink ergänzte er die Türmchen. „Aber ich höre dich gerne fachsimpeln. Satellit kommt also von satelles?"

„Ja. Und mehr braucht es auch nicht. Dieses eine Wort und wir können mit dem Radiosignalnetz reisen. Unbeschränkt, stell dir das vor!"

„Wir dürfen nur keinen einzigen Golem vergessen."

„Ich werde mein Bestes geben." Noch einmal sah Ruth sich um. Die ersten Haustüren waren aus den Angeln gehoben worden, die ersten Gullideckel wie Frisbees davon geschleudert worden. „Eines kannst du dir nämlich merken: Ich bringe zu Ende, was ich angefangen habe."

„Das glaube ich dir."

„Danke. Ich werde uns aufs Land zaubern, ja? Mitten in den Wald. Und irgendwo am Flussufer." Nach und nach stellte sie die Münzstampel auf dem Boden und in einem spiralförmigen Muster, ähnlich dem der Körbe einer Silberdistel, auf dem

Boden ab. Ruth starrte es an. Genau dort, dort wo solche Blumen blühten, wollte sie hin. Sie brauchte Ruhe, brauchte Verlassenheit. Brauchte weite Gefilde, die wenig Fluchtmöglichkeiten, aber viel Angriffsfläche bieten würden.

„Weißt du auch noch, wie satelles übersetzen konnte, Jaromír?", brüllte sie, über das Gewirr hinweg.

„Klar. Leibwächter. Oder Beschützer. Wieso fragst du?"

Ruth presste die Lippen aufeinander. „Weil wir wirklich einen gebrauchen könnten."

Es war, als würde jemand ein Netz über sie werfen, es zusammenbinden und langsam zuziehen. Sie versuchte, sich nicht zu wehren. Nicht zu schlottern, nicht zu zappeln, denn das würde alles noch schlimmer machen, noch enger ziehen. Sie versuchte, diese neue Empfindung anzunehmen, fühlte sich aber wie ein Fisch auf dem Trockenen. Sie spürte Kiemen, die sie gar nicht hatte.

„Reich mir deine Hand, Jaromír", bat sie.

Er reagierte augenblicklich. Zu ihren Füßen explodierten, nach und nach, die Münztürmchen. Pulverisiertes Metall wurde wie Sternenstaub auf-gewirbelt. „Das ist nicht unser erster Kampf, Rut-hie", murmelte Jaromír beruhigend auf sie ein. „Und auch nicht unser letzter."

Sie kniff die Augen zusammen. „Ich werde die Moldau um Hilfe bitten. Als Allererstes, egal was du sagst."

Kurz noch hörte sie ihn antworten – dann lösten sie sich auf.

„Du bist eben unbelehrbar. Und das ist gut so."

Farben explodierten vor ihren Augen. Die neuen Zauber waren so strahlend wie Neonleuchten und so unentschuldigend schrill wie das Internet. Ruth erblickte schreiendes Pink und elektrisierendes Gelb und plakatives Grün.

Als sie sich mitten im Nirgendwo wieder zusammensetzte, war sie deshalb fast froh um die Dunkelheit, auch wenn sie kaum etwas sehen konnte. Sie hörte ein Plätschern, das in dem Chaos, das sie nur umgezogen hatte, fast unterging, und krabbelte in dessen Richtung.

Sie wühlte sich durch Matsch, kämpfte sich durch mannshohes Röhricht. Hinter ihr schrie eine Hexe und Ruth hörte, wie eine andere Heilungszauber sprach. Sie musste sich beeilen.

Wo war sie nur? Sie musste doch ganz in der Nähe sein?

Sie mussten etwas aufgescheucht haben, denn zuerst raschelte es neben ihr, dann hörte sie ein Platschen.

Die Luft roch frisch. Und unverbraucht. Ruths Herz machte einen Satz – und sie tat es ihm nach. Sie landete im Wasser.

Ihr Kleid bauschte sich auf, ihre Stiefel füllten sich, ihr Mantel wurde zentnerschwer, Eiseskälte fraß sich hin zu ihrem Innersten, doch es war ihr egal. Sie nahm ihren neuen, nun ganz schmierigen Beutel – und drehte ihn schlicht um.

Sie warf hinein, was sie hatte. All ihre Münzen und ihre gesamte Würde. Sie versanken im Morast. Ihre Knie bohrten sich in die Uferkiesel. Sie konnte ihre Hände in dem trüben Wasser nicht mehr sehen, konnte nur spüren, dass sie immer weniger spürte, da sie kälter und kälter wurden.

Etwas – oder jemand? - wurde neben ihr durch die Luft geschleudert. Sie reagierte nicht. Sah nicht auf. Ließ sich nicht ablenken. Betrachtete jede Welle und hoffte, darin ein Winken, ein Nicken, eine Zustimmung zu erkennen.

Ruth hielt den Atem an. Und...nichts geschah.

Rein gar nichts.

All ihre Präzision. All ihr Talent. Und die Naturgewalt blieb ungerührt. Interessierte sich weder für die Stadt, die sie zu retten versuchte, noch für ihre tragisch-schöne Erzählung über unerwiderte Liebe. Gelangweilt floss die Moldau weiter ihr eigenes Flussbett entlang und Ruth griff bedröppelt nach der Hand, die sich ihr daraus entgegenstreckte.

Mit einem Ruck zog sie Jaromír aus dem Schilf. Er hustete.

„Es hat nicht funktioniert", gestand sie ihm.

Er beugte sich nach vorn, spuckte Blut und verkniff sich so zumindest das „Ich habe es dir ja gesagt". Sie hielt ihn, bis er zu keuchen aufgehört hatte. Dann sagte er flehend: „Bitte sag mir, dass du dir noch ein paar Zauber leisten kannst."

Und zum ersten Mal, seit sie zurückdenken konnte, war sie es, die ihn enttäuschte. „Es ist nichts mehr da."

Er richtete sich auf, schluckend. Mit vereinten Kräften schafften es Walpurga und Růžena, einen Golem ins Wasser zu stoßen. Er strampelte, bevor er schmolz. Ein weiterer Geist wurde so befreit. Ein weiterer Geist, der nicht Simon war.

„Gut", sagte Jaromír, dem dieser kleine Erfolg ebenfalls nicht imponierte, düster. „Dann lass uns abhauen."

„Bitte?"

„Du hast mich schon verstanden. Hier gibt es für uns nichts mehr zu tun, Ruthie. Nichts mehr zu holen. Wir fangen wo anders von vorn an."

„Das kann doch nicht dein Ernst sein!"

Er griff nach ihr. „Tu nicht so, als wärest du entsetzt. Du wusstest schon immer, dass ich ein Feigling bin. Es ist an der Zeit, dass du auch einer wirst. Die Sache ist gegessen."

„Die Sache? Du meinst deine Hexenfreundinnen? Du meinst meinen Simon?"

„Frauen kommen und gehen. Genau wie Männer, Ruth. Du wirst ihn vergessen."

„Ich habe noch nie jemanden vergessen!", rief sie empört. Sie dachte an die Kisten, die sie für jeden gepackt hatte, den sie je geliebt aber verloren hatte. Die voller Kleinigkeiten waren und voller Erinnerungen, an Elisha, an Jaromír, an Fritz. An

Simon. Die sie teils mitgenommen, teils in ihrer Heimat gelassen hatte. Und dennoch. Auf Kontinenten verstreute Erinnerungen waren nicht weniger wert. Im Gegenteil.

„Was genau willst du tun?", schrie er sie an. „Du kannst nicht mehr hexen! Du hast nichts mehr!"

Doch das stimmte so nicht. Jaromír zog weiter an ihr, schob sie Meter für Meter fort, so als wäre sie eine sperrige Antiquität, die man überfordert aber aus Sentimentalität umzog. Sie hatte dem nichts entgegenzusetzen. Derjenige, dem sein Körper einst gehört hatte, war ein kräftiger Arbeiter gewesen, ein Junge vom Land, mit Haaren, die die Farbe von erntereifen Ähren hatten, und einem Blick, der genauso scharf war wie die Sense, die er auf dem Feld benutzt hatte.

Er war stärker als sie. Drückte, schubste, und versuchte, sie zu retten. Die Erkenntnis traf Ruth wie ein Blitz. Er rettete sie so, wie schon einmal jemand sie gerettet hatte.

Sie versuchte, die Fersen in den weichen Boden unter ihr zu graben, was jedoch kaum von Erfolg gekrönt wurde. „Gib mir Elishas Schilling!", forderte sie.

Er schnaufte. „Jetzt hast du endgültig deinen Verstand verloren."

„Das ist mein Ernst! Gib ihn mir! Er ist mein Eigentum."

„Nein."

„*Nein*?", wiederholte sie schrill. „Du wagst es? Er

gehört mir!"

„Das mag sein. Aber wenn du ihn ausgibst, wirst du es bereuen."

„Das hast du nicht zu entscheiden!" Ihre Stimme überschlug sich und sie begann, sich zu winden. „Ich mache meine Fehler gern noch selbst!"

Sie bohrte ihren Ellenbogen in seine Seite, bevor sie in seine Brusttasche griff.

Jaromír reagierte schnell. Doch Ruth war schneller.

Mit einem Ruck riss sie das Hemd kaputt und die Münze – ihre Münze, Elishas Münze – fiel ihr entgegen. Sie fing sie auf und rannte zurück zum Fluss.

Sie bereitete sich nicht vor. Sprach keine Abschiedsworte.

Sie hatte den Schilling so oft angesehen, dass sie jede Einbeulung, jede Unregelmäßigkeit kannte. Sie hatten sich ohnehin in ihre Netzhaut gebrannt – weshalb also sollte sie innehalten?

Ohne ihn noch einmal zu betrachten, warf sie ihn in das Wasser. Sie war wütend und so war es mehr ein erzwungenes Tauschgeschäft als eine Opfergabe. Es platschte nur leise. „Zufrieden? Bist du endlich zufrieden?", brüllte sie, über ihr eigenes Herzklopfen hinweg. „Du kannst sie haben. Kannst sie alle haben. Viel ist nicht mehr von mir übrig. Außer diese eine Sache. Ich will nur Simon zurück. *Gib ihn mir zurück.*"

Ihr Mund wurde trocken, als sie auf das Wasser

starrte. Der Mond spiegelte sich auf der tiefschwarzen Oberfläche, er wippte hin und her und irgendwann war es, als würden seine Ränder verlaufen, mehr und mehr, bis die ganze, wirklich ganze Moldau scheinsilbern war.

„*Verflucht*", keuchte Jaromír neben ihr. Selbst ihn blendete das Licht. „Verflucht noch eins!"

Ihre Atmung war pfeifend geworden und es kostete sie einiges an Anstrengung, sich ihm zuzuwenden. Ruth konnte kaum glauben, was sie da im Begriff war, zu sagen. „Schnapp' dir die Besenteile, lass sie dir schnell zusammensetzen und dann ab in die Lüfte mit dir. Ich werde jetzt nämlich den Böhmerwald fluten."

Denn es gibt nichts und niemanden mehr, der mich aufhalten kann.

Hitze stieg in ihrem Innersten auf, wo sie prasselte wie ein enormes Lagerfeuer. Etwas, wogegen nur Wasser half. Ruth ließ ihre Finger knacken und flüsterte das passende Zauberwort.

Es war nicht das erste Mal, dass sie es benutzte, aber das erste Mal, dass sie es so benutzte - und es fühlte sich seltsam vertraut an. Sie musste an einen der unzähligen Hügel vor Cracklewood denken. Sie dachte daran, wie oft sie hinauf und wieder hinab geradelt war. Ruth war schon Ewigkeiten kein Fahrrad mehr gefahren, aber an das Gefühl erinnerte sie sich noch genau. An die Anstrengung. Das Zähne-Zusammenbeißen. Das Klappern des Korbes vor ihr, doch abgefallen war er nie. Die Erwartung. Und das Laufenlassen.

Ein letzter Tritt, die Kuppe hoch, die Füße weg vom Pedal und dann das Fahrrad gleiten lassen. Kein Treten mehr. Fliegen ohne Flugsalbe. Keine Kraft aufwenden. Und dennoch ans Ziel kommen.

So fühlte sich dieser Zauber an. So fühlte sich *Macht* an. So und noch viel, viel besser.

Sie hatte die Moldau an ihrer Seite. Sie würde alles von dem ehrwürdigen Fluss verlangen können. Wirklich alles. Und so bat sie einen alten Freund um die Rettung eines neuen.

Die Ufer waren nicht mehr auszumachen und unter ihr hatte sich ein Strudel gebildet. Flussbewohner schwammen davon, Gräser wurden fortgerissen, die ersten Bäume entwurzelt. Über ihr wirbelten die Sterne. Ruth starrte empor und irgendwo zwischen dem Sternbild der Fische und das des Pegasus verlor sie sich selbst.

Das Wasser drückte sie nach oben. Es ging höher und höher und höher, doch Ruth sank nicht ein, im Gegenteil. Sie stand fest und ihre Entscheidung tat es ebenfalls. Was interessierte sie schon die Zerstörung, die sie hinterlassen würde?

Sie war eine Naturkatastrophe. Und Naturkatastrophen zögerten nicht.

Sie holten sich das, was ihnen zustand.

Die Tongeschöpfe waren winzig klein geworden, doch auch das war egal. Sie würde nicht zielen müssen. Die schillingfarbenen Wassermassen würden sie allesamt verschlucken.

Sie warteten nur auf ihren Befehl. Es gab kein Entkommen, selbst wenn er nun den Rückzug antreten würde, in der Hoffnung, seine Streitmacht zu retten. Nur das Deuten ihres Fingers genügte. Ein kurzes Ausstrecken und ein Beugen.

Und dann öffnete sie die Tore zur Hölle. Wer hätte gedacht, dass diese nicht flammend heiß war?

Das Tosen war Trommelfell sprengend. Wie weit entfernt war das nächste Dorf?

Die Moldau fraß die Landschaft gierig auf, bedeckte Flora, Fauna und den gesamten Horizont. Sie kaute und zermahlte und hinterließ nur unansehnlichen Brei.

Nach und nach stiegen Gestalten daraus empor. Sie hätten unterschiedlicher nicht sein können, gehörten unterschiedlichen Ständen und unterschiedlichen Epochen an, waren augenscheinlich an unterschiedlichen Dingen gestorben, doch eines hatten sie gemeinsam: Sie alle schienen, nun da sie wieder schwerelos waren, erleichtert. Sie jauchzten. Einige der Geister winkten ihr zu.

Ruth und ihrem Wasser war das ganz egal. Sie änderten nur die Richtung, zerstörten so noch den mickrigen Rest der Umgebung. Sie betrank sich an ihrer eigenen Macht, trank und trank, bis nichts mehr übrig war. Denn das hatten Fahrten so an sich: Irgendwann war jeder Hügel zu Ende. Und irgendwann musste man vom Fahrrad absteigen.

Etwas Kleines, Magisches leuchtete in ihrem tiefsten Inneren auf, und fast hätte sie es nicht bemerkt. Sie taumelte, suchte Halt, den es auf ihrem Wasserturm jedoch nicht gab. Nach und nach nahm der Fluss seine altbekannte Farbe wieder an und schließlich begann er, sich zurückzuziehen. Ruth wurde durchgeschüttelt und ruderte mit den Armen. Und nun?

Verdammt, was nun?

Weiter als bis hierher hatte sie nicht gedacht.

Sie fiel nach vorn, zuerst auf die Knie und das noch feste. Die Moldau kehrte zu ihrem Bett zurück und der Strudel beruhigte sich. Der untere Teil ihrer Warte fehlte bereits komplett und dennoch würde sie tief fallen. Sehr, sehr tief.

„Ruth!", hörte sie jemanden rufen, doch sie antwortete nicht. Versuchte es erst gar nicht. Die Kraft brauchte ihr Körper, um Adrenalin durch ihre Adern zu pumpen. Das war nicht leicht, war das Blut darin doch vor Panik gefroren. Ein weiterer, erdbebenähnlicher Ruck und schließlich rutschte zuerst ihr einer, dann der andere Fuß herunter.

„Ruth!"

Sie strampelte. Wassertropfen liefen über ihr Gesicht, tropften nun von ihrem Kinn und ihrer Nase, liefen über den Rest ihres Turmes und fielen herab, wo sie auf den Fluss trafen, der sich metertief unter ihr schlängelte. Ob er wohl sehr kalt war?

Wahrscheinlich würde sie das nicht mehr herausfinden können.

Wahrscheinlich wäre sie schon beim Aufprall tot.

Sie ließ ihren Blick wandern, sah Růžena unter ihr auf einem Besen sitzen und verzweifelt ihre Taschen absuchen. Jaromír, der sich davor noch an sie geklammert hatte, sprang, ohne zu zögern, herab und landete im Matsch. Er sank bis zu den Schultern ein. Schwerfällig arbeitete er sich zum Wasser und den nun nicht mehr jubelnden, sondern besorgten Geistern vor.

Sie alle starrten zu ihr empor, fast ängstlicher als ihre Freunde, den sie verstanden etwas von Verletzungen und vom Sterben. Einer von ihnen hatte die Hände ausgestreckt, so als würde er sie nicht nur auffangen wollen, sondern es auch können.

„Ruth! *Ruth!*", schrie Simon unter ihr. Simon. Es war wirklich Simon. Ihr Simon. Frei und schimmernd und sich von ihrem letzten bisschen Energie ernährend. Er hatte es geschafft. Sie hatte es geschafft.

Gut. Zumindest das.

Noch während sie fiel, atmete sie erleichtert ihren letzten Atemzug aus.

Die Schwärze umhüllte sie, als sie auf dem Wasser aufkam.

KAPITEL ELF

Ruths Kopf surrte und alles drehte sich, wie eine Weihnachtspyramide.

Irgendwo flackerten Kerzen. Die Luft war stickig, wintersüßlich und schwer: Sie roch nach Schwäche und es dauerte lange, viel zu lange, bis sie begriff, dass es ihre eigene war. „Willkommen zurück", hörte sie eine Stimme neben sich sagen, was sie dazu brachte, den monumentalen Fehler zu begehen, den Kopf zu bewegen.

Es war, als würde ihr Schädelknochen auseinanderbrechen. (So als würde ihn jemand knacken wie eine Walnuss.) Sie konnte nicht einmal fluchen. Das Einzige, das sie hervorbrachte, war ein Schwall Galle.

„Nicht schlimm. Ich mach es gleich weg", versuchte sie die Stimme zu beruhigen. Als hätte sie in einem solchen Zustand überhaupt Kapazitäten zur Scham!

Sie kniff die Augen zusammen. Daunen knisterten neben ihrem Ohr, doch nicht laut genug, um die Fremdsprachenfetzen zu übertönen, die aus der Ecke zu ihr herüber schwebten. Irgendwo liefen Nachrichten.

„Warte, ich mache das leiser", sagte die Stimme sanft. „Die Aufräum- und Bergungsarbeiten sind wohl komplizierter als gedacht. Sie sprechen von einem biblischem Ausmaß. Und sie haben recht. Das war eine Jahrhundertflut, gerufen von einer Jahrhunderthexe."

Ruth spürte etwas Feuchtes, Kaltes auf ihrer Haut. Jemand tupfte ihr die Stirn ab und sie kam nicht umher, eben jene zu runzeln.

„Hast du Schmerzen?", wurde sich währenddessen erkundigt. „Oder wunderst du dich nur, weshalb ich nett zu dir bin?"

Beides. Sie versuchte, sich zu fokussieren, und im Hier und Jetzt anzukommen, wo auch immer Hier und wann auch immer Jetzt war. Ihre Wimpern flatterten über ihr Sichtfeld. Nur mit Mühe erkannte sie Jaromírs Schlafzimmer und Walpurga an ihrer Bettkante. Ruth stöhnte. Das war's. Aus. Ende. Der Sturz hatte sie umgebracht. Sie war tot und in ihrer persönlichen Hölle gelandet.

„Jaromír hat uns erzählt, was dich der Zauber gekostet hat. Du hättest verschwinden können, aber das bist du nicht. Stattdessen hast du eine Münze ausgegeben, die du Ewigkeiten mit dir herumgetragen hast, die es so kein zweites Mal geben wird, und ich verstehe es wirklich nicht. Kein Bisschen. Aber ich danke dir."

Ruth musste schlucken. Das klang verdächtig nett.

Walpurga faltete seelenruhig das feuchte Tuch, das sie in den Händen hielt, zusammen, während ein Knall durch das Zimmer galoppierte und die Fenster vibrieren ließ. „Sie zündeln mal wieder viel zu nah an den Häusern und den Autos", sagte sie. Draußen regnete es Funken. „Jedes Silvester dasselbe."

Walpurga war unbeeindruckt. Etwas, das Ruth von sich nicht behaupten konnte. Sie war Tage ohnmächtig gewesen. *Tage!*

Das Feuerwerk machte etwas mit ihr (und ihrem Weihnachtspyramidenkopf). Jede Rakete war ein Volltreffer, traf sie nicht nur dort, sondern auch direkt ins Herz. Sie erinnerte sich an ihr letztes Feuerwerk. An ein Festival und an einen Tanz im späten Herbst, mit einem ganz besonderen Mann. Und natürlich war sein Name das Erste, was ihren Mund verließ.

„Simon", keuchte sie. „Was ist mit Simon?"

„Er ist verschwunden, als du das Bewusstsein verloren hast. Hat sich dann ganz gemütlich ins Jenseits eingekuschelt." Die andere Hexe versuchte es mit einem Lächeln, das jedoch recht schnell wieder verschwand. „Das ist doch gut", sagte sie vorsichtig. „Oder etwa nicht?"

Schon, in der Theorie. Doch für die war Ruth zu egoistisch. Sie wollte ihn bei sich haben, egal in welcher Form. Aber für eine Geisterbeschwörung brauchte man eine Grabstätte - und seine war Tausende Meilen entfernt.

Ruth schluchzte. „Er ist in Cracklewood beerdigt. Ich kann mich dort die nächsten Jahrzehnte nicht mehr blicken lassen."

Walpurga tätschelte ihre Schulter, während die Trauer sie stärker durchschüttelte als die Übelkeit. „Das ist nicht lange. Zeit neigt dazu, schnell vorüberzugehen, das weißt du doch", sagte sie tröstend. „Und nun trink etwas. Du bist bestimmt kurz vorm Verdursten."

Sie hielt ihr eine Tasse unter die Nase, die warme Flüssigkeit darin dampfte, und Ruth gehorchte, nicht einmal widerwillig, sondern willenlos. Sie nahm zwei, drei, vier vorsichtige Schlucke, bevor Walburga das Getränk auf dem Nachttisch abstellte, zwischen Kopfhörern und einer Creme, von der Ruth ganz genau wusste, wie sie roch.

„Wo ist Jaromír?", fragte sie.

„Auch nicht da. Du wirst mit mir vorlieb nehmen müssen."

Und dabei blieb es, denn niemand anderes kam sie besuchen. Ruth vertrieb sich die viele Zeit, indem sie wegdämmerte, und den Rest, indem sie den Nachrichten lauschte. Fernsehen und Internet hatte man ihr verboten („Keine Bildschirme nach einer Kopfverletzung!", hatte Walpurga gepredigt). So blieben ihr wenigstens die dazugehörigen Bilder erspart.

Ruths Moldauzauber hatte nicht wie geplant nur Wald zerstört. Auch landwirtschaftliche Flächen waren darunter gewesen. Dörfer. Und Infrastrukturen. Sie hatte Straßen überflutet - und das halbe Land zu den Feiertagen lahmgelegt.

„Keine Personenschäden?", fragte sie an Neujahr Walpurga, während diese ihr das Haar flocht.

„Bisher nicht."

„Aber Verletzte?"

Walpurga betastete vorsichtig Ruths Zopf. Es war ein einfacher Bauernzopf - an etwas Komplizierteres hatte sie sich nicht herangetraut, hatte nicht so fest ziehen, nicht so lang festhalten wollen. „Einige", antwortete sie. „Siehst du noch Doppelbilder?"

„Kaum noch."

Walpurga schüttelte den Kopf. „Ein Wunder, dass du hier sitzt. Wirklich. Stell dir vor, ich hätte dich nicht mehr aus dem Strudel herauszaubern können."

„Wer hat mich denn aufgefangen?"

Die Antwort kam aus der Richtung der Zimmertür. „Ich", lautete sie. Schwerfällig drehte Ruth sich um. Sie sah Jaromír sich vom Rahmen abstoßen – mehr nicht, denn Tränen verwischten ihr Sichtfeld sofort zu etwas, das einem kaum interpretierbaren impressionistischen Gemälde glich. „Das lasse ich niemand anderen machen."

„Du bist hier!", schluchzte sie, die Hände nach ihm ausstreckend.

Er ergriff sie nicht sofort, stellte zuvor ab, was er selbst in den Händen gehalten hatte. Einen Koffer.

Ledern. Schwer. Schlossgesichert. „Natürlich", sagte er schließlich sanft.

Doch so natürlich fand Ruth das nicht. Sie starrte ihn an, auch noch, als ein Schatten sein Profil verdunkelte. Ein altbekanntes Krächzen ertönte und Růženas signalfarbener Papageienbegleiter kam hereingeflattert. Er setzte sich auf die Fensterbank.

„Was heißt denn hier natürlich? Du warst weg, Jaromír! Verschollen!", hielt sie entgegen.

„Ein Irrlicht ist nie *verschollen*. Ich wusste zu jedem Augenblick, wo ich war."

Endlich verschränkte er ihre Finger miteinander. „Und auch ganz genau, wo ich hinwollte."

„Und wo war das?"

Seine Mundwinkel zuckten amüsiert. Jetzt, da er ihr so nah war, konnte Ruth die Auswirkungen seiner geheimnisvollen Reise und seiner dubiosen Eskapaden ausmachen: Seine Haut wirkte so fahl, dass sie glaubte, das eingesperrte Feuer in seinem Innersten flackern sehen zu können. Sein Pullover war fleckig und vorn übersät mit Ziehfäden. Aus der Brusttasche seines Jacketts schaute eine Einweggabel heraus. „Man hat dir nichts gesagt?"

„Nein."

„Da wollte man mir wohl die Überraschung nicht verhunzen, wie nett!" Er räusperte sich. „Hör zu. Ich wollte gar nicht weg. Ich hätte Tag und Nacht hier verbracht. Du bist doch mein Mädchen. Das darf ruhig jeder wissen. Du bist meine Familie. Und trotzdem. Manchmal gibt es Dinge, die sogar wichtiger sind als das."

„Und welche sollen das sein?"

„Ich denke, er spricht von mir."

Ihr Herz hüpfte, schlug mit voller Wucht gegen meine Rippenbögen, spielte auf ihnen wie auf einem klapprigen Xylophon.

„*Simon!*", japste sie, und ehe sie sich versah, hatte sie Jaromír losgelassen und nach ihrer Daunendecke gegriffen. „Simon! Simon!" Rasch schlug sie sie beiseite, das Schwächegefühl und die Warnungen ihres Körpers ignorierend. So schnell wie sie aufgestanden war, kam ihr auch der Fußboden entgegen.

„Pass auf!", hörte sie Simon noch rufen. Doch zu spät.

Sie landete zuerst auf Kinn und Nase.

„Hast du dir wehgetan?" Als sie sich hochrappelte, schwebte er bereits vor dir. Seine Gestalt war wieder ganz intensiv und leicht auszumachen. Nicht zerstückelt, nicht konturlos, nicht nebelhaft. Er bewegte sich mit der Leichtigkeit eines Todes, der Jahrtausende zurücklag. Wie war das möglich? Wer half ihm?

Und wer half ihr da gerade? Arme schlangen sich um ihren bebenden Brustkorb und hievten sie noch oben. Sie hatte nicht die Nerven, nachzusehen, wer es war. Sie blickte nur Simon an.

„Und wie du verletzt bist!", keuchte der. „Wie konnte das passieren? Wieso hat da noch keiner was dagegen getan?"

Sie versuchte ihn zu beruhigen. „Es ist wirklich nicht mehr der Rede wert, Momo. Es geht mir gut."

„Ja, *jetzt* vielleicht. Das hätte aber ganz anders ausgehen können!"

„Ist es nicht."

Seine Unterlippe begann zu zittern. „Du hast die Münze ausgegeben, nicht wahr?"

„Ja."

Er brach neben ihr zusammen. „Aber doch nicht für mich, Ruth. Nicht für mich", schluchzte er, sich dabei die Haare raufend.

„Für wen denn sonst?"

Die Wintersonne stand tief. Das Licht traf ihn genau im richtigen Winkel, so als habe ihn jemand ausstellen wollen, weil man das mit wertvollen Kunstwerken im Allgemeinen eben so tat. Plötzlich waren seine Augen nicht mehr so dunkel. Sie leuchteten auf, golden, wie Glückspfennige, die man aus einem Wunschbrunnen gefischt und dann poliert hatte.

Für wen sonst?

Ruth sah ihn lange an, zufrieden und mit sich im Reinen. Sie hatte eine Münze ausgegeben. Und Tausende gewonnen. Sie war reich. Und hatte die richtige Entscheidung getroffen.

Und dennoch. Wie kam er nur hierher? Wer hatte ihn beschworen?

Sie war zu aufgeregt. Ruths bettheiße Haut kühlte auch an der frischen Luft kaum ab. Fiebrig wandte sie sich Jaromír zu, der gerade versuchte, sie zurück auf die Matratze zu zerren. Vor dem Fenster kreischte ein Vogel. „Hast du dich nach Cracklewood getraut?", fragte sie ungläubig.

„Es ging nicht anders", keuchte er.

„Und seit wann kannst du Geister heraufbeschwören?"

„Kann ich nicht. Ich", er stockte kurz, dann griff er kurz entschlossen nach ihrem Kissen und begann, es auszuschütteln, „ich war dort nicht allein. Růžena hat die Hexerei übernommen. Und ich musste mit, weil...na ja, ich der Einzige war, der wusste, wo seine Urne steht."

„Jaromír hat die ganze Organisation übernommen", ergänzte Simon. „Außerdem er hat mir verboten, im Frachtraum mitzufliegen."

„Damit du wieder verloren gehst? Nein, nein. Das lassen wir schön bleiben."

„Sie haben mich in ein Kartenetui gestopft. Ganz ehrlich? Dein Thermosbecher gefällt mir besser."

„Das nächste Mal nehme ich ein mit Samt ausgeschlagenes Schmuckkästchen, versprochen." Sie gingen vertraut miteinander um, neckend und spottend und schmunzelnd und, sie traute sich fast nicht, es zu Ende zu denken, freundschaftlich. Wann war das denn passiert?

Ruth sah verwirrt zwischen den beiden hin und her. Blickte nach rechts, nach links, wieder nach rechts. Als sie beim zweiten Links angekommen war, nutzte Walpurga die entstandene Stille. „Wo ist Růžena?", verlangte sie zu wissen.

„Draußen. Sie..." Jaromir stockte. Schließlich drückte er Ruth sanft zurück ins Kissen, so, als würde er das Gewicht seiner Worte abfedern wollen. „Sie hat es die Treppe nicht hochgeschafft."

„So schlimm?"

„*Schlimmer*. Diese ganze Stadt, dieser ganze Ort ist unbewohnbar. Unbelebbar. Es fühlt sich an, als würden mehrere Waldbrände in deiner unmittelbaren Nähe toben und als hättest du keine andere Wahl, als Asche einzuatmen. Und du weißt, dass sich das nicht ändern wird, dass kein Löschflugzeug kommen wird, egal wie lange du ausharrst. Weil die Einzige, die drin sitzen könnte, nicht mehr da ist."

Oh Gott.

„Sie war wegen mir in Cracklewood und jetzt geht es ihr schlecht!", japste Ruth. Sie schubste das nun ganz dicke, bestimmt sehr bequeme Kissen, das Jaromír hinter ihr platzierte, gleich wieder von der Bettkante. „Lasst mich zu ihr. Bestimmt lässt sich da was machen."

Immerhin war es *ihr* Fluch. Und damit ihre Verantwortung.

Doch davon wollte Walpurga nichts wissen. Mit erhobenem Zeigefinger wirbelte sie herum. „Du bleibst, wo du bist und sparst dir deine Kräfte", keifte sie. „Wir kriegen Růžena alleine wieder fit. Dafür musst du nicht herhalten. Ich habe eine

Hexe aufgepäppelt, kein Opferlamm."

„Aber sie ist für *mich* da hin. Ich bin schuld, dass es ihr so schlecht geht."

„Das hat sie freiwillig getan. Sie wollte dich trösten. Sie wollte dir einen Gefallen tun." Sie nickte in Richtung Simon. „Also sei so gut und kümmere dich auch drum."

Und damit verschwand sie.

„Dabei wirkst aktuell du wie diejenige von uns, um die man sich kümmern muss", sagte Simon schließlich leise. „Was kann man dir Gutes tun?"

„Ihr könntet mir von Cracklewood erzählen."

„Ich wusste, dass du das sagen würdest." Er lächelte und machte eine einladende Handbewegung, als würde er ein Buffet eröffnen. Oder einen Zaubertrick vorführen. In Jaromírs Koffer knisterte es. Die Schnallen sprangen auf und mehrere Blätter in den unterschiedlichsten Formaten flogen heraus. Sie drehten Kreise um ihn, wie viereckige Planeten um die Sonne.

Ruth konnte sich ein anerkennendes Pfeifen nicht verkneifen.

Jaromír griff nach dem buntesten Papier – glitzernd war es und über mit einem Tannenwald bedruckt – und hielt es Ruth unter die Nase. „Sie planen ein Winter-Wunderland-Fest. Jeder, der mag, darf seinen geschmückten Weihnachtsbaum mitbringen. Die werden dann vor dem Pavillon aufgestellt und es wird Punsch ausgeschenkt."

„Das..." Ruth holte tief Luft. Sie war sich nicht

sicher, ob es an der Tatsache lag, dass sie sich viel zu wenig bewegt hatte und am Lagerkoller, oder doch an Simons alles erdrückenden, aus dem Bauch heraus spürbaren Anwesenheit, aber sie begann zu stottern.

„Das war mein Vorschlag! Seit Jahren wollte ich die Christbäume retten und einen Wald im Zentrum aufbauen! Der Gemeinderat hat das nur immer wieder abgeschmettert. Ich... Das..." Es war ihr fast egal geworden, dass sie sich wiederholte. „Das war mein Vorschlag."

„Ich weiß. Und alle Bewohner von Cracklewood auch." Simon kniete neben ihr und Jaromír legte ihr den Flyer auf den Schoß. „Schau doch nur, was sie geschrieben haben!"

Ruth blinzelte ihn an, Simon blinzelte zurück, und sie hatte erst vor, alles andere zu ignorieren. Und dennoch griff sie nach dem festen Papier mit seiner Hochglanz-Oberfläche.

Als sie schließlich hinsah, blickte ihr eigenes Konterfei ihr entgegen. Es war eingerahmt von winterlich-kitschigen 90er-Jahre-Grafiken, vielen Programmpunkten (es gab wieder eine Tombola) und noch mehr Essensankündigungen (es sollte einige Grillstationen, einen Kuchenstand und warme Suppen geben).

„In Erinnerung an unsere liebe Freundin Ruth" stand darunter.

Sie krächzte. „Das klingt so, als sei ich tot."

„Na ja." Simons Antwort kam zögerlich. „Jeder in

Cracklewood geht auch davon aus, dass du es bist."

„Oh."

Es war wieder ein guter Zeitpunkt, um zu weinen. Das konnte sie fühlen und da war Ruth sich sicher, schließlich hatte es solche Situationen in den letzten Tagen oft genug gegeben.

Und dennoch. Sie konnte es nicht. Kein einziges Kläglein brachte sie hervor, nicht jetzt, wo Simon wieder da war und sie sich am liebsten an Lobgesängen versucht hätte.

„Sie vermissen dich sehr, Ruth", sagte er. „Sie haben Vermisstenplakate aufgehängt. Den ganzen Ort haben sie damit tapeziert. Deine Buchhandlung ist geschlossen, aber sie sieht sauber und ordentlich aus. Deine Fenster sind streifenfrei geputzt. Und dein Gehweg gekehrt. Ich habe extra nachgesehen."

„Das klingt nett."

„Was soll ich sagen? Du warst ein wichtiger Teil der Gesellschaft. Und du bist wunderbar. Ich kann es ihnen nicht verübeln."

Jaromír stand immer noch in seiner Ecke und räusperte sich. „Wir lassen euch mal allein", sagte er, dabei Růženas Papagei mit einem unwirschen Wedeln davon scheuchend. Plötzlich war der Raum leer. Und Ruth war überrascht. Sie hatte ganz vergessen, dass das nicht auch zuvor der Fall gewesen war.

Für sie hatte es nur sie beide gegeben.

„Bist du böse auf mich?", fragte Simon, als die

Tür ins Schloss fiel.

„Wieso sollte ich?"

Simon massierte sich die Stirn, auf der unzählige Sorgenfalten erschienen waren. „Ich hatte dir versprochen, es nicht zu tun. Und eigentlich hatte ich mir fest vorgenommen, dieses Versprechen einzuhalten."

„Was hat sich geändert?"

„Du. Ich. *Wir*."

Ruth konnte ihm nicht folgen. War sie nicht immer noch die Gleiche? Ihre Verwirrung frustrierte ihn. „Wie soll ich es dir nur erklären?", rief er. „Ich kann so nicht mehr weitermachen. Und will es auch nicht."

„Möchtest du nicht mehr heraufbeschwört werden?"

„Doch. Nein. Ich...ich will nicht, dass es überhaupt nötig ist."

„Ich kann nichts daran ändern. Nur so kannst du hier sein. Das sind die Regeln."

„Und ich dachte, ich kann schummeln, verstehst du? Deshalb bin ich hin."

„Schummeln ist schlecht. Das sollte jemand, der gern Brettspiele spielt, aber wissen."I

„Ich dachte, es sei eine Möglichkeit..." Er stockte. „...eine Möglichkeit, dich anzufassen. Ich würde dich so gern anfassen können. Wenn du mich lassen würdest, natürlich."

In Ruths Hals bildete sich ein dicker Kloß. Sie versuchte, ihn loszuwerden, indem sie mehrmals schluckte, doch das sorgte nur dafür, dass er, so sperrig wie er war, in ihren Magen rutschte, wo er hin und her geworfen wurde, wie in einer Wäschetrommel. Ein Zittern setzte ein und ihr gesamter Körper befand sich im Schleudergang, während Simon weitersprach.

„Anfangs sah alles gut aus. Du hast geschlafen und ich bin hin. Ich durfte mir sogar eine Tonfigur aussuchen. Es gab Auswahl und meine hatte wenig Macken. Mir ist klar, dass es nicht das Gleiche gewesen wäre, aber ich dachte...ich dachte...ich denke eindeutig zu viel." Simon schloss seine schönen Augen. „Es tut mir leid, Ruth. Es tut mir leid, dass ich dich hintergangen habe, weil ich glaubte, es besser zu wissen. Es tut mir leid, dass du mich retten musstet. Dass du deinen wertvollsten Besitz verloren hast. Und es tut mir leid, dass wir dieses Gespräch nicht vorher geführt haben. Es tut mir leid, dass ich erst sterben musste. Dass mir nicht schon Jahrzehnte zuvor aufgefallen ist, wie großartig du bist. Und es tut mir leid, so unendlich, bis ins Jenseits reichend leid, dass ich dir deshalb nur noch das bieten kann."

Er machte eine furchtbar abwertende, wedelnde Handbewegung und deutete mit leuchtenden Fingern auf alles Leuchtende an ihm.

Die Wäschetrommel kam zum Stehen. Der Kloß blieb liegen. Ruth starrte ihn an. Konnte es sein? Konnte es wirklich sein? Seit wann war das so?

Sollte sie die Tür öffnen? Ihr Innerstes hervorkramen, auch wenn es nass und zerknittert war?

„Du hast mir gar nichts angeboten, Momo", stellte sie klar. „Du hast nur geglaubt, wissen zu können, wie ich reagiere. Dabei hast du keine Ahnung! Wie ist das möglich? Wie kannst du Dummkopf nicht wissen, was ich will? Es war doch immer klar! Ich hab's dir doch gestanden!"

„Du bist in mich verliebt, das hast du gesagt. Du willst mich."

Nun wurde sie laut. „Und das stimmt!"

„Aber ich bin tot, Ruthie! Es gibt mich nicht mehr!"

„Doch! Der wichtigste Teil ist da! Und der reicht mir! Glaubst du, etwas so Unwichtiges wie der Tod könnte mich davon abhalten, dich zu lieben?"

Die Betrübnis in Simons Gesicht schwand. Stattdessen wirkte er nun verwirrt, womöglich sogar hoffnungsvoll, während die Luft zwischen ihnen schwer wurde. Dickflüssig wie Eierlikör.

„Du hättest nur etwas sagen müssen. Ein Wort hätte gereicht", flüsterte Ruth.

„Ja? Welches denn?"

„Ganz egal", antwortete sie, mit vollem Ernst. Sie hatte Jahre gehofft. Hatte Jahre gewartet, auf eine Liebeserklärung, auf ihn. Und nach all dieser Zeit war es egal geworden, was er sagte – Hauptsache, er tat es endlich.

Sie hörte ihn nicht einmal. Sein Mund bewegte sich und wie hypnotisiert sah sie dabei zu. „Das waren jetzt aber viele Worte", krächzte sie.

„Schon", entgegnete Simon. Ihr Simon. „War denn das Richtige dabei?"

„Ganz sicher."

„Ach Liebes." Er seufzte und kam noch etwas näher. „Ich mag ein toter Mann sein, ja, aber ein Mann bin ich dennoch. Ich würde dich gerade so gern küssen."

Über ihnen war Getrampel zu hören. Die Nachbarn öffneten das Fenster, keuchten und warfen ihren Weihnachtsbaum hinaus. Er fiel. Ruth kicherte und auch Simon lachte.

Der Baum landete, viel zu unfeierlich für so einen wichtigen Moment, auf dem Gehsteig. Und das neue Jahr begann mit einem Knall.

EPILOG

Im Häuschen am Ende der Straße spukte es.

Ruth störte das nicht. Zwielicht tauchte die Umgebung in schwummriges Lila und sie saß seelenruhig an ihrem Spinnrad, während die Fensterläden zugeschlagen wurden und Gegenstände begannen, klappernd ihren Platz zu verlassen und durch die Luft zu schweben. Mehrstimmiges Lachen hallte durch die Räume, hüpfte über die fremden Möbel hinweg, die noch mit staubigen Laken bedeckt waren.

Sie ließ sich nicht beirren, trat weiter auf das Trittbrett und sah erst auf, als ein Ei in ihrem Korb landete und Nepomuk begann, damit zu spielen.

„Ihr macht Unordnung!", rief sie, in der Hoffnung, dass sie auch in der Küche zu hören war. „Ihr habt mir versprochen, keine zu machen!"

Die darauffolgende Entschuldigung hallte aus dem anderen Raum wie ein Echo, wurde von den gebrannten und geblümten Landhausfliesen an den buttercremefarbenen Wänden hin und her geworfen. „Ich kann noch nicht so gut zielen!"

„Das ist eine Beschönigung. Er ist tatsächlich

ziemlich, *ziemlich* mies darin."

„Dann hilf ihm!", brüllte Ruth zurück, das Garn noch in den Händen.

„Wieso? Es ist sein Geburtstagsgeschenk, nicht meines."

Ruth seufzte seinen Namen aus. „Jaromír..."

„Oh Mann. Verlangst du echt von mir, dass ich den Kuchen backe, nur damit dein Freund dafür die Lorbeeren erntet?"

Ein warmes Gefühl breitete sich in Ruths Magengegend aus, ganz so, als hätte er sich nicht beschwert, sondern ihr stattdessen eine Wärmflasche gereicht. *Freund*, wiederholte sie in Gedanken. *Mein Freund.* Sie konnte es immer noch nicht richtig glauben.

„Tu es für mich."

Jaromírs Antwort war ein Brummen. Ruth lächelte. Sie wickelte das Garn auf, brachte es vor ihrem Kater in Sicherheit und erhob sich von ihrem Platz.

Als sie in der Küche ankam, war Jaromír gerade dabei, das Rührgerät anzustecken. „Das sind Knethaken", sagte Simon neben ihm. „Wir brauchen aber die anderen. Die hier sind falsch."

„Es wird schon gehen."

„Aber wenn du sie wechseln würdest, dann..."

Jaromír knallte das Gerät auf die Theke. „Ich würde dir folgende Arbeitsteilung vorschlagen: Ich backe, okay?"

„Gut. Und ich?", hakte Simon nach.

„Und du hältst die Klappe. Klasse Idee, oder?"

Beleidigt verschränkte Simon die Arme vor der Brust. „Du brauchst mich. Was weißt du denn schon von amerikanischen Brownies und einem Marshmallow-Topping?"

„Gott sei Dank nicht so viel."

Ruth machte einen kleinen Hopser. „Oh, dabei klingt das großartig!", rief sie und die beiden Streithähne wandten sich ihr zu. „Ich liebe Brownies!"

„Ich weiß. Bei jedem Stadtfest hattest du mindestens einen auf dem Pappteller." Simon schmunzelte und überrundete die auf dem Boden liegenden Eierschalen, bevor er auf sie zu schwebte. „Alles Gute zum Geburtstag."

„Danke." Er kam bei ihr an und beugte sich zu ihr herab, während sie sich ihm entgegenstreckte. Eine natürliche Bewegung. Sie stellte sich vor, wie sie, Stirn an Stirn, dort standen, und fast hätte sie sich der Illusion einer Berührung hingeben können. Fast.

Wie man so eine Beziehung führte? Ruth hatte keine Ahnung. Aber sie hatte sich geschworen, es herauszufinden.

Seine Augen waren tiefbraun, wie der Boden eines Waldes, in dem man sich verlaufen konnte. Das plötzliche Klingeln an der Tür war der einzige Grund, warum Ruth sich nicht verirrte.

Sie zuckten zusammen, denn damit hatten beide nicht gerechnet. Wer sollte denn vorbeikommen?

Wer wusste überhaupt, dass sie hier waren? Niemand kannte sie – noch umhüllte sie die schwere Anonymität eines Neuanfangs.

„Geburtstagsgäste?", hauchte Simon und seine Worte waren kaum unter dem erneuten Klingeln auszumachen. „Der Zirkel, vielleicht?"

Ruth schüttelte den Kopf. „Die feiern gerade einen Sabbat und haben sich erst für nächste Woche angekündigt. Was meinst du, soll ich aufmachen?"

„Macht euch keine Umstände." Jaromír huschte an ihnen vorbei, in getriebener Ungeduld. Er presste ein Würggeräusch hervor. „Ich gehe hin. Will euch eh nicht beim Flirten zuhören müssen."

Er schlenderte über den Gang, die Arme hinter dem Rücken verschränkt. Alles an ihm war tiefenentspannt; sogar seine Knochen schienen sich abzuregen. Er rollte mit dem Kopf und sie knackten gelöst. Er trug bequeme Kleidung, nichts das einschnürte, oder Knöpfe oder Form besaß, oder Abdrücke hinterließ, und Socken, die Ruth erst wenige Tage zuvor für ihn fertiggestickt hatte. Er war dabei, loszulassen.

Ihr neues Normal zu finden.

Umso schockierender war deshalb seine Reaktion, als er an der Haustür ankam. „Scheiße, nein!", brüllte er, aus Leibeskräften, bevor er sie wieder zustieß. Die Schlüssel am Schlüsselbrett klimperten, die Bilder an den Wänden schwankten, und Ruth erschauderte.

Sie sah zu Simon hoch, der von Jaromírs Ausbruch ebenfalls überrumpelt worden war. Er machte einen Satz – und sprang, ängstlich wie ein Hase, direkt in sie hinein.

„Entschuldige", ächzte er, während er sich beeilte, zurückzuschweben. Ich weiß, ich hatte mir vorgenommen, weniger geisterhaft zu sein, damit wir uns vorstellen können, das hier...", er deutete erst auf sie und dann auf sich, „...sei weniger kompliziert."

„Ist schon in Ordnung."

„Ich habe mich ziemlich erschrocken."

„Damit bist du nicht allein. Was meinst du, sollen wir mal nach ihm schauen?"

Simon nickte argwöhnisch. „Würdest du vorgehen?"

Hinter ihm tropfte roher Teig von dem Rührgerät auf die Arbeitsfläche, doch Ruth kümmerte es nicht um den Geburtstagsrestbestand. Der Appetit war ihr vergangen, die Feierlaune verpufft. Jaromír fluchte noch, als sie den Kopf aus dem Raum herausstreckte.

„Alles in Ordnung bei dir?"

„Nein!", antwortete er unwirsch. Er betrachtete sie nicht einmal, beugte sich nur herunter und versuchte, aus dem Zeitungsschlitz einen Blick nach draußen zu erhaschen. „Geh und versteck dich irgendwo. Komm erst heraus, wenn ich es dir erlaube."

„Bitte?"

„Du hast mich schon richtig verstanden."

„Dir ist aber klar, mit wem du hier sprichst, oder?"

Seine Stimme war dunkel geworden. „Ja. Eben drum", sagte er. Dann schloss er die Klappe. „Verschwindet und geht woanders auf Schmusekurs, okay?"

Doch die Stimmung war im Eimer.

„Das ging aber schnell."

Es klingelte erneut und Jaromír legte, sich ganz breit machend, einen Finger an die Lippen. Der Hauseingang war kaum mehr auszumachen und Ruth war klar, dass sie so nicht weiterkommen würde. Sie musste sich einen anderen Ausguck suchen. Und zwar schnell, bevor er verscheuchen konnte, was sie aufgesucht hatte.

Sie brauchte einen Beobachtungsposten, von dem aus sie in Ruhe überlegen konnte, was es mit dem ganzen Trubel auf sich hatte. Etwas, das gesichert, aber gemütlich und nicht zu weit von ihrem Garten entfernt war, falls magischer Handlungsbedarf bestand.

(Und das tat er doch eigentlich immer.)

Sie entschied sich für ihre Speisekammer. „Komm mit, Momo", forderte sie ihren Freund auf. „Hier rein."

Sie betraten ein kleines, muffiges Zimmerlein. Das Licht war dort körnig und wie Staub, hatte die Farbe von Kohle und Tauben, alten Münzen und

Nebel, und das war nicht verwunderlich, denn es gab nur ein einziges Fensterlein, das die vielen Regale fast verdeckten, obwohl es direkt unter der Decke in die Wand eingelassen worden war.

Es war zu weit oben – und Ruth zu klein.

Sie konnte kaum etwas ausmachen – nur einige Haarsträhnen und Arme, mit denen wild durch die Luft gewedelt wurde – und versuchte deshalb, auf das Regal neben ihr zu klettern. Es wackelte bedrohlich, ein Glas voller Erdbeermarmelade (Einmachjahr 1987) fiel herunter und ging zu Bruch.

„Bitte breche dir nichts", sagte Simon.

„Was siehst du?", fragte ihn Ruth, darauf nicht eingehend.

„Na ja. Es sind vier – halt, nein, fünf. Ziemlich blass. Sie tragen Hüte. Und Mäntel. Und…Hosenträger, kann das sein?"

„Klingt ja totschick."

Er hob eine Augenbraue. „Magst du so was?"

Ruth zuckte entschuldigend mit den Schultern. „Kann schon sein."

In der Ferne blökte ein Schaf. In den frühen Abendstunden hatte Ruth den Schäfer des Örtchens, zu dem ihr neues Häuschen gehörte, über die Straße und schließlich die Weiden eilen sehen. Ruth war sich sicher, dass die ersten Lämmer nicht mehr lange auf sich warten lassen würden. Womöglich war das Erste bereits auf der Welt. Und der Frühling kam, genau wie der Schäfer, in großen Schritten. „Ihr habt vielleicht Nerven, hier einfach aufzutauchen!", hörten sie Jaromír schimpfen. Seine Stimme schreckte die Raben auf, die es sich auf dem alten, knochigen Baum im Vorgarten gemütlich gemacht hatten und in dessen Schatten sich die so fein gekleideten Fremden geduckt hielten. Ruth kam nicht dazu, sie zu zählen. Viel zu schnell waren sie aufgeflogen und verschwunden.

„Ruth", murmelte Simon neben ihr besorgt. „Die Federn."

„In welche Richtung schweben sie?"

Er legte seine Stirn in Falten. „Nach Westen."

Westen.

„Wir fordern nur einen Bruchteil von dem ein, was uns versprochen wurde", hallte es vom Garten her. Einer der Fremden sprach fehlerfrei, aber mit einem auffälligen Akzent, der so dick war wie eine Vanillesoße, von der man viel zu viel über eine Süßspeise gekippt hatte: Man schmeckte nur noch die, egal wie gut zubereitet das war, was sich darunter befand. „Wir hatten eine Abmachung mit dem Sohn eines Hexenweibes. Er hat seinen Teil dieser Abmachung nicht einhalten können - und offenbar haben wir das jemandem zu verdanken, der sich in diesem Haus befindet."

„*Abmachung*", äffte Jaromír. „So nennt ihr das also. Der Hexensohn wollte Hexen jagen! Er wollte sie fangen!"

„Korrekt."

„Für euch, schätze ich?"

Schweigen. Ruth hielt nervös die Luft an.

„Und was wollte er von euch? Was war die ausgemachte Bezahlung?", hakte Jaromír weiter nach.

„Unsterblichkeit", lautete die saloppe Antwort. „So wie sie alle."

„Aber ihr seid doch bereits tot!"

„Das interessiert ihn nicht und auch uns nicht."

„Ihr seid irre, wenn ihr glaubt, dass ich sie euch einfach so überlasse!", zischte Jaromír. „Tut mir sehr leid, dass wir euch das Festmahl vermiest haben."

„Ich glaube, du verstehst nicht. Das ist ein gutes Angebot. Wir lassen uns runterhandeln. Uns reicht dann diese eine Hexe. Dabei wurde uns eine Handvoll versprochen." Einer der Besucher machte bedrohlich einen Schritt nach vorn.

Jaromír reagierte sofort. „*Verschwindet!*", befahl er und hüpfendes, petrolfarbenes Licht flutete Ruths Vorratskammer. Instinktiv kniff sie die Augen zusammen.

„Es ist, als ob der ganze Garten in Flammen stehen würde!", japste Simon. „Irrlichter, überall. Was hat er vor?"

Qualm kroch durch den alten, undichten Fensterrahmen und Rauchfäden schlängelten sich um Ruths strumpfbedeckte Knöchel.

„Was bist du?"

Die ersten, kleinen Knospen an den Bäumen in ihrem Vorgaren zitterten. Sie verwelkten und verbrannten und wurden eingeäschert, bevor sie überhaupt die Chance gehabt hatten, zu wachsen. Doch niemand schien das zu interessieren. Das Chaos war ausgebrochen.

Und selbst Ruth hatte keine Nerven für eine Totenwache. Auch wenn es so roch, als würden ihre gesamten Pflanzen gerade den Feuertod sterben.

Hatte sie sich auch nicht verhört?

Sie spitzte die Ohren, beugte sich nach vorn.

„Spuck es aus! Was bist du?", schrie einer der aus der Zeit gefallenen Hosenträger-samt-Hut-Fremden erneut und in Ruth zog sich unter seiner Panik etwas zusammen. Ungläubig versuchte sie, die ohnehin knappe Luft anzuhalten, doch lange hielt sie nicht aus. Sie hustete, während die Flammen-Asche-Mischung ihr die Sicht erschwerte.

Wie gern hätte sie ihn gesehen! Nur ein Blick hätte gereicht!

„*Licht. Pures Licht*", antwortete Jaromír salopp. „Damit habt ihr wohl nicht gerechnet."

„Aber du bist ein Mensch!"

„Nicht ganz."

„Wie kann das sein?"

„Das ist eine lange Geschichte. In der kommt übrigens auch die Hexe vor, die ihr gerade fressen wolltet, das nur nebenbei. War wirklich keine gute Idee. Sie gehört zu mir und ich zu ihr. Ich werde also immer ganz in ihrer Nähe sein."

„Wie viele von deiner Sorte gibt es?"

„Nicht genug. Sonst hätte man eurem Dasein

schon ganz entspannt ein Ende setzen können. Ihr seid eine Plage, wisst ihr das?"

Gemurmel. Getrampel. Und Simons erleichtertes Geseufze.

Ruth konnte es nicht glauben. Hatten ein paar Lichtlein gereicht, um sie loszuwerden? Wollten sie schon wieder gehen? War die Stimme bereits dabei, erneut zu verklingen?
Sie hatte ihnen mehr Durchhaltevermögen zugetraut. Mehr Biss.

„Sie gehen, Liebes", flüsterte Simon schwebend.

Und Ruth machte einen Satz.

Denn sie war sich sicher: Einen der Besucher kannte sie – sehr, sehr gut, sogar.

Ruth schluckte. Alles, was er nach seinem Verschwinden hinterlassen hatte, hatte sie aufgehoben, in Kisten gepackt und immer wieder angesehen. So hatte sich sein Gesicht in ihr Gedächtnis gebrannt. Es bestand kein Zweifel. Er war es.

Kein Doppelgänger, kein ferner Nachkomme, kein Enkelsohn. Nur er. Er, den sie gesucht hatte. Oh, wie lange sie gesucht hatte! Jahrzehnte hatte sie Vermisstenanzeigen und Kriegsgefangenenlisten durchforstet, war Archive durchgegangen, hatte erst Schlachtfelder, dann Lazarette und schließlich Tausende Gräber besucht. Endlos wirkende Reihen an winzigen, weißen Kreuzen, von denen sie keine ausgelassen hatte. Irgendwann war sie nicht mehr weitergekommen. Hatte sich eingestehen müssen, dass selbst sie als Hexe an ihre Grenzen geriet. Und irgendwann hatte sie aufgegeben. Hatte sich erst von Jaromír trösten lassen und dann Simon ihr Herz geöffnet. Und nun stand er hier, einfach so, vor ihrem Haus. Sie fragte sich nicht, wie das möglich war, denn keine der wahrscheinlichen Antworten gefiel ihr. (Immerhin musste er jetzt hundertdreißig Jahre alt sein. Ein biblisches Alter. Zu biblisch – selbst für einen Katholiken wie ihn.)

Sie kletterte nur rasch von ihrem Aussichtspunkt herab und beeilte sich, zur Haustür zu gelangen. „Halt, Ruth!", rief Simon hinter ihr. „Was tust du? Bleib stehen!"

Sie stolperte heraus, direkt auf die Besucher zu, die immer noch auf Einlass warteten, und rannte an Jaromír vorbei, der sich vor ihnen aufgebaut hatte, die Hände an die Hüften gestemmt. Auch dessen Warnung ignorierte sie. „Warte!", sagte er. „Ruth, das sind..."

Sie ließ ihn nicht ausreden. Es war ihr egal, was sie waren. Sie hatte etwas wiedergefunden, von dem sie geglaubt hatte, es sei für immer verloren. Was interessierten sie da ein paar Kratzer oder Risse? Immerhin ging an niemandem ein Jahrhundert spurlos vorbei. Keine Veränderungen, und seien sie auch noch so enorm, konnten ihre Freude trüben.

Sie warf sich ihm in die Arme. Und er? Ja, er fing sie direkt auf, ganz geschickt und geübt, so, als hätte er damit nie aufgehört.

„Zurück!", blaffte er, während er sie an sich drückte. „Die nicht. Jede andere gern, aber die da, die nicht."

Sie erkannte sein Deutsch sofort wieder. Diesen Singsang aus zusammengezogenen Wörtern, fehlenden Endungen und weichen Anfängen. Sie legte die Wange an seine Brust und die Knopfleiste seines Hemdes drückte sich schmerzhaft in ihre Haut.

„Wer zur Hölle ist das?", verlangte Simon hinter ihr grummelnd zu wissen.

„Ihr Exfreund", lautete Jaromírs schlichte Antwort. Als wäre es so einfach und als wäre es damit getan!

„Was?", stöhnte Simon. „*Noch einer?*"

Die Dunkelheit fraß den Rest des Tages auf, wurde immer dicker und dicker. Er nahm seinen Hut mit der breiten Krempe ab und schob sie sanft ein Stück von sich fort.

Nostalgie lag auf seinen jungen Gesichtszügen. Er lächelte, zwar ehrlich breit, das musste sie zugeben, doch Ruth wäre es lieber gewesen, er hätte es nicht getan. Sie erschrak und instinktiv wand sich in seinem Griff. Er lockerte ihn sofort. „Grüß dich Gott, Ruth", sagte Friedrich, vielleicht in dem Versuch, sie zu beruhigen. Oder sie in falscher Sicherheit zu wiegen. Friedrich - der Mann, mit dem sie den Anfang des 20. Jahrhunderts verbracht hatte. Der Mann, der sie in Berliner Lesesalons geschleppt und der ihre Liebe zu Buchhandlungen geweckt hatte. Der Mann, der den Ersten Weltkrieg nicht hätte überleben dürfen.

Erst recht Verdun nicht, diese grausame Schlacht von Verdun. Die Blutpumpe. Die Knochenmühle. „Du hast mir gefehlt", sagte er, dabei ein Paar sehr spitze, sehr gefährliche Zähne freilegend. Warum war ihr das charakteristische Lispeln nicht aufgefallen?

„Es ist lange her."

Und neben ihnen lachten die Vampire.